元華文創

紅樓夢小人物探微

郭惠珍——著

最完整研究紅樓夢小人物之作

唯一以小人物為中心的紅樓夢研究

紅樓夢小人物也有大作用

Small Potatoes in "the Dream of the Red Chamber"

自 序

感謝家人的諒解與支持。也感謝侄兒們的出生,讓我深刻感受生命誕生的喜悅。其間,被迫面對生命告別的課題,情緒大受影響,論文因而有所延宕。幸得芳伶老師的開導與鼓勵。

記得剛到花蓮時,和此時窗外一樣,夏蟬叫得響亮。誤打誤撞,旁聽了芳伶老師開在大學部的「紅樓夢」,就此著迷。從小學領域轉跳文學,感謝芳伶老師沒有放棄從頭學習,且又愚鈍的我,時時給予支持與勉勵。嚴謹的治學態度,開明朗暢的處世哲學,是我學習路上的唯一嚮導。謝謝康來新老師與張啟超老師撥冗擔任口試委員。毫不藏私地指點,提掇,指出行文上的錯誤,及思慮上的缺失。在學期間,謝謝同儕們的相伴。

特別謝謝佳霖拉著我吃飯,陪我看病,照顧把生活過得亂七八糟的我。謝謝在花蓮相遇,相識,相知的每一個人。

這本書不是完美的,礙於能力有限,不能完備。尤其不能將近幾月新出的專著加入參考,實是遺憾。仍期盼能為這領域,疊上一片薄小的瓦。如同藏在書中的小人物,隱微,等待索隱。

《紅樓夢》人物繁多,歷來主要人物論成果極豐,小人物討論較少。本書小人物不設限地位階級,以篇幅短小為主要界義,其中界分三種條件,第一,篇幅短小,出場次數少之人物。第二,人物未實際露面,作者著墨不多,僅提及姓名,以人物親屬派生,或藉其他人物口吻帶出之人物。第三,作者一筆帶過,沒有姓名,或只有職名,或職名並冠姓,或可因事命名之人物。

篇幅短小的小人物,有其文學功能與生命價值,並非微不足

道，實是「文淺意深」。本書探究人物的小說技法與效益，深思其有機作用。不同於前賢的政治索隱，是為追索小人物於文本中的隱微寓意，乃文學的索隱。

　　小人物不只是書中的人物，同時是人間各人的寫照，世間無數人物的凝縮，反映了人生同時存在的生命經驗。期望透過本書，喚醒讀者對文本中任一人物的關注，投注更為寬廣的目光，為閱讀文本，提供另一閱讀面向與詮釋。

郭惠珍

2021 年 7 月大暑
寫在仰山擷雲中壢 253 號

目 次

第一章 緒論

　　《紅樓夢》是一本奇書，一部偉構。人生如夢的主題中，包羅萬象，乃世界公認的古典小說之集大成者，係語言藝術的傑作。既古典，卻也現代，以白話寫成，穿梭古今，對現時讀者而言，少有隔閡。書中人物，雖是作者虛構，但自問世以來，也依然活生生地生活在我們的生活。[1]

第一節　立題動機

　　《紅樓夢》中，大多人物都在一種定命的意識下，為一己的意志，幾乎主動選擇了個人特殊的苦難，或死亡，或捨棄家庭，或接受空虛無實的婚姻。[2]誠如魯迅所言：「作者敢於如實描寫，和從前的小說敘好人完全是好，壞人完全是壞的，大不相同，所以其中所敘的人物，都是真的人物」[3]，這些「真的人物」，如同現實生活，每一位人物大抵有其精神意志與命運安排。作者對眾人物的精心安排，使筆者在閱讀過程中，不只於賈寶玉等主要人物身上得到

1 吳宏一：〈我推薦《紅樓夢》〉收入氏著《文學常談》（臺北：聯經出版，1990 年 4 月），頁 203-204，提到《紅樓夢》雖古典卻現代，因「當你見到一位靈秀聰慧的才女，恐怕你第一個聯想到的，就是我們的林妹妹。」《紅樓夢》人物的標誌性，展現在生活周遭，令人神往。

2 柯慶明：〈論紅樓夢的喜劇意識〉，收於《紅樓夢研究集》（臺北：幼獅月刊，1976 年 4 月三版），頁 227。

3 魯迅：〈中國小說的歷史的變遷〉收錄於《魯迅小說史論文集——中國小說史略及其他》（臺北：里仁書局，2006 年），頁 544。

感動，對其他人物也有不同的生命體悟，同時也從人物身上感受到作者流露的人文關懷，令筆者感同身受，對人物寄予無限同情，發覺其深刻流露的社會關懷與懺憾寄望。

筆者閱讀《紅樓夢》時，走入各人物的命運與因果中，一同承受世態炎涼，遭遇不可違抗的命運偶合。又在種種無奈中，從寶玉對小人物的關懷中發現一絲微光，為閨閣添增光彩，感受到作者的關心與同情。然而種種情節，仍是這個世代尚存的社會現象，共有的生命經驗。強凌弱，眾暴寡，不義不公之事一再複寫，我何嘗不是處於其中的小人物？是以，激起撰寫本文之動機。

全書以頑石所投胎「詩禮簪纓之族」的賈府為敘述中心。賈府興衰跌宕，寶黛釵戀情之「家庭題材」為幹線。循著二大脈絡，即使旁支情節繁浩，人物關係錯綜，仍千絲萬縷，緊依主脈絡。所書人物豐富多樣，除無姓名及古人不算外，至少 421 名。[4]作者苦心刻劃書中人物，但凡書中人物多獨具個性以及言談反應，人物塑造可說「一人有一人的面貌，一人有一人的性格」[5]，具有鮮明而獨特的性格，饒富生命力，彷若現實生活中的一人展示。《紅樓夢》讓我們看到許多人物的形象，命運，精神，也因此王文興認為「人像畫廊」（gallery of characters）才是《紅樓夢》真正可以歸類的

4 　一粟編：《紅樓夢卷》（臺北：新文豐出版，1989 年 10 月），頁 119 諸聯〈紅樓評夢〉節錄「總核書中人數，除無姓名及古人不算外，共男子 232 人，女子 189 人，亦云夥矣」共計有 421 人。徐恭時：〈《紅樓夢》究竟寫了多少人物？〉，《上海師範大學學報》1982 年 02 期，頁 26 將有姓名不論存歿者、有稱謂職名而冠姓者、隱名而能從敘述字句取名者、人物親屬派生可證存歿而能列名者，列入計數考量，統計男子 495 人、女子 480 人，共計 975 人。施寶義、劉蘭英：《紅樓夢人物辭典》（廣西：廣西人民出版社，1989 年 5 月），頁 3 凡例指出，該辭典收作品人物詞目共涉及 781 人，若含歷史、神話、傳說人物則高達 1121 人。《紅樓夢》人物統計，依照人物提取介義，而有不同的數據。

5 　吳宏一：〈我推薦《紅樓夢》〉收入氏著《文學常談》（臺北：聯經文化事業出版有限公司，1990），頁 205。

名稱。[6]在這座人數統計動輒數百人的「人像畫廊」裡，郭玉雯認
為，即使人物豐富，亦賓主有序，輕重有別，楔子題曰《金陵十二
釵》，可想作者心中應將十二金釵視為核心人物。[7]同樣視十二金
釵為核心者，更早還有劉大杰，他直言「《紅樓夢》的主要對象是
十二金釵」[8]。這樣的說法，將人物區分出賓與主，核心與非核
心，主要與非主要，或不以二元判斷的看法，顯示在文本閱讀時，
從人物份量或情節比重進行劃分的觀察。然而《紅樓夢》除了核心
人物之餘，在非核心，非主要的人物形塑的表現上亦不馬虎。讀者
容易忽略的不起眼人物，看似不經意加入，實則精心安排，別具意
義，這樣的人物占了相當的比例，也是作者苦心關照的對象。

　　除賈府家族成員，家人丫鬟，經由聘買納屬賈府的尼姑、道
姑、梨香院優伶等內環（inner circle）人物外。行醫看診的太醫大
夫，來往走動的清客相公，與賈府相映的甄府，以及「四樣俠文」
[9]外環（outer circle）[10]人物，亦是浩繁精彩。作者也經常加入不具
名姓，或篇幅描寫極短的人物，榮府把門的老人，令寶玉流連莊稼

---

[6] 康來新：〈一部「人物畫廊」作品的再評價——訪王文興教授談紅樓夢〉初載幼獅月刊 1971 年 9 月號，後錄於氏著《石頭渡海——紅樓夢散論》（臺北：漢光文化事業公司，1985），頁 31。

[7] 郭玉雯：《紅樓夢人物研究》（臺北：大安出版社，1994 年 3 月），頁 1。

[8] 劉大杰：《紅樓夢的思想與人物》（上海：古典文學出版社，1956 年 11 月），頁 23。

[9] 本文所採脂硯齋評語皆引陳慶浩：《新編石頭記脂硯齋評語輯校（增訂本）》（臺北：聯經文化事業出版有限公司，1976 年 10 月）後續引用作「《輯校》，頁某」。頁 515，脂評第二十六回末總評「前回倪二紫英湘蓮玉菡四樣俠文，皆得傳真寫照之筆，惜魏若蘭射圃文字迷失無稿，嘆嘆。」。

[10] 劉燕萍：《愛情與夢幻——唐朝傳奇中的悲劇意識》（臺北：商務印書館，1996 年 12 月），頁 154，在討論〈霍小玉傳〉中的悲劇元素時，著者將小玉與李益男女主角及鮑十一娘、淨持等配角劃入「內環」（inner circle），將崔允明、老玉公、延先公主、韋夏卿、黃衫豪士所組成代表一班長安人士意見的劃為「外環」（outer circle）。「外環」的作用主要引導讀者對小玉與李益二人的遭遇及行為較為正確的見解。此處試以此法將賈府與賈府以外區別，以突顯作者著墨人物時，不僅止於賈府之中，乃用心刻劃整部書的時代、社會、文化等層面相關的人物縮影。

的二丫頭等，短短數言間，活脫勾畫出鮮明的形象。有些人物在小說中甚至沒有對白，若以人物的身分地位區別，小至粗心丟失英蓮的霍啟，雨村匆匆一面的智通寺龍鍾老僧，決心不娶二女的馮淵，大至賈家親族賈敷賈敏等……，雖未安排對白，但人物的安排有著豐富寓意。小人物大抵是引發事情，被「事情發生」[11]的對象，並在「發生事情」後匆匆退場，如果單以藝術筆法觀之，穿插小人物似乎只是為了表現筆法的必要手段。但人物的創造，塑造了性格與命運的展現，也是情節發展的需要，出場的構思同樣關聯了展開作品整體結構的安排。[12]這些經由事件發生或其他人物轉述而躍然紙上，在作者的三言兩語間獲得生命的人物，在小說中都是不可或缺的關鍵，也反映了作者構思人物時的謹慎考量。

　　書中每一個個體都有價值，作者未界定任何一個生命是絕對的壞人，連讓人厭惡的趙姨娘，寶玉也從未說過他的一句壞話，他遠離她，是出於本能，並非出於仇恨。[13]人物是作者用心刻劃的安排，較廣為討論的主要人物有其重要性與寬泛的討論空間，其他較鮮為關注的次要的人物亦然。在《紅樓夢》中篇幅短小的人物，即本文所要探討之小人物。

　　本書望通過其性格映照作品所描寫的複雜生活，[14]與時代社會

---

[11] 〔英〕愛德華·摩根·佛斯特（E. M. Forster）著，蘇希亞譯：《小說面面觀》（臺北：商周出版，2014 年 5 月），頁 68 提到人物與小說之間關係緊密，讀者有時甚至無須再問「接下來發生什麼事」，而是關心「事情發生在誰的身上」。

[12] 李希凡：《沉沙集——李希凡論紅樓夢及中國古典小說》（北京：文化藝術出版社，2005 年 3 月），頁 42。

[13] 劉再復：《共鑒「五四」——與李澤厚、李歐梵等共論「五四」》（香港：三聯書店，2009 年 6 月），頁 60。

[14] 胡文彬：《紅樓夢人物談》（北京：文化藝術出版社，2005 年 2 月），頁 42-45。著氏認為中國古典小說中有一種人物，作者的目的是以它的出場來牽引全體，其出場關連到故事情節的發展。

相互交滲，[15]一窺小人物登場的安排企圖與深層意蘊，及人物安排在小說中的深層作用，並進而觀察作者對人間世態的關懷，[16]探索人物隱晦幽微而又精深微妙的意義價值，再而對核心與非核心，大人物與小人物之間關係進行提問，難道世俗所謂位高權重者即為大人物？鄙弱卑微者即是小人物嗎？此未必然。

索隱，索求隱幽，探究微妙之事情，本書之索隱，不同於前賢的歷史索隱，遺民索隱，乃以小人物為探討對象，追索人物身在文本中的作用與意義，透過人物與事件，深究技法與效益，探討其之精妙，是為文學索隱。望回歸文本，發掘作者苦心孤詣處，發現其深層意旨，藉此喚醒讀者對文本中任一人物的關注，為全書投注更為寬廣的目光。也期望為閱讀文本，提供另一閱讀面向與詮釋。

第二節　文獻回顧

《紅樓夢》自 18 世紀問世以來，讀者不可勝數。起初以抄本形式於作者、批者相關圈子流傳，後傳入社會。今傳乾隆時期抄本有十餘種，其中較早的底本，係乾隆十九年（1954）之甲戌本，由胡適購藏。其干支年代只能表明底本年代，不能表示抄定年代，但可推測《紅樓夢》流傳應早於甲戌年之前。在流傳過程中，回目增

大多數場合中，這樣的人物並非作品中的主要人物。且認為並不多見，極為突出的例子即《水滸》高俅與《紅樓夢》劉姥姥。

[15] 龔鵬程：《中國小說史論》（臺北：臺灣學生書局，2003 年 8 月），頁 25 提到小說與現實之間，小說之創作「直接處理當時的社會問題，說出社會的真相」。

[16] 張火慶：《古典小說的人物形象》（臺北：里仁書局，2006 年 9 月），頁 490，著氏根據對中國古典小說的觀察，認為所謂「人間的關懷」是大部分中國傳統小說創作的共同動機。

刪、整理，批語刪削、雜入，直到乾隆五十六年（1791），萃文書
屋以木活字排印發行之百廿回本，[17]使《紅樓夢》脫離抄錄形式，
突破技術上的限制，流播便更為寬廣。清末文士「嗜紅」，至廿世
紀，「紅學」確成專門學問。其中以蔡元培為代表之石頭記索隱
（1915）與胡適代表之紅樓夢考證（1921）占研究主導地位。[18]

　　所謂索隱即探索文學作品中之隱喻暗託之史實，此種考證方法
乃屬中國經典詮釋傳統中的一部份。索隱派以《紅樓夢》為清初政
治小說作中心理論，比附於滿州權貴家庭或宮廷政治，將書中與歷
史人物出身、社會地位、地理條件與政治環境等生活背景，以及人
物性格、遭遇事件、姓名應合音諧，認為所記是納蘭家事，或敘康
熙朝政治奪嫡狀態，亦有順治與董鄂妃故事等說，此種比附較缺乏
客觀，亦較難以累積。[19]考證派則還歷史考證之本來面貌，將比附
移轉至考訂，讓曹雪芹生平與其家庭歷史等證據發言，累積考證結
果，普遍認為《紅樓夢》為曹雪芹自敘傳，「假定是抄家或近於這
一類事故所致，情理也可通」[20]，以此途徑考證曹雪芹身世以說明
主題和情節。無論是索隱派的政治史抑或自傳說的家族史，二者很
大程度皆仰賴於「外援」，即《紅樓夢》文本以外的歷史材料。

　　　　歷來野史，皆蹈一轍，莫如我這不藉此套者，反倒新奇
　　別緻，不過只取其事體情理罷了，又何必拘拘於朝代年紀

---

[17] 《輯校》，頁 1-6。

[18] 余英時：《紅樓夢的兩個世界》（臺北：聯經出版，1978 年 1 月），頁 1-8。

[19] 郭玉雯：《紅樓夢學——從脂硯齋到張愛玲》（臺北：里仁書局，2004 年 8 月），頁 107-150、243。

[20] 魯迅：《魯迅小說史論文集——中國小說史略及其他》，頁 543-544。

哉！[21]

　　作者特意強調不假託任何朝代，不同歷來野史，不套才子佳
人，全書大旨談情，亦不過實錄其事，非假擬妄稱，其言所述雖為
「假話」，然實存「真事」，所書所記不能全然寫實，但為作者身
處「本朝」之事應是不錯。既非假擬，則應以文本故事為本，為其
親睹親聞幾個女子為真，倘拘於朝代野史，以歷史材料為真，全然
將小說視為史實材料按圖索驥，使歷史材料的處理反客為主，最終
可能脫離文本，悖離作者將真事隱去，盡心敷演出一段故事之真
意。故其歷史考證應作為理解作者意圖與閱讀文本的佐助，轉為內
斂，進而與文學理論合流，回歸文本，回到作者「批閱十載，增刪
五次」所築的空中閣樓。[22]

　　從文學角度研究《紅樓夢》，余英時（1930-2021）認為此方
是研究《紅樓夢》之正途。以文學觀點評論《紅樓夢》者當屬王國
維（1877-1927）〈紅樓夢評論〉[23]（1904）最早，且早於索隱、
考證派之重要著作，係以叔本華哲學及美學觀點為依據所寫文學批
評論，精采詮釋荒唐言後面的一把辛酸淚。其以「欲」論《紅樓
夢》之精神極有見地，雖有將一套哲學硬生套用之嫌，但歷來中國
文學批評者，尚未以此種理論與方法進行批評，此乃開山之作。即
使於見解方面仍有未盡完整之處，以該時代論，其開創精神與眼
光，以及該文意義與價值迄今值以細品，惜當時未能成為研究主

21　〔清〕曹雪芹、高鶚原著，馮其庸等校注：《紅樓夢校注》（臺北：里仁書局，2003 年 2 月初版
　　七刷），頁 4。

22　余英時：《紅樓夢的兩個世界》，頁 6-42。

23　王國維：〈紅樓夢評論〉收於《紅樓夢藝術論甲編三種》（臺北：里仁書局，1984 年 1 月），頁
　　1-29。

流。[24]余英時以為，無論是文學批評或比較文學，任一觀點皆須以索隱與考證成果為起點，以避免捕風捉影。[25]王國維藉叔本華，索隱派運用傳統解經方法演繹，考據派以傳統考據學歸納，自晚清、民國傍今，陳維昭指出，《紅樓夢》研究實際上已與中國近、現代社會史，哲學史，思想史，美學史，學術史等發展相呼應。[26]歷來各面向研究成果頗豐，也為後來的讀者提供了極為豐富的閱讀途徑。以下專就本文重要參考逐一評述。

一、專書

《紅樓夢》作為「人像畫廊」，人物研究亦係豐碩，本文以小人物為題，在主要人物論的著述中，略舉《紅樓夢人物論》、《紅樓夢人物研究》、《紅樓夢人物談》、《紅樓夢人物立體論》等部。[27]以上主要以賈寶玉、林黛玉、薛寶釵、王熙鳳、史湘雲、四春，晴雯、襲人……等重要人物為解析對象，太愚《紅樓夢人物論》中則另開篇目，有〈賈府的老爺少爺們〉、〈奴僕們的形象〉

---

[24] 有關〈紅樓夢評論〉述評參葉嘉瑩：《王國維及其文學批評》（廣東：廣東人民出版社，1982年9月），頁174-211、康來新：《晚清小說理論研究》（臺北：大安出版社，1990年11月），頁213-235、郭玉雯：《紅樓夢學——從脂硯齋到張愛玲》，頁179-241。

[25] 余英時：《紅樓夢的兩個世界》，頁29。

[26] 陳維昭：《紅學與二十世紀學術思想》（北京：人民文學出版社，2002年3月），頁1-8。陳氏於著述中，將紅學發展歷程以學術思想性質與流變，依序分出索隱方法與經緯學術傳統、考證與科學方法、社會——文化的詮釋維度、審美之維以及主體價值學詮釋等向度，概括了紅學史之大致範疇。

[27] 王昆侖（太愚、松青）：《紅樓夢人物論》（臺北：里仁書局，2008年10月）、郭玉雯：《紅樓夢人物研究》，（臺北：大安出版社，1994年3月）、胡文彬：《紅樓夢人物談——胡文彬論紅樓夢》（北京：文化藝術出版社，2005年1月）、歐麗娟：《紅樓夢人物立體論》（臺北：里仁書局，2006年3月）。

等篇，[28]具奴僕身分的人物，倚仗賈府橫行霸道的行為，反映了賈府所行所為。強調書中雖以賈政、賈珍、賈璉等人為《紅樓夢》的描寫主體，但赫赫賈府的沒落，是高踞社會結構中的頂層者，不再開創生路，漸趨腐化，一代不如一代相傳下來，文中透過老爺少爺等非作者大幅提及的人物間的傳承關係，從人物血緣的關聯上對賈府沒落的原因提出解釋。

　　在《紅樓夢人物研究》中寫林黛玉時，需以林如海與賈敏等人物為黛玉之身分背景補充。[29]在《紅樓夢人物立體論》中論析賈寶玉之「寶」與「玉」之重疊與分化時，則必輔以劉姥姥胡謅虛構，人物形象模糊不完整的小人物茗玉。[30]因此上述即使是主要人物論的著作，對本文書寫亦是重要的材料。

　　《紅樓夢人物談》篇目篇幅較為短小，除了主要人物、十二金釵正冊、副冊外，其中有論嬌杏、焦大、興兒、戴權等小人物之篇目，對本文有所助益。主要為人物研究，內容不僅止於人物之間，更拓及社會、思想等領域，多加縮合而成。《紅樓夢》這部人物之間牽涉極深的作品中，即使在主要人物論裡，亦並非只談重要人物，由小人物自身蘊含的特質及人物所引發的事件與情節，與重要人物息息相關，因而在主要人物的研究中，須提供小人物對主要人物輔以論述，反之，在小人物論中亦然。本文以《紅樓夢》小人物為題，亦不能忽略主要人物論的專著。

---

[28] 王昆侖（太愚、松青）：《紅樓夢人物論》，頁 126-158。

[29] 郭玉雯：《紅樓夢人物研究》，頁 218-221 中述黛玉背景與身分，其另是一樣的言語舉止與父母所提供家庭與教育有所關係，以及父母雙亡，身為孤女的身分對黛玉的悲劇性格產生了莫大的影響。

[30] 歐麗娟：《紅樓夢人物立體論》，頁 11、14。

二、學位論文

學位論文方面。《邊緣與中心：紅樓夢人物互動考察》[31]以社會學中之「邊緣人物」概念觀察《紅樓夢》中之人物，再分別以寶玉、鳳姐為中心的互動模式，展開中心與邊緣人物間各種對應、互動模式的討論，寶玉對應「情」，鳳姐則為「權」。[32]再為邊緣人物之奴僕、傻大姐、宗教人士與伶人等列傳，最後以「情」主題為出發，俯觀大觀園，闊論人物形象與社會關懷。「邊緣人物」的探討概念，與操作手法，雖和本文所用方法不同，但在「邊緣人物」研究中，以「邊緣人物」間接對主要人物進行分析、詮釋，以小見大的方式，見微知著的理念與操作，是本文為小人物與主要人物彼此縮合，互為連繫時的重要參考。該文中最後提及，如以鳳姐為例，鳳姐是主要人物，平兒是主要人物，也是邊緣人物，「人物究竟是中心人物還是邊緣人物，仍是見仁見智的問題」[33]。可見在「邊緣人物」的概念運用上，定義「邊緣」或「主要」，在各人物之間的關係中，是有所矛盾的。這樣的矛盾性，筆者在《紅樓夢》小人物提取與詮釋，面對小人物的「小」或「大」取捨中，遇到了相似的困境，「見仁見智」的結論，在此提供了及時的參考與建議。

《《紅樓夢》丫鬟析論──以重點人物為主》[34]，延續李昭瑢「邊緣人物」概念在《紅樓夢》上的運用，以邊緣人物──丫鬟為

---

[31] 李昭瑢：《邊緣與中心：紅樓夢人物互動考察》，輔仁大學中國文學研究所碩士論文，1994 年。

[32] 李昭瑢：《邊緣與中心：紅樓夢人物互動考察》，頁 23、55。

[33] 李昭瑢：《邊緣與中心：紅樓夢人物互動考察》，頁 121。

[34] 陳蓉萱：《《紅樓夢》丫鬟析論──以重點人物為主》，國立臺灣師範大學國文學系在職進修碩士班碩士論文，2008 年。

主題，再從在身為邊緣人物的丫鬟中，取用其中的重點人物。先以邊緣人物區別，又「以重點人物為主」，再度顯出重點、非重點，核心、非核心，主要、次要等等，主次先後的價值判斷，且多以重點、主要與核心等人物為研究對象，因此更能顯出小人物研究之缺乏，及探討的必要性。

《紅樓夢宗教人物之研究》[35]不論人物邊緣與否，重點與否，將《紅樓夢》中凡為宗教人物盡數收之，但如沁香、王道士等，宗教性相對低的人物，作者為諷賈府親族拐淫道姑，及當時富人盲信，以彰顯寶玉和一僧一道，不為同流的宗教人物。在這類情節性，高於宗教性的人物討論上，則難有進一步的論述。

《《紅樓夢》人物命名研究》[36]以人物命名為研究中心，掌握「《紅樓夢》人物姓名組合，關係到人物之間的主從、制約，甚至關係到人物終始結局」[37]要點，廣納凡有命名的人物，從姓名對人物進行分析與詮釋，田媽葉媽祝媽等小人物亦在其中，然而前段曾經提過《紅樓夢》中不乏沒有命名的隱名人物，以及在文本敘述中以職稱穿插的丫鬟婆子等人物，雖不在該文討論範圍內，但有命名的小人物詮釋，是本文重要的參考。

---

[35] 林素梅：《紅樓夢宗教人物之研究》，輔仁大學宗教學系碩士論文，2005 年。

[36] 吳蔚君：《《紅樓夢》人物命名研究》，國立臺灣師範大學國文學系在職進修碩士論文，2011 年。

[37] 王紹良：〈略論《紅樓夢》人物姓名之間的關連關係──兼評脂批有關人名批語的不足〉，《中州學刊》1989 年第 1 期，頁 87 指出「通過對小說中這類現象的綜合、類比、分析、歸納，可以使人從評紅過程中產生的一些迷惘中解脫出來，從現象到本質地尋求出一點結果。」

三、單篇之文

　　以《紅樓夢》小人物為題的單篇之文，為數不多，期刊論文大都為中國大陸方面發表，去除較不具學術性質的文評，略舉數篇。〈長篇結構中的小人物——漫談《紅樓夢》的藝術技巧〉[38]中以焦大、倪二、何三、傻大姐為漫談對象，與〈芥豆之微見匠心——漫談《紅樓夢》中幾個下層小人物形象的塑造〉[39]談焦大、傻大姐、興兒等人物，透過小人物的性格特徵，與其所聯繫的情節，對主要人物的影響及小人物對全書大主題的扣合，有著客觀性的探討，二篇談論小人物的論述理絡，和對小人物的特徵及所表現之功能等看法，對本文有所助益，詳細內容將在第二章中引述。

　　〈小人物中的「大」人物——淺論《紅樓夢》中劉姥姥形象〉[40]一文中，以身分地位卑微的角度切入，認為劉姥姥確是小人物，然以「小說構思起到的重要作用」來看，他又是小人物中的「大」人物。將劉姥姥視為小人物中的「大」人物的觀點，看出對於小人物提取的劃分與考慮，此一考量與本文欲提取小人物之採取方法亦有所重疊。以上對本文從《紅樓夢》中提取、歸納與詮釋小人物，提供了有效的參考。

　　臺灣方面，目前所見有二，但二者皆是較不具學術性質的文

---

[38] 宋浩慶：〈長篇結構中的小人物——漫談《紅樓夢》的藝術技巧〉，《紅樓夢學刊》1980 年第 4 輯，頁 111-119。

[39] 唐富齡：〈芥豆之微見匠心——漫談《紅樓夢》中幾個下層小人物形象的塑造〉，《紅樓夢學刊》1981 年第 1 輯，頁 159-175。

[40] 劉潔：〈小人物中的「大」人物——淺論《紅樓夢》中劉姥姥形象〉，《語文學刊》2009 年 18 期，頁 76-78。

評，一係期刊文章，阮沅〈紅樓小人物〉系列，[41]是「隨興所至，將大觀園內一些饒富趣味的人物，依其平時為人行事，舉止言談，特冠以『紅樓小人物』為名，作一種消遣」，意在引起讀者興趣，或提供一點研究線索所作。[42]〈紅樓小人物〉系列文章，所提人物大致為主要人物。[43]又其載於以「復興中華文化為主旨」[44]徵稿之刊物，文評內容多有藉人物與事件曉以大義的勸戒意味。

二是蔣勳《微塵眾：紅樓夢小人物》系列，[45]蔣勳引《金剛經》「以三千大千世界，碎為微塵，於意云何？是微塵眾，寧為多否？」作為其對《紅樓夢》中之小人物的形容。蔣勳以「微塵眾」稱《紅樓夢》間來往的眾生。蔣勳感得作者透過文字所流露對眾生芸芸的關懷，以文學式的筆法，感性浪漫的筆調，寫出對《紅樓夢》小人物的關愛，值供筆者參考。但《微塵眾》小人物系列，非以學術為書寫目的，在《微塵眾》全系列的內容裡，皆未寫出《紅樓夢》作者苦心經營人物的深意。例如〈北靜王與二丫頭〉[46]中寫道，二丫頭寫在寶玉謁見北靜王之後，「在貧賤卑微的農莊，他對

---

[41] 阮沅：〈紅樓小人物〉，收於《中華文化復興月刊》1978 年第 11 卷第 3 期至 13 卷第 5 期，共 27 期，計 27 篇。

[42] 阮沅：〈紅樓小人物 1・襲人的心計、晴雯之死〉，《中華文化復興月刊》1978 年第 11 卷第 3 期，頁 83 作者引言中所述。

[43] 阮沅：〈紅樓小人物〉，收於《中華文化復興月刊》1978 年第 11 卷第 3 期至 13 卷第 5 期，27 期分別以襲人晴雯、劉姥姥冷子興、平兒小紅、王善保家的、尤三姐白金釧、趙姨娘母子、鴛鴦及柳家母女、賈雨村、紫鵑、秦可卿、焦大、薛家、香菱、來旺夫妻、鳳姐、包勇、周瑞家的、司棋、賈珍、賈璉、賈芸、妙玉、賈瑞、賈芹、賈母、史湘雲、賴尚榮共 27 篇。

[44] 見《中華文化復興月刊》徵稿簡約。

[45] 蔣勳：《微塵眾：紅樓夢小人物I-V》共 5 冊（臺北：遠流出版，2014 年 1 月-2015 年 5 月），原刊登於聯合報副刊之專欄文章，後集結成冊。《聯副電子報・美學系列／微塵眾——紅樓夢小人物》網址 http://paper.udn.com/udnpaper/PIC0004/249677/web/#1L-4387106L（瀏覽日期：2017 年 1 月 21 日下午 11:22）。

[46] 蔣勳：《微塵眾：紅樓夢小人物I》，頁 123-127。

二丫頭如此端正尊重,指責秦鐘輕薄,或許是《紅樓夢》作者流露人性最動人之處」,「是《紅樓夢》作者情感至深,好像只是對人世間有說不完的愧疚」[47]。而《紅樓夢》作者苦心經營莊稼姑娘的另一意圖,即藉二丫頭勾起寶玉的「情不情」,該「情」明顯與秦鐘認為二丫頭「大有意趣」的皮膚濫淫,有所區別,是為寶玉與秦鐘對待女性的差異評判。在《微塵眾》小人物系列中,皆有此情形。

蔣勳曾在自序中說:「多看幾次⋯⋯會從原有關注的林黛玉、薛寶釵、賈寶玉幾個主角,轉到對一些小人物的關心。」[48],但在書中,有〈晴雯撕扇〉、〈寶玉挨打〉、〈黛玉的小氣〉、〈襲人〉、〈薛寶釵〉、〈賈母的死亡〉等篇,不是「小人物」的「主角」評論。雖不能知曉蔣勳區分小人物的標準為何,或許如同其在序言中所述,「多到像塵沙微粒一樣的眾生」,在俯觀《紅樓夢》全書,乃至整個宇宙,每位人物皆小如微塵,每位人物皆是小人物,也未可知。

第三節　範圍、方法與步驟

本文以《紅樓夢》小人物為中心,將人物形塑,藝術筆法,情節安排,縮合時代風氣與社會脈絡,加以詮釋。再而回到文本脈絡,以小見大,將其與主要人物互映,演繹,以窺小人物登場的安排意圖與深層意蘊。本文研究範圍與重要參考,操作指標如下。

---

[47] 蔣勳:《微塵眾:紅樓夢小人物I》,頁127。

[48] 蔣勳:《微塵眾:紅樓夢小人物I》,頁8。

一、範圍

　　經典原文採用里仁書局出版之《紅樓夢校注》[49]百二十回本。
1791 年，萃文書屋排印量產「百二十回程甲本」問世以前，數十
年間是以手抄本形式流傳，[50]僅有前八十回，且個別回未分完全、
缺回目或每回完結套語不統一。此時期只在和作者與批者有關的圈
子中流傳。爾後傳入社會，形式才有了變化。早期批語經過整理、
增刪，又雜後人批語，出現了後四十回合八十回的百二十回本，這
百二十回或帶批語或不帶批語，萃文書屋印本擇不帶批語的百二十
回印制。[51]胡適、俞平伯等學者以來，對後四十回為曹雪芹所著，
或為程偉元、高鶚續書，有所懷疑。但經近年發現的原始材料可
見，程、高二人的百二十回本，是為完整型態是不錯的。俞氏在後
來的著作中，也拋棄了原來的主張。[52]

　　百二十回本應為程高二人整理而非續書之作，[53]「善者修緣，
惡者悔禍」、「蘭桂齊芳，家道復初」的結局，亦符合《紅樓夢》
大觀之二元補襯中心旨意，近來學界亦普遍將其視為完整作品。以
百二十回本作為研究文本，對人物研究的關照與文本分析來說有其
必要性。文本以里仁書局《紅樓夢校注》百二十回本為主。該書以
「脂硯齋重評石頭記（庚辰秋月定本）」（簡稱庚辰本）為底本。

---

[49] 曹雪芹、高鶚著，馮其庸校注：《紅樓夢校注》（臺北：里仁書局，2003 年 2 月初版七刷）。

[50] 康來新：《紅樓長短夢》（臺北：駱駝出版社，1996 年 11 月），頁 151-152 談道，若不是百二十回刻本的廣泛流傳，單靠早期殘卷抄本，傳播功能只限於一小撮人，影響有限。木活字印刷讀物的發行，實為《紅樓夢》締造了新時代。

[51] 《輯校》，頁 1-2

[52] 〔美〕夏志清著，何欣、莊信正、林耀福譯：《中國古典小說》（臺北：聯合文學，2016 年 10 月），頁 340-342。

[53] 賴芳伶：〈陳慶浩博士的紅學研究〉，《東華漢學》第 8 期 2008 年 12 月，頁 256。

底本若干缺文處依其他脂本或程本補齊；餘則以程甲本補配，並以各脂評本、抄本參校，使用版本眾多，擇用此文本以求貼近作者原意。

二、方法

本文將於第二章，梳理中西方對人物主次，大小等概念，進以定義《紅樓夢》小人物。並依該界義，細讀百二十回《紅樓夢》，將符合界定之小人物逐一選取，再而計數，分類，歸納，詮釋。此一進程需觀察人物於文本中所處位置，身分地位及事件安排，表象與隱喻等意義，此則須仰賴前人評點與藝術手法的補充。

中國古典小說深受評點傳統影響，《新編石頭記脂硯齋評語輯校（增訂本）》指出現存早期抄本石頭記，大多附有批語，這些批語主要是脂硯齋與他朋友所寫，幾乎是《紅樓夢》最早的讀者，同時也是最早評點《紅樓夢》的人。脂硯齋一班人是作者本家親戚或朋友，在批書過程中同時透漏生活情況與思想，同時記錄了此書素材、演變，是對《紅樓夢》評點與批評的最早材料，也為石頭記提供了不少重要資料。[54]可能正因為和作者熟識，深知作者文中暗語與生活映照的摹本，故而其評點內容往往為讀者提供了極大的閱讀幫助。特別不以道德觀點批判，而就藝術筆法進行評點，經由提示，使讀者掌握《紅樓夢》時正時反的隱晦文意。

脂評亦在第一回中表示了評點趨向：「事則實事，然亦敘得有間架、有曲折、有順逆、有映帶、有隱有見、有正有閏，以至草蛇灰線、空谷傳聲、一擊兩鳴、明修棧道、暗度陳倉、雲龍霧雨、兩

---

54 《輯校》，頁 2-3。

山對峙、烘雲托月、背面傳（傅）粉、千皴萬染諸奇。書中祕法，亦不復少；余亦干（于）逐回中搜剔刳剖，明白註釋，以待高明，再批示謬誤。」[55]然而各種筆法未必有一專門名稱，脂硯齋在後來的實際批評裡也未全部用上。這些手法也非曹雪芹獨創，如「橫山斷雲法」即插敘，常見於敘事文類，若非評者提示，讀者很容易忽略，也就失去許多賞析的樂趣。[56]脂硯齋是石頭記稿本的整理者和主要評書人，故而，文本閱讀時，同時參照脂評，並適當為文本佐以補充，可望填補平面閱讀的缺失。脂評是賞析《紅樓夢》時的途徑之一，依此作為重要參照。

魯迅言：「《紅樓夢》因讀者的眼光而有種種」[57]，因不同的讀者，而產生不同的看法。這些閱讀心得，在《紅樓夢》品評批注中得到了回饋。在脂評之後，評《紅樓夢》者踵繼，並採通讀全書、逐回品評的方式將心得附於正文之下。尤可注意各家批評，關於人物品評特別豐富，幾乎奠定《紅樓夢》人物品評的基礎。當時蔚為代表的評注者，護花主人王希廉，大某山民姚燮，太平閒人張新之，三者各對百二十回本有著精闢獨到的評析。而目前所存脂評僅前八十回，後四十回未能照應之處，本文便以《三家評本》[58]為輔參考，旨望透過時人評解，當時社會知識眼光，仔細蒐羅小人物伏埋於文本中之線索。

「接受理論」用意是探討讀者在文學中的角色，若沒有讀者，

---

[55] 《輯校》，頁 10。

[56] 郭玉雯：《紅樓夢淵源論——從神話到明清思想》（臺北：臺大出版中心，2006 年 10 月），頁270-271。

[57] 魯迅：〈《絳洞花主》小引〉《集外集拾遺補編》，收入《魯迅全集》第 8 集（北京：人民文學出版社，2005 年 11 月），頁 179。

[58] 〔清〕曹雪芹、高鶚著，護花主人、大某山民、太平閒人評：《紅樓夢（三家評本）》（上海：上海古籍出版社，1988 年 2 月）。

文學文本便不存在。《紅樓夢》開篇云:「都云作者痴,誰解其中味?」想來曹雪芹可能有與讀者對話的意圖。「接受理論」(reception theory)認為,文學本身實際上是為讀者提供系列「提示」,誘發其將語言作品建構為意義,透過讀者參與,將文學作品具體化(concretizes)。作品充滿「不確定性」,因素的效用取決於讀者詮釋,讀者須為文本「空隙」提供失落的關聯。讀者的「預先理解」,在閱讀過程進行時與文本之間進行「詮釋循環」,同時對文本成分有所選擇,排除某些成分,突顯其他成分,將其組成連貫的整體。有些文本內容會在記憶中淡化,「縮小深度」(foreshortened),可能被事後了解的東西沖淡。證以閱讀不是一直向前的直線運動,而會捨棄某些推斷、修正信念、作出愈來愈複雜的推測和預期。沃夫岡・伊瑟(Wolfgang Iser)《閱讀行為》(*The Act of Reading*)提到「指涉法則」,認為須動用一般的社會知識,憑藉某些社會法則與脈絡,將一切和某些閱讀的法則和成規交互聯繫,採納可以掃除曖昧的閱讀成規,有賴於社會知識的脈絡。[59]讀者在閱讀中,透過自身知識、觀點與文本溝通。而閱讀的一切目的在於使我們有更深刻的自覺,促使對我們本身的身分產生更具批判性的觀點。[60]因此閱讀過程,恍如閱讀自我的生命經驗。曹雪芹在小人物中的寄寓,或許可藉「接受理論」,一窺其想使讀者閱讀到的何種自己。脂評與三家評本,所呈現的亦是其在閱讀過程裡的理解與解讀,融合當時社會法則與知識。

　　詮釋過程,則不可偏離《紅樓夢》之深層結構,即二元補襯。

---

[59] 〔英〕泰瑞・伊果頓(Terry Eangleton),吳新發中譯:《文學理論導讀》(臺北:書林,1994年3月2刷),頁97-113。

[60] 〔英〕泰瑞・伊果頓(Terry Eangleton),吳新發中譯:《文學理論導讀》,頁103。

「道生一，一生二，二生三，三生萬物。萬物負陰而抱陽，沖氣以為和。」[61]前句描述萬物生成的過程，然後陰陽兩氣激盪，調整至和諧的狀態。中國神話的原型，往往具備傳統陰陽互補的思維，如陰陽，日月，男女，西王母與東王公的互映。《紅樓夢》開篇闡釋全書建立在一神話背景之下：「原來女媧氏煉石補天之時，於大荒山無稽崖煉成高經十二丈、方經二十四丈頑石三萬六千五百零一塊。媧皇氏只用了三萬六千五百塊，只單單剩了一塊未用，便棄在此山青埂峰下。誰知此石自經煅煉之後，靈性已通，因見眾石俱得補天，獨自己無材不堪入選，遂自怨自嘆，日夜悲號慚愧。」，《紅樓夢》同樣繼承了「對偶美學」，在對句形式的回目中明顯強調了這相互均衡的組成，如〈滴翠亭楊妃戲彩蝶　埋香塚飛燕泣殘紅〉（第二十七回），同時運用於塑造對比人物上，擴及《紅樓夢》全書「真假」契機皆然。[62]《紅樓夢》寓意結構的主脈「真假」看似遊戲筆墨，其中哲理是費盡苦心。浦氏認為：

> 曹雪芹將「真假」概念插入故事情節——通過刻劃甄、賈二氏及「真假」寶玉，通過整個寫實的姿態——而擴大讀者的視野，使其看到真與假是人生經驗中互相補充、並非辯證對抗的兩個方面。「太虛幻境」的坊聯「假作真時真亦假，無為有處有還無」，毋寧說是含蘊著這一意思的；而《好了歌注解》中「你方唱罷我登場」一句，更可以說暗示

---

[61] 陳鼓應：《老子今註今譯及評介》（臺北：臺灣商務印書館，2013年6月），頁428。

[62] 〔美〕浦安迪：《中國敘事學》，頁48-54。

著二元取代的關係。[63]

　　無論是「真/假」、「有/無」、「榮/寧」、「人情/勢利」、「福/禍」，或是釵黛合一的「兼美」，皆不脫二元補襯的中心寓意。因此，無論人物在小說中的敘事表象多麼簡單平面，或其本質再如何複雜多重，大抵不離二元補襯的中心結構。是以，本文對人物進行合理恰當的詮釋，依照人物表象或隱含寓意進行分類，或沿舊說等方式分析。詮釋過程，將以此寓意為核心演繹，以避免脫離文本而造成詮釋上的過度與偏移。

三、步驟

　　第一章為緒論，首先說明本書的立題動機與目的，前人文獻回顧，探微範圍、方法以及步驟。

　　第二章，首節將藉由中西方小說中之人物書寫與相關小說理論著作，觀察其對小說人物設計手法分析，小說篇幅與角色功能，以及人物與小說中之社會階層等人物對比手法，進以於第二節為小人物提出較為明確之界義。依該界義，細讀文本，選取符合界定之小人物，加以計數，分類。第三節則以賈府為中心，觀察各小人物於文本中之社會身分地位，與賈府間的關係為何。隨著身分地位與社會職業的不同，人物對事件的應對以及意向的歸屬亦有所差異。這些差異，可能是人物自身社會地位所賦予的力量，使其在特定的環境裡展現特定的性格。小人物與環境有著互相作用的關係，規範著整體系統運作的法則，在面對事件的處變中，所衍生的後續行為，

---

[63] 〔美〕浦安迪：《中國敘事學》，頁160。

皆牽動情節發展，影響小說的整體結構。

　　第三章為小人物的書寫技法與效益。第一節討論作者使用的書寫技法與原型人物。作者透過「不寫之寫」筆法，將人物與其事件妥適搭配，小人物妥適安排其中，於其安插的位置發揮其功能，為情節當下與後續增添變數。而潛意識原型人物的使用，也可見古典小說中的精髓，並將典故巧妙化用於書中，全書主題與意象亦更為豐富。第二節則以小人物之人物命名為主要討論，觀察作者對小人物之命名方式，從小說的情節故事，到人物之間主從與制約，以及人物的終始結局之關係。第三節說明作者如何以嬌杏、霍啟、封肅、冷子興等人物作為《紅樓夢》開篇總帽。全書禍起由此起，偶因嬌倖，人世常情，炎涼世態亦隨之發生，看似無情卻是人生的常態。開篇即透過小人物，其不加以言說的寓意，開創，延展，滲透，令讀者陷入深度思考中。

　　第四章係賈族小人物群像，內容為賈族成員的討論。第一節將賈族子孫，代字輩、文旁輩、玉字輩、草頭輩等約略一總，討論各輩分於喜喪節慶宴席上之表現，各事件中之個體性格展現，與該輩分進行對比，或相同或二致，並深究其蘊藏寓意。第二節探討賈府內的太太奶奶侍妾等女性，此類別中之女性多是無名，雖無名，但作者並不剝奪婦人的人格，對於已婚婦人之描寫，不陷於單調。討論賈府內的女性小人物，外延至女性無名於宗法社會中之意義，相對於《紅樓夢》總體表現，觀察作者之書寫心態。第三節則討論賈府家庭內部，與外部自然環境，裡應外合，深究累世的祖上恩澤至五世即斬的原因。而祖上恩澤五代而斬的悲哀，實際反映了作者的生命經驗，第三節即討論賈府與作者家世，繁華落盡，金粉凋零的過程，進以反思《紅樓夢》大主題之意義與內涵。

　　第五章則係賈族成員之外的人物。首先界分出府內奴僕。賈府

內的奴僕，通常「有其主必有其僕」，奴僕的思想行為，生活態度
上很大程度受到主子的影響。因此賈府內的奴僕，可藉以旁補主要
人物，或透露作者隱筆所藏之賈府內幕。第二節首先論述府外常到
賈府走動的宗教人士，這些小人物泰半係六根不清靜的俗世僧道，
與癩僧跛道等真正點悟的僧道相對言之，充分對照經點化而澈悟的
出世者，與居於世俗的偽出世者的形象差異。其次論由賈府內的強
權者，貪欲弄權，倚強凌弱例。末節，以幾位喚發寶玉「情不情」
之小人物，談寶玉情不情的特質。延伸全書開篇禍起之意義，是寶
玉的體貼及情不情，對《紅樓夢》中，乃至天下男子引發的諸多禍
事所牽涉的女子，有著贖罪的意涵。因而全書最終「善者修緣，惡
者悔禍」，亦含納作者以大悲心，書大悲筆的懺悔。

　　最後為本書結論，思考小人物帶來的反思，其反映的同時亦是
人間各人的寫照，他是單數嗎？隨著文本脈絡，人物退場，人物意
志擺脫了自由與箝制，最終都是「飛鳥各投林」，「落了片白茫茫
大地真乾淨」。

第二章　　發現並索隱小人物

　　《紅樓夢》所書人物數量之多，本文以小人物為題，得將小人物從中區別。但人物形象多樣，立體，人物之「大」或「小」，終究是籠統的看法，故本章節，將定義本文所欲選取之小人物，以作小人物選取之依據。小說人物之間有著相當複雜的「連鎖反應」，作家反覆調配人物間的相互關係，以達到絕佳的配合狀態，使得人物彼此有著千絲萬縷的聯繫，任何一個人物的變動，都將影響其他的人物。[1]因此，進行人物區別的意義，並不在於評價人物地位高低的優劣價值，而是為藉由異同之間的釐清，以突顯、展現小人物之特色與獨特性。[2]

第一節　　人物設計

　　為確立小人物之界義，首先以小說人物分析為徑路，依小說藝術手法、小說篇幅長短與人物社會層級等區分人物種類的方法，觀察其運用於本文之適當性，以求選取小人物之妥適定義。

---

[1]　金健人：《小說結構美學》（臺北：木鐸出版社，1988 年 9 月），頁 92。

[2]　林保淳：《古典小說中的類型人物》（臺北：里仁書局，2003 年 10 月），頁 3 對類型區劃進行意義上的解說。「類型區劃的意義，在於突顯類型的特色、抽繹類型的規則，並藉類型間一同的釐析，呈顯出整個大類的共通趨向；同時，在共通的趨向下，亦展示個體的獨立性。」此與本文人物區分所秉持的意義相似，引而用之。

一、人物設計分析

　　佛斯特（E.M.Forster 1879-1970）對人物設計進行分析，將人物分出「扁型人物（flat character）」與「圓型人物（round character）二種。扁型人物是「作者循著單一理念或特質所建構出來的」，「真正的扁型人物，可以一言道盡」；圓型人物則是「無法用短短一句話來概括他這個人」，「像真實人物一樣複雜多面」。[3]佛斯特雖強調「一本錯縱複雜的小說，通常需要扁型人物和圓型人物穿插其間」卻又提出了「扁型人物不如圓型人物來得有成就……一個嚴肅或悲劇的扁型人物，通常是乏味無趣的。」的說法。[4]形成貶抑扁型人物，褒揚圓型人物的態勢[5]。若將扁型及圓型人物論套用至《紅樓夢》裡，拜會士隱的嚴老爺，參加可卿喪禮未露面的公侯，幾位提水遞茶的丫頭，掃地的小廝等為鋪張使用，或支開情節而寫，一筆帶過的人物是屬扁型。然而在《紅樓夢》裡嚴密的人物鋪排，即使是為「扁型」亦有其情節作用與意義，且人物理念與特質大抵是豐富的，亦如魯迅所言大都是「真的人物」[6]，作者「秉刀斧之筆，具菩薩之心」，以大悲之心營造的人物，不含有貶損的意味，沒有一個人物是作者非要筆伐不可的。由此看來，圓型亦或扁型的二分，似乎並不能夠用以區別《紅樓夢》裡的人物。

　　小說中有各種不同的人物，扮演不同的角色（part or role）。

3　〔英〕佛斯特（E. M. Forster）：《小說面面觀》，頁94-96。

4　〔英〕佛斯特（E. M. Forster）：《小說面面觀》，頁98-99。

5　林保淳：《古典小說中的類型人物》，頁1稱佛斯特有意無意間有「抑扁揚圓」的趨向。

6　魯迅：〈中國小說的歷史的變遷〉，頁544。

方祖燊《小說結構》就小說篇幅長短認為《紅樓夢》中主要人物不過幾個人或十幾人，寫得最多的是賈寶玉、林黛玉、薛寶釵三人；次要的有賈母、王鳳姐、探春、迎春、襲人、晴雯……等十幾人。主要人物是主角（main character），次要人物可以稱為配角（minor character）。[7]其以在小說篇幅中的長短作為標示主要人物與次要人物的認定，就此言之，在《紅樓夢》裡與故事有著小小關聯的人物，似乎該認定為「小配角」。小配角之外，《紅樓夢》作者細心刻劃與安插非主要與次要的人物，有大量在情節發展裡居於重要地位的人物，即引發情節的重要「樞紐角（vital character）」。按小說篇幅長短及小說功能，對人物以小配角與樞紐角進行責任擔負的區別，係較不含褒貶的中性作法。

　　《紅樓夢》人物皆有其獨特的形象與精神意志，「扁型人物」在文本中即使不加以形塑，亦能在小說脈絡中展露其隱喻，在文本中仍有其重要位置。《紅樓夢》裡所書人物階層，上至帝王將相，貴族世家，下至丫鬟奴僕，流氓潑皮，若限制於社會地位低下、低層的人物，則可能侷限了人物詮釋的平等性。以小說篇幅長短言，和故事小有關聯的「小配角」與開啟情節發展的「樞紐角」的小說功能取向，較不具褒貶意味，宜作小人物界義之一。

7　方祖燊：《小說結構》（臺北：東大圖書，1995 年 10 月），頁 336-337。在人物分配一節提到，寫小說要注意到角色的安排：主要人物與次要人物。小說理論家將小說裡的人物分做：主角、配角（反角、襯角）、樞紐角等。以《水滸傳》「武十回」為例，武松是主要人物，即主角（main choracter），老虎、武大郎、潘金蓮、西門慶、王婆、張青、孫二娘……都是次要的人物，可以稱之「配角（minor character）」。其中潘金蓮、西門慶、王婆、蔣門神、張都監、張團練、玉蘭等扮演的是反面角色，又稱「反角（negative character）。柴進、宋江、酒家、獵戶……等是與故事有小小關聯的角色，是「小配角」或「襯角」。值得注意的是鄆哥和何九叔，在小說裡雖不是主要人物，但對情節發展卻居重要地位，沒有他們，武松就無法知道及證實兄長武大郎是被西門慶和潘金蓮所謀害的，此叫「樞紐角（vital character）」或「關係人（relatives）」。

二、「大」與「小」

　　若要舉出重要人物，李辰冬認為足以代表時代意識的幾位重要人物，「它的人物真正活潑生動而有個性的，不下六十餘位，也很難枚舉」[8]，在主要人物研究的著作中，寶玉、黛玉、寶釵、湘雲、鳳姐、四春、襲人、晴雯、可卿、李紈、妙玉、劉姥姥與巧姐……等人物亦勢必在列[9]。上述略舉人物，其共同點在於人物形象的描寫豐富立體，有著為其量身安排的情節，於書中所占的篇幅比例亦較高。除此之外，不難發現這些重要人物如主子、小姐或奶奶以及副小姐等，社會階層較高。主要因為與全書主角賈寶玉為世族大家嫡系少爺，圍繞在他身邊的，關係緊密的人物，連帶在社會階層上有所對應，相互牽涉的緣故。

　　劉姥姥這位鄉村老嫗位在重要人物其中，是因為與主要人物有著直接的情節關聯，故而在敘述上有了大幅的鋪陳，且有著見證賈府興盛至衰落的重要功能。這可說明社會地位的區別，並非劃分人物重要性或次要性的主要原因。以社會地位觀察，身為鄉村老嫗的劉姥姥固然是位「當時社會地位低下」的小人物，而這充滿機智飽富溫情的人物，三進榮國府的情節安排，則是作者透過這鄉村老嫗的雙眼，帶領讀者見證賈府興衰榮辱，體會「彩雲易散琉璃脆」的慨歎，在大篇幅的文字內容中，和文學手法功能上，劉姥姥毫無疑

---

[8]　李辰冬：〈紅樓夢研究・紅樓夢重要人物分析〉收於《紅樓夢研究兩種》（北京：知識產權出版社，2010年7月），頁34所舉重要人物例有賈寶玉、林黛玉、薛寶釵、王熙鳳、賈雨村與薛蟠六位。

[9]　所列為太愚《紅樓夢人物論》、郭玉雯《紅樓夢人物研究》、梅苑《紅樓夢的重要女性》（臺北：臺灣商務，1992年8月）裡之主要研究人物。

問地是為「小人物中的『大』人物」[10]。由此呈現，社會地位並非
將人物區別為重要人物的主要因素。

　　唐富齡認為《紅樓夢》裡的小人物是「下層人物」，並依人物
「在作品中所處的地位和作者對他們描寫的筆墨來看」，大致分為
三類：第一類「用濃筆重彩反覆描寫，在情節結構中占有顯著位置
的人物」，第二類是「著墨不多，出場很少，乍看似非緊要，細思
大有文章，而且寫得相當成功的人物」，第三類為「一筆帶過或僅
提及姓名的人物」，這三類人物在小說中「所占有的不同地位和對
他們所費筆墨的多少，是由作品所反映的生活邏輯和作品的整體結
構決定」[11]。在「下層人物」的定調中，大量排除了社會階層較高
的人物，難道上層、中層人物，就全然是大人物嗎？此未必然。

　　宋浩慶對於小人物初步看法同樣為，「小人物地位不高，身分
不大，在作品中僅僅出場一兩次，每次出場也著墨不多」，[12]其在
分析焦大、倪二、何三和傻大姐四個小人物之後，得出三個結果：
第一，人物小，作用大，在情節結構接榫處起到不可取代的作用。
第二，其牽動的情節結構反映了人物的特殊性格，該性格又有其社
會意義，不是可以隨意取代的人物。第三，這種小人物的性格特徵
及其所關聯的故事情節，不只使個別情節生動，同時聯繫全書主

---

[10]　劉潔：〈小人物中的「大」人物——淺論《紅樓夢》中劉姥姥形象〉，頁 76「儘管身分地位如此
　　　卑微，但她在作者的整部小說構思中卻起到了重要作用，從這一點上她又可以說是小人物中的
　　　『大』人物。」

[11]　唐富齡：〈芥豆之微見匠心——漫談《紅樓夢》中幾個下層小人物形象的塑造〉，頁 159。第一
　　　類有晴雯、紫鵑、鴛鴦、司棋、鶯兒、平兒、襲人、茗烟以及劉姥姥等人。第二類如焦大、興
　　　兒、柳家媳婦、劉姥姥等。第三類如綺霞、檀雲、翡翠、玻璃、鋤藥、伴鶴、壽兒、隆兒、慶兒
　　　以及板兒、青兒等。

[12]　宋浩慶：〈長篇結構中的小人物——漫談《紅樓夢》的藝術技巧〉，頁 111。

題，與主要人物密切相關。[13]

　　二者皆有見地。而本文已發見人物社會階層並非作為「小人物」的必須條件。首先，細看唐富齡所分三類內容，以描寫筆墨作為人物分類主要準則，撇開社會階層，不只限於「下層人物」的分類。其次，節用宋浩慶對於小人物的在作品中出場次數少，每次出場著墨不多，以及人物在情節結構接榫處，具有不可取代的作用的結果，與「小配角、襯角」與「樞紐角」的角色分類與小說功能，套用至全書人物，進而區別大小人物，或是可行。因此在本文的小人物定義中，人物個性的設定，社會階層規畫，以及小說作用與功能等小說藝術層面，皆是重要考量。更重要的是這些出場一兩次，故事不多的小人物，要能夠留下清晰難忘的印象，並為讀者留下許多思考、反省的空間，[14]因此較妥適的定義標準，初步即在於小說篇幅上。

第二節　誰是小人物

　　《紅樓夢》作者塑造數百位人物於其中，每位人物皆在固定的篇幅份量中，展現豐富立體的個性，觸發必為該人物所發生之事件。書中所佔比例，篇幅份量，皆為作者悉心量身裁造，穠纖合度。蔣勳引《金剛經》「以三千大千世界，碎為微塵，於意云何？是微塵眾，寧為多否？」說法，觀看《紅樓夢》芸芸人物，認為眾

---

[13] 宋浩慶：〈長篇結構中的小人物——漫談《紅樓夢》的藝術技巧〉，頁 119。

[14] 蔣勳：《微塵眾：紅樓夢小人物I》，頁 9，如「他（賈瑞）的暗戀王熙鳳如此強烈，難堪卑微，至死不悟，讓人心痛，賈瑞讓我想到許多現世社會裡在不可自制的愛情慾望中一步一步走向毀滅的男子。」

生微塵。眾生既微塵，綜合前節討論，本文以不設人物社會階層之範限為基準，對《紅樓夢》小人物之界義，主要依小說篇幅長短，約一千字以內描述為主要界分小人物的標準。所謂小人物，即《紅樓夢》中篇幅短少之人物。

將人物設定與情節的安排，具有思考、反省空間者，按篇幅長短之原則，歸結出三種，第一，篇幅短小，出場次數少之人物。第二，人物未實際露面，作者著墨不多，僅提及姓名，以人物親屬派生，或藉其他人物口吻帶出之人物。第三作者一筆帶過，沒有姓名，或只有職名，或職名並冠姓，或可因事命名之人物。

凡有其他情況者則不列入：第一，神話、傳說、歷史人物不在其中。第二，職業稱謂，未有事件事情可作代表者，如：欽天監陰陽司、陰陽司吏、花兒匠、山子匠、法師。第三，眾數難有事件可指稱者，如：三四個衣帽周全的小廝、眾婆子、幾個穿紅著綠的丫頭、三四個人爭著打起簾籠、各行匠役、許多小太監等。

一、取樣

提取結果，按登場回目次序排列如下：

第一，篇幅短小，出場次數少之人物。符合此項者、封氏、嬌杏、霍啟、封肅、林如海、冷子興、張如圭、王狗兒、劉氏（狗兒妻）、板兒、青兒、智能兒、淨虛、周瑞女兒、茜雪、焦大、詹光、單聘仁、吳新登、戴良、錢華、秦業、賈代儒、代儒妻、香憐、玉愛、金榮、賈菌、金氏（璜大奶奶）、胡氏（金榮母）、賈璜、張友士、賈代修、賈敕、賈效、賈敦、賈瑞、賈珩、賈珖、賈琛、賈瓊、賈璘、賈菖、賈菱、賈蓁、賈萍、賈藻、賈蘅、賈芬、賈芳、賈芝、瑞珠、寶珠、戴權、王興媳婦、張材家的、昭兒、牛

繼宗、柳芳、陳瑞文、馬尚、侯孝康、史鼎、蔣子寧、謝鯨、戚建輝、裘良、韓奇、陳也俊、衛若蘭、智善、夏守忠、趙嬤嬤、山子野、程日興、卍兒、花自芳、吳貴、多姑娘、卜世仁、卜世仁妻、銀姐、倪二、倪二妻女、賈芸母、引泉、掃花、挑雲、伴鶴、王子騰夫人、馬道婆、周姨娘、胡斯來、王濟仁、雙瑞、雙壽、雲兒、春纖、張道士、蓉妻、靛兒、白老媳婦、寶官、玉官、吳新登媳婦、鄭好時媳婦、宋媽、賴大娘、賴嬤嬤、鮑二家的、鮑二、金文翔、金文翔媳婦、賴尚榮、杏奴、張德輝、胡君榮、小螺、王榮、張若錦、趙亦華、錢啓、墜兒母、烏進孝、賈荇、賈芝、妻氏（賈菌母）、祝媽、甄夫人、甄家女兒、小吉祥兒、單大良家的、邢忠夫婦、何婆、春燕、夏婆子、春燕姑媽、蟬姐兒、柳家媳婦、五兒舅舅、五兒舅母、五兒表兄、錢槐、蓮花兒、秦顯家的、佩鳳、偕鴛、賈瓔、俞祿、張華、張華父親、鮑二女人、隆兒、喜兒、壽兒、興兒、善姐、王信、慶兒、費大娘、賈璠母、喜鸞、賈瓊母、四姐兒、潘又安、彩霞母、小鵲、傻大姐、繡桔、王住兒媳婦、銀蝶、邢德全、文花、智通、圓心、小捨兒、王一貼、王爾調、吳良、太平縣知縣、張王氏（張三母）、張二、李二、何三、沁香、鶴仙、畢知庵、李十兒、詹會、大了、拴兒、趙全、甄應嘉、周媽媽（巧姐婆婆）、花自芳的女人等，共一百九十七人。此種人物，出場的次數少，作者所費筆墨較後二者多。每一人物，於小說中皆實際揭面出場，與主要人物之間直接交往，相處，談話，可能是主要人物的家屬，奴僕，朋友，同儕等人際關係裡的一環。同樣於小說中實際登場，但人物未親身與主要人物直接接觸，乃透過小人物自身所擁之小說任務，牽動情節運作，藉由情節的推動，間接對主要人物或其生活周遭，文本環境，發生變化，產生影響。

　　第二，人物未實際露面，作者著墨不多，僅提及姓名，以人物

親屬派生，或藉其他人物口吻帶出之人物。符合本項者，賈敏、賈復、賈演、賈源、賈代化、賈敷、賈代善、賈珠、穆蒔、李守中、馮淵、薛蟠父親、王成、余信、余信家的、義忠親王老千歲、襄陽侯兄弟老三、永興節度使馮胖子、石光珠、繕國公、西安郡王妃、鎮國公牛清、胡老爺、張大財主、張金哥、李衙內、長安守備之子、雲光、周貴人、吳貴妃、吳天祐、卜固修、趙天樑、趙天棟、周氏（賈芹母）、王短腿、方椿、錦田侯、仇都尉兒子、沈世兄、鮑太醫、湘雲二嬸、傅試、傅秋芳、茗玉、王君效、周瑞兒子、可人、金彩、金老婆子、嫣紅、薛蟠乳父、石呆子、梅翰林之子、史鼎、良兒、烏進孝兒子、單大良、趙國基、賴大女兒、田媽、鶯兒母、葉媽、老太妃、小鳩兒、王子騰之女、保寧侯之子、朱大娘、旺兒兒子、周太監、柳家媳婦之妹、王奶媽、傻大姐的娘、翠雲、吳興家的、鄭華家的、來喜家的、張媽、梅翰林、楊侍郎、李員外、慶國公、孫紹祖、潘三保、張大老爺、張大老爺女兒、張三、張大、周貴妃、嵇好古、劉鐵嘴、周瓊、裘世安、王忠、鮑音、賈化、李孝、時福、賈範、姑爺（湘雲夫）等，共一百人。本類人物，不論存歿，於小說中皆無實際登場，透過人物口吻介紹，有時言談間略略提及，或是經由作者於情節行文間，為補足情節交代而出，以省筆墨，不至煩絮。這類人物，部分係由人物相關親屬派生而出，人物特質，身心狀態，可作為主要人物或是相關人物的延續，照映，透過旁書側寫，進以強化主要或相關人物的立體形象。

第三，作者一筆帶過，沒有姓名，或只有職名，或職名並冠姓，或可因事命名之人物。符合者，英蓮奶母、嚴老爺、智通寺老僧、馮淵僕人（原告）、拐子、門子、寧府嬤嬤、把門老年人、帶路小孩、周瑞家小丫頭、于老爺、李嬤嬤、臨安伯老太太、尤氏母親、南安郡王、東平郡王、西寧郡王、忠靖侯夫人、睡迷抱愧被打

之人、二丫頭、秦鐘幾個嬤母並兄弟、襲人母親、襲人三五個姨表妹、送燈謎太監、淨虛觀小道士、賈珍小廝、趙侍郎、周奶媽、忠順府長史官、聾耳老姆姆、傅家婆子、請假小廝、水仙庵老道姑、穿廊把風小丫頭、院門把風小丫頭、領掃地的小廝、兩三個老妯娌、兩個女先兒、甄家四個女人、薛家小童、永昌駙馬、樂善郡王、南安王太妃、北靜王妃、兩個分菜果婆子、兩個地藏庵姑子、兩個分菜果婆子的女兒、小內監、兩個陪酒孿童、最伶俐小丫頭、送荔枝婆子、老婆子與毛丫頭、郝家莊兩個家人、毛半仙、西平王爺、史侯家的兩個女人、兩個陪酒的、賴尚榮弟、三姑爺（探春夫）等，約莫七十九人。這一類人物，作者所費筆墨極少，甚至無名無姓，只有社會職名以及職名上冠姓稱呼。沒有姓名，或沒有職名或無職名冠姓者，可按於小說中發生之事件命名。有效推動情節進行，或與主要人物有著緊密的關聯者，則依情節輕重納入二人或以上之人物。

依據界義，自百二十回中所提取的小人物數量，總計約莫三百七十六人。然而上述僅是初步，概括性的界義，無論是藉由觸發情節，或為側寫主要人物等，按不同界義所選取出的人物，其塑造目的與小說功能，非以界義後的初步觀察能夠直接剖明。小人物與整部作品有著緊密的聯繫，每位小人物於小說篇幅中所占比例少，但眾位小人物在各自的文本位置裡，謹守身分崗位，展現與身分適切的性格特徵，如實完成依人物身分所量身打造的任務，逐一完成，方能匯聚，與重要人物穿梭其中，共織《紅樓夢》這部偉構。

二、分類

人物在小說中扮演的角色（role）身分，反映出個體於群體生

活和社會關係體系中所處的位置，社會地位亦經由社會角色的行為
表現出來。因此，社會角色與社會地位的關係密不可分。進一步
言，在社會中，有著相同相似社會地位的團體，往往形成一個社會
階層，每一社會階層，通常都有其共同習慣，態度，情操，觀念，
以及價值觀等行為標準。[15]以下將小人物，依角色、地位或職業，
約略分類。

(一)賈氏親族

　　賈復、賈演、賈源、賈代化、賈代善、賈代修、賈敷、賈敏、
賈赦、賈效、賈敦、賈珠、賈璜、賈瑞、賈珩、賈璉、賈琛、賈
瓊、賈璘、賈瓔、賈菌、賈菖、賈菱、賈蓁、賈萍、賈藻、賈蘅、
賈芬、賈芳、賈芝、賈荇、賈芷。

(二)賈府奴僕與清客

1.丫鬟、丫頭

　　茜雪、瑞珠、寶珠、周瑞家小丫頭、卍兒、春纖、靛兒、可
人、小螺、穿廊把風小丫頭、院門把風小丫頭、良兒、小吉祥兒、
春燕、蟬姐兒、小鳩兒、蓮花兒、兩個分菜果婆子的女兒、善姐、
小鵲、傻大姐、繡桔、銀蝶、小捨兒、最伶俐小丫頭、毛丫頭。

2.奶媽

趙嬤嬤、周奶媽、王奶媽、李嬤嬤。

3.僕婦

　　寧府嬤嬤、王興媳婦、張材家的、睡迷抱愧被打之人、余信家
的、多姑娘、白老媳婦、聾耳老姆姆、宋媽、吳新登媳婦、鄭好時
媳婦、賴大娘、賴嬤嬤、鮑二家的、金老婆子、金文翔媳婦、墜兒

15　葉至誠：《社會學概論》（臺北：揚智文化，2001 年 2 月），頁 83、88、251。

母、祝媽、田媽、鶯兒母、葉媽、單大良家的、何婆、夏婆子、春燕姑媽、柳家媳婦、五兒舅母、秦顯家的、柳家媳婦之妹、傻大姐的娘、吳興家的、鄭華家的、來喜家的、張媽、兩個分菜果婆子、費大娘、鮑二女人、彩霞母、王住兒媳婦、送荔枝婆子、老婆子。

4.小廝

昭兒、引泉、掃花、挑雲、伴鶴、趙天樑、趙天棟、賈珍小廝、雙瑞、雙壽、請假小廝、周瑞兒子、王榮、張若錦、趙亦華、錢啟、領掃地的小廝、旺兒兒子、五兒表兄、錢槐、隆兒、喜兒、壽兒、興兒、慶兒、潘又安、何三、拴兒、賴尚榮弟。

5.僕人

焦大、把門老年人、吳貴、鮑二、金彩、金文翔、趙國基、五兒舅舅、王信。

6.管家

吳新登、戴良、錢華、余信、單大良、俞祿。

7.清客相公

詹光、善聘仁、程日興、卜固修、胡斯來、王爾調、嵇好古。

(三)嬪妃、太太與侍妾

封氏、金氏、胡氏、尤老安人、賈芸母、王子騰夫人、周氏、周姨娘、湘雲二嬸、蓉妻、嫣紅、兩三個老妯娌、婁氏、佩鳳、偕鸞、翠雲、賈璉母、賈瓊母、文花、甄夫人、西安郡王妃、臨安伯老太太、忠靖侯夫人、周貴人、吳貴妃、老太妃、南安王太妃、北靜王妃、周貴妃。

(四)小姐

傅秋芳、甄家女兒、賴大女兒、王子騰之女、張大老爺女兒、喜鸞、四姐兒。

(五)皇族、世家與官宦

林如海、張如圭、秦業、穆蒔、李守中、南安郡王、東平郡王、西寧郡王、義忠親王老千歲、襄陽侯兄弟老三、永興節度使馮胖子、石光珠、繕國公、鎮國公牛清、牛繼宗、柳芳、陳瑞文、馬尚、侯孝康、史鼎、蔣子寧、謝鯨、戚建輝、裘良、韓奇、陳也俊、衛若蘭、李衙內、長安守備之子、雲光、吳天祐、錦田侯、仇都尉兒子、趙侍郎、忠順府長史官、傅試、賴尚榮、梅翰林、梅翰林之子、史鼐、保寧侯之子、永昌駙馬、樂善郡王、楊侍郎、李員外、慶國公、孫紹祖、張大老爺、太平縣知縣、周瓊、王忠、賈化、賈範、湘雲夫、趙全、西平王爺、甄應嘉、李孝、三姑爺。

(六)太監

戴權、夏守忠、送燈謎太監、小內監、周太監、裘世安。

(七)其他奴僕管家與僕婦

英蓮奶媽、嬌杏、霍啟、馮淵僕人、杏奴、張德輝、薛蟠乳父、傅家婆子、甄家四個女人、史侯家的兩個女人。

(八)宗教人士

1.佛教

智通寺老僧、智能兒、淨虛、智善、兩個地藏庵姑子、智通、圓心、沁香。

2.道教

馬道婆、淨虛觀小道士、張道士、水仙庵老道姑、王一貼、鶴仙、大了。

(九)農家

封肅、王狗兒、劉氏（狗兒妻）、板兒、青兒、二丫頭、烏進

孝、烏進孝兒子、張華、張華父親、郝家莊兩個家人、周媽媽。

(十)醫生

張友士、鮑太醫、王濟仁、王君效、胡君榮、畢知庵。

(十一)經商

冷子興、周氏（子興妻）[16]、薛蟠父親、卜世仁、卜世仁妻、銀姐。

(十二)其他

1. 司塾：賈代儒、代儒妻。
2. 媒婆：朱大娘。
3. 潑皮：倪二、倪二妻女。
4. 算命：劉鐵嘴、毛半仙。
5. 酒家：張三、李二。
6. 說書：兩個女先兒。
7. 倡優：雲兒、寶官、玉官。
8. 陪酒：兩個陪酒孌童、兩個陪酒的。
9. 花兒匠：方椿。
10. 馬販子：王短腿。
11. 衙員：門子、李十兒、詹會。
12. 犯罪與犯員：拐子、鮑音、時福。

(十三)未知

嚴老爺、馮淵、王成、香憐、玉愛、金榮、帶路小孩、于老

---

[16] 古時妻子身分地位依夫方社經職業而定，故非皇家、世家或官宦太太小姐可稱者，將該人物置與其夫相同位置。

爺、胡老爺、張大財主、張金哥、秦鐘幾個嬸母並兄弟、山子野、花自芳、花自芳的女人、襲人母親、襲人三五個姨表妹、沈世兄、茗玉、石呆子、邢忠夫婦、薛家小童、潘三保、邢德全、吳良、張大、張王氏、張二。

　　人物角色的定位，通常是多面的，社會地位可能也有多種不同的行為方式，非單一能論。[17]本分類係為便宜觀察小人物進行，較為粗略，非「涇渭分明」地將小人物身分職業截然劃分。如林如海，出身鐘鼎之家，是書香之族，也是前科探花，與賈敏聯姻，是世代顯足的世家，官宦亦是賈家親戚，有著多重身分。而襲官世家，其子或無襲官或有從官，較難辨別，故同置一處。文本中，牽涉職業廣泛，數量非大眾者，同入其他，並另分項目。無明確託付職業者，則入未知。《紅樓夢》裡的人物，「各自有各自的因果，各自要了各自的冤業」。[18]小人物其身分，對應著社會地位，社會階層，使得人物在面對生活困境，司法強權等事件的因應上，言行舉措與思維方式等表現有所不同，對情節有著關鍵的影響，人物出身與職務，將賦予小人物截然不同的命運。

第三節　往復於賈府

　　人物的身分與職業安排，其社會背景等因素，決定了人物於小說中的生存空間。也決定著人物的性格形成，支配人物的命運變化，與人物關係、人物性格、人物行動有著相互的作用，對情節推

---

[17] 葉至誠：《社會學概論》，頁88。

[18] 蔣勳：《微塵眾：紅樓夢小人物I》，頁9。

進有著決定性的影響。[19]在華漢古典社會裡，顧及人與人的關係，「不重於講個體的個人，而重在人倫，人倫是人與人相處的共同關係，互相配搭而成」[20]。並以倫常關係為基底，家庭成員的關係以父與子關係為主軸，其他關係大都以此軸為中心。而父子關係不但作用於家庭之中，並擴及宗族，乃至國家。而君臣關係，實是父子關係的投射。也因此人與人的關係，常常是是從屬關係，非平等的關係。中國社會具有階層性的結構，人們都有一種「階層性的心態」。[21] 賈府內部的父與子關係結構，擴及整個宗族，其社會地位，對非賈府成員是否產生了非平等關係的影響，小人物的社會背景賦予的社會身分，與賈府之間，有著何種關聯，以下略述。

一、詩禮簪纓：世交，本家，家人

赫赫賈府，寧榮演源二公以軍功起家，代化代善二代襲官，三代文旁輩，四代從玉，五代草頭，兒孫滿堂，香火不斷。家史已經五代，係集官宦、社會聲望和血緣家族一體的世族大家。[22]所謂「世家」，在政治方面，有著世襲官職。經濟方面，富有財產，享受奢侈。社會方面，百姓欣羨。文化方面，公認是詩禮簪纓之家。[23]賈府作為世族大家，社會地位和聲望遠播，與皇族，世家，權貴

---

[19] 金健人：《小說結構美學》，頁 65-68。

[20] 錢穆：《從中國歷史來看中國民族性及中國文化》（臺北：聯經出版，2004 年 3 月），頁 23。

[21] 金耀基：《從傳統到現代》（臺北：時報文化出版，1985 年 4 月），頁 81。

[22] 馮爾康、閻愛民：《中國宗族社會》（杭州：浙江人民出版社，1994 年），頁 51 指出士族（士人家族）乃集官宦、社會聲望和血源家族三位於一體。

[23] 李光步：《紅樓夢所反映的清代社會與家族》，國立政治大學中國文學研究所碩士，1982，頁 15。

等有所交往，多有世交之誼。讀者隨著黛玉，一同初入榮府時，進到正經正內室「榮禧堂」，眼見一副對聯「乃是烏木聯牌，鑲著鏨銀的字跡，道是：『座上珠璣昭日月，堂前黼黻煥煙霞。』下面一行小字，道是：『同鄉世教弟勛襲東安郡王穆蒔拜手書』」[24]。雅而麗，富而文，同鄉同受功勳世襲的東安郡王，極為恭敬地為榮國府題寫楹聯，一副對聯寫出世交情誼，更見賈府顯耀。

　　世家門風，有著相當嚴格的禮儀規範，以求富貴知禮，不驕不淫。《紅樓夢》裡尤其多見家庭禮儀，晨昏定省[25]的敘述，即便長輩不在家，應有的禮數還是要有。寶玉生日那日「清晨起來，梳洗已畢，冠帶出來。至前廳院中，已有李貴等四五個人在那裏設下天地香燭，寶玉炷了香。行畢禮，奠茶焚紙後，便至寧府中宗祠祖先堂兩處行畢禮，出至月臺上，又朝上遙拜賈母、賈政、王夫人等。一順到尤氏上房，行過禮，坐了一會，方回榮府。」[26]生日這天，從宗祠，遙拜，兄嫂，沿途行禮。即使祖母與父親母親不在家中，也要遙拜示意。對於達禮的寶玉而言，孝親禮儀已經內化，非形式上，純屬外在的表現。一日，寶玉騎著白馬，經賈政書房，即使父親不在家，「也要下來的」，就是周瑞告訴寶玉「可以不用下來」，寶玉也是笑著拒絕。[27]禮儀的學習與表現，從個人做起，展至宗族，擴之國家。除夕祭宗祠時，

24　《紅樓夢校注》第三回，頁49。

25　〔清〕孫希旦：《禮記集解（上）》卷一〈曲禮上〉（臺北：文史哲出版社，1990年8月），頁16「凡為人子之禮，冬溫而夏凊，昏定而晨省」，常稱「昏定晨省」。此稱「晨昏定省」，語見《紅樓夢校注》三十六回，頁545。

26　《紅樓夢校注》六十二回，頁954-955。

27　《紅樓夢校注》五十二回，頁811。

　　賈荇賈芷等從內儀門挨次列站，直到正堂廊下。檻外方
是賈敬賈赦，檻內是各女眷。眾家人小廝皆在儀門之外。每
一道菜至，傳至儀門，賈荇賈芷等便接了，按次傳至階上賈
敬手中。賈蓉係長房長孫，獨他隨女眷在檻內。每賈敬捧菜
至，傳於賈蓉，賈蓉便傳於他妻子，又傳於鳳姐尤氏諸人，
直傳至供桌前，方傳於王夫人。王夫人傳於賈母，賈母方捧
放在桌上。邢夫人在供桌之西，東向立，同賈母供放。直至
將菜飯湯點酒茶傳完，賈蓉方退出，下階歸入賈芹階位之
首。當時凡從文旁之名者，賈敬為首；下則從玉者，賈珍為
首，再下從草頭者，賈蓉為首；左昭右穆，男東女西，俟賈
母拈香下拜，眾人方一齊跪下。將五間大廳，三間抱廈，內
外廊檐，階上階下兩丹墀內，花團錦簇，塞的無一隙空地。
鴉雀無聞，只聲鏗鏘叮噹，金鈴玉珮微微搖曳之聲，並起跪
靴履颯沓之響。[28]

　　除夕祭宗祠，除有嫡系賈珍獻爵，賈璉賈琮獻帛，寶玉捧香，
又有賈菖賈菱展拜毯，賈蓉賈荇賈芷傳菜等。檻內檻外是男女分
界，儀門以內以外是主僕分界，獻帛獻爵擇其人，應昭應穆從其
諱，典制文字體貼入細。[29]在《清史稿・禮志・品官士庶家祭》有
記「祀日五鼓，主人朝服，眾盛服，入廟。主人俟東階下，族姓俟
庭東西，順昭穆世次。主婦率諸婦盛服入……子弟長者啟室，奉主
陳之几，昭位考右妣左，分薦者設東西祔位。主人升自東階，盥
訖，詣中檐拜位立。族姓行.尊者立兩階上，卑者立階下。咸北面。

28　《紅樓夢校注》五十三回，頁826。

29　《輯校》，頁647。

主人詣香案前跪，三上香，進奠爵，興，復位，率族姓一跪三拜。……」[30]賈府歲終大事，縣縣子孫，人分昭穆，將大廳，抱廈，外廊，塞得沒有空隙。諸子弟齊祭宗祧，慎終追遠，鴉雀無聞，行禮之慎重嚴謹，肅穆莊敬，嚴守國家禮制，顯見鐘鳴鼎食之家的子弟風範。

　　禮尚往來，是世族交往的一大活動，藉以聯絡彼此，增進情誼，尤其反映在生子，壽辰，官陞，喪禮等事件上。賈敬壽辰時，「南安郡王、東平郡王、西寧郡王、北靜郡王四家王爺，並鎮國公牛府等六家，忠靖侯史府等八家，都差人持了名帖送壽禮來」[31]。可卿的喪禮期間，又夾寫「繕國公誥命亡故，王邢二夫人又去打祭送殯；西安郡王妃華誕，送壽禮；鎮國公誥命生了長男，預備賀禮」[32]送殯送壽禮預備賀禮等事未曾懈怠，以盡世交之誼，彰表家族顯榮。同時還有迎春染病，鮮花著錦之盛時，生老病死皆具，無時無刻不在。賈珍極盡所能地將可卿的喪禮辦得豐富，不惜給賈蓉捐了個龍禁尉，因此可卿死後追封龍禁尉一銜，喪禮便是以五品恭人的儀制進行。前來的官客送殯行列，最能見賈府體面：

　　　　那時官客送殯的，有鎮國公牛清之孫現襲一等伯牛繼宗，理國公柳彪之孫現襲一等子柳芳，齊國公陳翼之孫世襲三品威鎮將軍陳瑞文，治國公馬魁之孫世襲三品威遠將軍馬尚，修國公侯曉明之孫世襲一等子侯孝康；繕國公誥命亡故，故其孫石光珠守孝不曾來得。這六家與寧榮二家，當日

---

[30] 國史館校註：《清史稿校註》第四冊卷九十四〈禮志六〉（臺北：臺灣商務印書館，1999 年 9 月），頁 2798。

[31] 《紅樓夢校注》十一回，頁 179。

[32] 《紅樓夢校注》十四回，頁 217

所稱「八公」的便是。餘者更有南安郡王之孫，西寧郡王之
孫，忠靖侯史鼎，平原侯之孫世襲二等男蔣子寧，定城侯之
孫世襲二等男兼京營游擊謝鯨，襄陽侯之孫世襲二等男戚建
輝，景田侯之孫五城兵馬司裴良。餘者錦鄉伯公子韓奇，神
武將軍公子馮紫英，陳也俊、衛若蘭等諸王孫公子，不可枚
數。堂客算來亦共有十來頂大轎，三四十頂小轎，連家下大
小轎車輛，不下百十餘乘。連前面各色執事、陳設、百耍，
浩浩蕩蕩，一帶擺三四里遠。

走不多時，路旁彩棚高搭，設席張筵，和音奏樂，俱是
各家路祭：第一座是東平王府祭棚，第二座是南安郡王祭
棚，第三座是西寧郡王祭棚，第四座是北靜郡王祭棚。[33]

「八公」世家自寧榮二公當時便有交誼，迄今業已三、四代，
不曾斷交，「寧府大殯浩浩蕩蕩，壓地銀山一般從北而至」一路熱
鬧非常。喪禮在豪門官場，與悲哀無關，甚至可說是社交的工具。
[34]賈母八旬之慶（七十一回）時，北靜王、南安郡王、永昌駙馬、
樂善郡王、南安王太妃、北靜王妃並幾個世交公侯，錦相侯誥命與
臨昌伯誥命亦前來寧榮二府祝壽，其間亦見南安太妃與湘雲熟絡，
係世家間時有來往的表現。

除世交之誼，亦有血緣親戚之情。考慮門當戶對的政治意義和
社會功能，世族間往往透過仕宦婚姻或親戚聯姻，加深彼此親緣，
以提升社會地位，或鞏固政治基礎。[35]其次，《大清律例·戶律》

---

[33] 《紅樓夢校注》十四回，頁218-219。

[34] 蔣勳：《微塵眾：紅樓夢小人物I》，頁16。

[35] 尹伊君：《紅樓夢的法律世界》（北京：商務印書館，2007年5月），頁113婚姻篇。

「凡家長與奴娶良人為妻者，杖八十……若妾以奴婢為良人而與良人為夫妻者，杖九十。」等條例，似也間接鼓勵門當戶對的婚姻。[36]鞏固階層的行為，追根溯源，類似遠古時代的部落（tribe）部落聯邦（confederacy），部落內亦行非強迫性質的內婚制，值得一提的是部落的統一，對外附帶著一種嫉視態度，而有「我族」（we group）與「異族」（other group）之分，形成一種「己族中心主義」（ethnoclutrism）的共同精神，[37]維護共同精神，彼此間心理連結連帶也變得堅強。榮損共濟的金陵四大家即是，賈母與湘雲皆出金陵史家，湘雲係其姪孫女，保齡侯史鼐、忠靖侯史鼎乃湘雲之叔父。王夫人則是鳳姐的姑母，京營節度使王子騰是王夫人親兄長，次妹則是皇商薛家夫人，即寶玉的薛姨媽，最終姨表姐寶釵又嫁給寶玉，不消說祖上往來，金陵四大家彼此親上加親，「四家皆聯絡有親」。初次登場的寶琴，當年其父親在京時，已將寶琴許配都中梅翰林之子為婚，那日是為發嫁入京。[38]時任九省都檢點的王子騰，其女許與保寧侯之子為妻。[39]賈政任江西糧道時，同鄉鎮守海門等處總制周瓊，去信賈政，一是問候，也是為兩家許結朱陳，

36　《大清律例》收入《文津閣四庫全書》史部・政書類卷十（北京：商務印書館，2005 年），頁181「良賤為婚姻」條：「凡家長與奴娶良人為妻者，杖八十……若妾以奴婢為良人而與良人為夫妻者，杖九十。」頁 180「娶樂人為妻妾」條：「娶樂人為妻妾 凡文武官並夫娶樂人妓者為妻妾者，杖六十，並離異。歸宗，不還樂工，財禮入官若官員子孫應襲廕者娶者，罪亦如之註冊候廕襲之日照應襲本職上降一等敘用……」。雖已無唐代門閥戶婚制度嚴格，與現代自由戀愛與自由婚姻模式相較之下，仍是相當嚴峻。〔唐〕長孫無忌：《唐律疏議》（臺北：臺灣商務印書館，2000 年）卷第十四〈戶婚下〉，頁 186「諸雜戶不得與良人為婚，違者杖一百。官戶娶良人女者亦如之。良人娶官戶者，加二等。」、「奴婢私嫁女與良人為妻妾者，準盜論。」明文規定門當戶對，當色為婚。

37　林惠祥：《文化人類學》（臺北：臺灣商務，1993 年 4 月），頁 226。

38　《紅樓夢校注》四十九回，頁 746。

39　《紅樓夢校注》七十回，頁 1093。

賈政思度門戶相當，與王夫人商量後，便讓探春遠嫁海疆，[40]《紅樓夢》幾椿婚事，顯示世族聯姻是為平常。

　　賈府枝脈繁盛，亦難免產生同譜卻生疏難認的情形，同樣皆為賈族成員，依照血緣的親疏遠近以及倚仗的勢力，族人所受到的待遇亦大有不同，未必皆能像寧榮二府的富勢。賈璉口中「西廊下五嫂子的兒子」賈芸，雖是本家的爺們，卻不受親族重視，就連寶玉亦「想不起是哪一房的，叫什麼名字」，賈芸須得積極力爭，方能令掌家的奶奶爺們瞧見，謀得生計。其舅卜世仁與舅母，音諧不是人，亦不善待這井井有禮的外甥，賈芸需要冰片麝香幫襯，卻遭舅舅數落，更帶出舅舅侵吞賈芸父親所遺一畝地、兩間房子的產權往事，所行確實不是人，人物命名與人物性格兩相呼襯。甥舅之談如此，令人心寒。賈府家人小廝丫頭更是瞧之不起，引泉、掃花、挑雲、伴鶴等四五個人見賈芸來找寶玉，也都散了，都玩去了。小紅見了賈芸，也下死眼把賈芸釘了兩眼，冷笑回應。[41]小廝與丫頭對賈芸的態度，似亦是時人對血統的勢利眼光，是對「廊下」爺們的眼光與評價，極其諷刺。即使是寧府中之正派玄孫，賈薔亦「係恃上有賈珍溺愛，下有賈蓉匡助，族人方不敢來觸逆於他」[42]。除賈門子弟倚勢，賈門的親戚若無勢力，抑是令下人瞧看不起的。金榮在學堂打架，寶玉問起金榮是哪房親戚，李貴以和為貴，哄著不讓知道，但茗烟搶白了一席話，道盡對無權無勢者的看法：

　　　　「他是東胡同子裏璜大奶奶的姪兒。那是什麼硬正仗腰

---

[40]　《紅樓夢校注》九十九回，頁 1534。

[41]　《紅樓夢校注》二十四回，頁 374-383。

[42]　《紅樓夢校注》第九回，頁 158。

子的，也來唬我們。璜大奶奶是他姑娘。你那姑媽只會打旋磨子，給我們璉二奶奶跪著借當頭。我眼裏就看不起他那樣的主子奶奶！」（第九回）

賈璜亦是賈家玉字輩的嫡派。夫妻守著薄產，又時到寧榮二府請安，奉承鳳姐並尤氏，方能如此度日。[43]反觀茗烟，作為寶玉第一個得用的小廝，雖年輕不諳世事，但深知寶玉心思，深得寶玉信賴。寶玉雖並不倚勢欺人，但茗烟常在寶玉左右，倚仗著寶二爺的勢力，又年輕不諳世事，見勢薄者，自然也就如此了。

賈府小廝與丫頭對待本家爺們如此，顯示了賈府僕人「奴仗主勢」的現象。五月初一清虛觀打醮，賈蓉等輩自顧地乘涼去了，賈珍知曉後，喝命家人啐賈蓉，有個小廝真上來向賈蓉臉上啐了一口，「賈珍又道：『問著他！』那小廝便問賈蓉道：『爺還不怕熱，哥兒怎麼先乘涼去了？』賈蓉垂著手，一聲不敢說。那賈芸、賈萍、賈芹等聽見了，不但他們慌了，亦且連賈璜、賈玠、賈瓊等也都忙了，一個一個從牆根下慢慢的溜上來。」賈蓉係長房長孫，上述賈薔因有賈蓉匡助，族人方不敢觸逆，想來賈蓉也並非勢單之人。賈珍是為賈府族長，此見賈珍小廝仗賈珍之勢，啐賈蓉口水，咄咄逼問，而賈蓉連聲亦不敢吭，賈府長房長孫在此竟比族長小廝還要不堪，更顯賈府奴僕倚仗主勢之風氣。

注重禮儀的賈府，尤其又有「年高服侍過父母的家人，比年輕的主子還有體面」的風俗。連齊聚賈母身旁，賴大的母親等三四個老嬤嬤都坐在小杌子，就是鳳姐和尤氏也只得在地下站著。[44]而奶

---

43 《紅樓夢校注》第十回，頁166。

44 《紅樓夢校注》四十三回，頁662。

娘地位又高過僕婦，介於母親之間，因此地位較為提升，較受敬重。[45]寶玉生日亦出二門，向李、趙、張、王四個奶媽讓一回，方進門來。[46]一日，賈璉乳母趙嬤嬤為求賈璉鳳姐關照兩個兒子前來，只見「賈璉鳳姐忙讓吃酒，令其上炕去」，後坐炕沿下的小腳踏，賈璉鳳姐亦將自己所食佳餚，及燉得軟爛的火腿燉肘子和惠泉酒給趙嬤嬤吃，賈璉鳳姐並允給趙嬤嬤兩個兒子，即趙天樑、趙天棟謀事，同賈薔、善聘仁與卜固修兩個清客相公，下姑蘇聘請教習，採買女孩子，置辦樂器、行頭等事。其間也帶出趙嬤嬤經歷過賈府接駕太祖大事，得知賴嬤嬤既是賈璉乳母，亦是服侍過父母的老家人，體面程度可想而知。[47]

二、花柳繁華：清客，姑婦，醫生

賈府「主僕上下，安富尊榮者盡多」主子和奴僕皆享榮富，賈府雖已不比先時光景，然「百足之蟲，死而不僵」，較之平常仕宦之家，勢力與社會地位仍是不同的，因此遠親舊識，清客相公，三姑六婆[48]等等亦隨之接近，依憑。對他們而言，賈府無疑是一能夠抬高身分，擺脫清貧，觀翫紅花綠柳，享受美麗繁榮的途徑。賈府同時接受宗教庇佑，或透過芸芸大眾接收府外消息，聆聽逸文軼事，新聞故事，獲得娛樂，消遣排解。

---

[45] 蔡芷瑜：〈《紅樓夢》中「嬤嬤」一詞探析〉，《東華中國文學研究》第 11 期 2012 年，頁 146。

[46] 《紅樓夢校注》六十二回，頁 955。

[47] 《紅樓夢校注》十六回，頁 241-245。

[48] 〔元〕陶宗儀：《南村輟耕錄》卷十（北京：中華書局，1959 年 2 月），頁 126。「【三姑六婆】三姑者：尼姑、道姑、卦姑也。六婆者：牙婆、媒婆、師婆、虔婆、藥婆、穩婆也。」《紅樓夢》中常見尼姑、道姑，亦有媒婆。

　　距離榮府千里之外，芥荳之微的小小人家，都與榮府有些瓜
葛。原來王狗兒祖上曾作小小京官，與鳳姐之祖、王夫人之父相
識，因貪王家勢利，便連了宗。狗兒父親王成家業蕭條，便搬出城
外住去，業已病故。狗兒一家以務農為業，冬事未辦，嫡妻劉氏之
母劉姥姥，便帶著孫子板兒前往榮府，意謀榮府接濟，一家過個好
冬。[49]然而，劉姥姥一進榮國府，不是那麼容易，彷彿朝聖一般，
其間波折起伏，憑著老誠忠厚的信念，終於見到真佛。探訪過程危
急難行，襯顯出公侯府第之高深莫測，功勳世宦之家與草莽庸俗之
族，二者距離有如天淵之別。[50]劉姥姥二進榮國府，以瓜果蔬菜報
答上回二十兩餽贈，而賈母的慈悲與劉姥姥的豁達拉近了彼此距
離，[51]吃了茶，劉姥姥「便把些鄉村中所見所聞的事情說與賈母，
賈母越發得了趣味」[52]，劉姥姥靈活的心志，豐富的人生體驗，使
其所述真實事跡，與所編織的故事饒富生活機趣，深深吸引富貴人
家的目光。劉姥姥為人樂道的惹笑表演，滑稽形象，盡情扮弄。非
以粗俗的方式，營造出歡笑的氛圍，使得賈府女眾各個失去大家風
範，[53]鴛鴦因此笑說「天天咱們說外頭老爺們吃酒吃飯都有一個篾
片相公，拿他取笑兒。咱們今兒也得了一個女篾片了」[54]。家去
前，榮府讓劉姥姥帶回點心，梗米，果子及百八銀兩，讓劉姥姥一
家拿去，或作小本買賣，或置幾畝田地，以後再別求親靠友。此一
救濟的念頭，為榮府「留餘慶」、「積陰功」，後有所回報。

---

[49]　《紅樓夢校注》第六回，頁110-112。

[50]　郭玉雯：《紅樓夢人物研究》，頁386。

[51]　郭玉雯：《紅樓夢人物研究》，頁392。

[52]　《紅樓夢校注》三十九回，頁604。

[53]　郭玉雯：《紅樓夢人物研究》，頁393-398。

[54]　《紅樓夢校注》四十回，頁616。

　　清客如同戰國時的食客，昔孟嘗君有食客數千人，對食客有
「無貴賤一與文等」的胸襟，吸引有才賢士，或「雞鳴狗盜」依附
門下。[55]清客相公有如戰國食客，在府內與老爺喝茶清談，和詩作
文，飲酒作樂，或有一技之長，可為老爺效力，提供消遣，如畫技
上，詹子亮的工細樓臺就極好，古董行程日興的美人是絕技。[56]王
爾調善大棋，[57]嵇好古善撫古琴，[58]或可遣善聘仁與卜固修出往姑
蘇採買置辦等。賈赦亦有門客，元宵夜宴，「賈赦自到家中與眾門
客賞燈吃酒，自然是笙歌聒耳，錦綉盈眸，其取便快樂另與這邊不
同的」[59]。薛蟠生日時，程日興備了鮮藕西瓜鱘魚暹豬四樣禮，除
程日興，詹光、胡斯來、善聘仁等清客亦在場一同飲酒享樂。[60]可
想清客相公如同食客般，附於老爺左右，湊趣取笑，既有燈賞，又
有酒飯吃喝，依照老爺饗樂方式不同，或有「笙歌聒耳，錦綉盈
眸」之樂，營造歡笑氛圍。

　　古代防限森嚴，婦女社交受到重重限制，如男女不同席、不共
食等。因此女性身分，在男女防範嚴密的古時，有著相當的便利
性。時在賈府走動的尼姑、道姑等女性為數不少，年齡稍長的尼姑
與道姑，社會閱歷較深，往往有著能言善道的利口。張口或宣揚宗
教，或斂財。出入閨閣門禁，與夫人奶奶，千金閨女打交道，不免

---

[55]　〔漢〕司馬遷撰；〔劉宋〕裴駰集解；〔唐〕司馬貞索隱；〔唐〕張守節正義；〔日〕瀧川龜太
　　　郎：《史記會注考證》卷七十五〈孟嘗君列傳〉（臺北：萬卷樓圖書股份有限公司，2010 年 5
　　　月），頁 949。

[56]　《紅樓夢校注》四十二回，頁 654。

[57]　《紅樓夢校注》八十四回，頁 1334。

[58]　《紅樓夢校注》八十六回，頁 1362。

[59]　《紅樓夢校注》五十三回，頁 829。

[60]　《紅樓夢校注》二十六回，頁 412-413。

成為蜚短流長的「帶原者」。[61]一日，馬道婆進榮國府請安，前一日賈環刻意打翻蠟燈熱油，將寶玉臉上燙得一溜燎泡，馬道婆一見，張口便說是促狹鬼跟著，直讓賈母多添香油錢，其間道出南安郡王府裡的太妃，錦田侯的誥命等王妃誥命亦有所供奉，誘引賈母「多捨」香油。隨後，馬道婆往各院各房間問安，一進到榮府裡，在各院各房之間的來往進出可說相當自在，或又因馬道婆是為寶玉「寄名乾娘」，不同於一般道姑，方有此特權，亦未可知。[62]周瑞家的送宮花，往屋裡去時見惜春同水月庵姑子智能兒頑耍，周瑞家的問道何時來的，

> 智能兒道：「我們一早就來了。我師父見過太太，就往于老爺府內去了，只我這裏等他呢。」周瑞家的又道：「十五的月例香供銀子可得了沒有？」智能兒搖頭兒說：「我不知道。」惜春聽了，便問周瑞家的：「如今各廟月例銀子是誰管著？」周瑞家的道：「是余信管著。」惜春聽了笑道：「這就是了。她師父一來，余信家的就趕上來，和她師父咕唧了半日，想是就為這事了。」[63]

又，鳳姐為可卿大殯至水月庵歇息，姑子淨虛與智善智能兩個徒弟出迎，智能自幼在榮府走動，無人不識，如今大了，見知風月，竟與秦鐘情投意合，就是寶玉也看得清楚。鳳姐見智能兒愈發出挑：

---

[61] 張火慶：《古典小說的人物形象》，頁 70-71、73、78。

[62] 《紅樓夢校注》二十五回，頁 392-393。

[63] 《紅樓夢校注》第七回，頁 126。

因說道：「你們師徒怎麼這些日子也不往我們那裏
去？」淨虛道：「可是這幾天都沒工夫，因胡老爺府裏產了
公子，太太送了十兩銀子來這裏，叫請幾位師父念三日《血
盆經》，忙得沒個空兒，就沒來請奶奶的安。」[64]

周瑞家的和鳳姐一問，讀者可藉而知曉師徒二人是時往榮府走
動的，淨虛亦時與王夫人相見。王夫人篤信佛法，也曾留過水月庵
的智通與地藏庵的圓心，可能尼姑是時往王夫人處走動的。惜春問
起各廟月例銀子，得知榮府對廟宇寺庵所添香火不在少數，淨虛所
在的水月庵便是其中一處。鳳姐問起近日何往，淨虛閒言閒語，不
加思索地帶出他家家事。二來虛陪于老爺、胡老爺和余信、余信家
的等人物，是作者對時人廣散家財，誦經求安，盲信宗教的行為，
大言其愚笨，愚人，胡塗之意，明點愚性二字，[65]似是對當時寺廟
結構體系的質疑，以及對迷信宗教的強烈批判。此回目，更教人怵
目的是鳳姐弄權鐵檻寺，淨虛竟倚靠財勢，與鳳姐聯手，勾結官
府，包攬訴訟，一張能言善道的利口，一路奉承鳳姐，硬生拆散張
金哥與守備之子，終以張李兩家人財兩失，鳳姐坐享三千兩銀子完
結，往後鳳姐膽識愈壯，恣意作為起來。又，有主祀散花菩薩之散
花寺的姑子大了來榮府，談話間，知其先前至王子騰家裡作七七水
路道場，保佑家口安寧，亡者升天，生者獲福[66]，可想流言如何傳
到大戶人家裡散布。除尼姑、道姑，以女性身分來往賈府的，還有
唱曲說書的女先兒，元宵夜裡，「婆子帶了兩個門下常走的女先生

---

[64] 《紅樓夢校注》十五回，頁229。

[65] 《輯校》，頁116，于老爺「虛貼(陪)一個于老爺，可知所尚僧尼者，悉愚人也。」余信「明點愚
性二字。」頁271，胡老爺「虛陪一個胡姓，妙，言是糊塗人之所為也。」

[66] 《紅樓夢校注》一百一回，頁1558-1560。

進來，放兩張杌子在那一邊，命她坐了，將弦子、琵琶遞過去」二人說了〈鳳求鸞〉故事，讓作者藉賈母之口，大破佳人才子的陳腐舊套。寶玉生日時亦兩個女先兒，兩個女先兒要彈詞給寶玉上壽，只見眾人都說：「我們沒人要聽那些野話，你廳上去說給姨太太解悶兒去罷。」[67]，凡有節日壽慶，女先係常往公侯府上走走動動的，講述市井間流行的故事，將民間的「俗」引入大家的「雅」中。只是賈府的年輕主子和小姐，是不愛聽這「野話」的。

同樣出入賈府，不同於依親靠友，清客相公，尼姑道姑，說書女先等身分和職業，男女有別。醫生是由賈府成員或僕人引領，少數能夠短暫進出閨閣，接觸賈府女性的異性。可卿病時，三四個人看脈無益，恰神武將軍馮唐之子馮紫英向賈珍推介張友士，次日張友士來到寧府，同賈蓉進到了賈蓉居室，見了可卿，看了脈息，將病情說得痛快，深得賈珍信任。[68]晴雯受了傷寒時，寶玉差人請大夫，悄悄從後門進來瞧瞧，「彼時，李紈已遣人知會過後門上的人及各處丫鬟迴避，那大夫只見了園中的景致，並不曾見一女子」，胡庸醫是新請來的大夫，世面未見，不知榮府家裡的事，竟以為晴雯就是小姐，如同老嬤嬤說的，「小姐病了，你那麼容易就進去了？」即使是醫生要進到榮府醫治，實非易事，往常皆是熟識的太醫到府診治，後寶玉亦遣人將此庸醫打發，另請了常與賈府往來的王太醫來。[69]另次，尤二姐鬱結於中，為保腹中身孕，泣請賈璉差人醫治，恰王太醫至軍前效力，小廝只能請了個胡君榮。這胡君榮聞，問，切盡行，卻難定見，進而要求觀氣色，且料尤二姐露出臉

67　《紅樓夢校注》五十四回，頁 841-843、六十二回，頁 959。

68　《紅樓夢校注》第十回，頁 169-172。

69　《紅樓夢校注》五十一回，頁 793-795。

來後，胡君榮一見竟「魂魄如飛上九天，通身麻木，一無所知」，擅用了虎狼之劑，將尤二姐腹中已經成形的男胎打下。[70]亂用虎狼藥醫治晴雯的胡庸醫，與「慾令智昏」的胡君榮，診治方式和所下猛藥，以及浮躁不穩的情緒表現，是胡庸醫與胡君榮二者，[71]在醫治患者的態度，相較於世代御醫的王太醫，醫術與醫德，有著雲泥之別。賈府是世襲公爵，賈母生病，都由御醫院的太醫來診治。賈母逛大觀園後欠安，只見賈珍、賈璉、賈蓉三個人忙將王太醫領來：

> 王太醫不敢走甬路，只走旁階，跟著賈珍到了階磯上。早有兩個婆子在兩邊打起簾子，兩個婆子在前導引進去，又見寶玉迎了出來。只見賈母穿著青皺綢一斗珠的羊皮褂子，端坐在榻上，兩邊四個未留頭的小丫鬟都拿著蠅帚漱盂等物；又有五六個老嬤嬤雁翅擺在兩旁，碧紗櫥後隱隱約約有許多穿紅著綠戴寶簪珠的人。王太醫便不敢抬頭，忙上來請了安。賈母見他穿著六品服色，便知御醫了，也便含笑問：「供奉好？」因問賈珍：「這位供奉貴姓？」賈珍等忙回：「姓王」。賈母道：「當日太醫院正堂有個王君效，好脈息。」王太醫忙躬身低頭，含笑回說：「那是晚生家叔祖。」賈母聽了，笑道：「原來這樣，也是世交了。」一面說，一面慢慢的伸手放在小枕上。老嬤嬤端著一張小杌：連

---

70 《紅樓夢校注》六十九回，頁 1081-1082。

71 《紅樓夢》中，胡庸醫與胡君榮，皆非由賈府家人持名帖請來，乃由嬤嬤或小廝帶來。一見晴雯兩根通紅的三吋指甲，羞的忙回過頭，二見尤二姐面後魂魄飛天，全身麻木。且二次皆下虎狼藥。種種相似性，教人懷疑是否係同一人，但作者並未直接表明二者是同一人，故此以二者喚之。

忙放在小桌前，略偏些。王太醫便屈一膝坐下，歪著頭診了
半日，又診了那隻手，忙欠身低頭退出。

由賈珍、賈璉、賈蓉三人領路，戰戰兢兢，只走旁階，不走正
道。到了賈母處，「碧紗櫥後隱隱約約有許多穿紅著綠戴寶簪珠的
人」便知是其他女眷與丫鬟，於是不敢抬頭。王君效至王濟仁已是
三代，三代御醫，推想賈府亦已三代由御醫診治。六品御醫，戒懼
謹慎的態貌，知所進退，極有分寸。王濟仁是世代家傳皇室太醫院
的名醫，醫術，教養，品格都讓人如沐春風。[72]

賈府家族赫赫揚揚，已將百載。全書第一人賈寶玉，前生殷盼
得入富貴場，溫柔鄉，落草於詩禮簪纓之族的賈府，故全書以賈府
為中心，如車轂般，呈輪輻狀展衍，放射，人物與賈府間，有所干
係，互有干涉。洪秋籓言「全傳百餘人，瑣事百餘件，其中穿插鬥
筍，如無縫天衣」[73]，皇族，官宦等世族間的交際往來，在婚喪喜
慶，生老病死，祝賀，備禮，親臨，聯姻等交際表現猶最。賈府內
外主子小姐老爺太太，小廝丫頭館家僕婦上下有數百餘人，其間倡
優，說書，陪酒，宗教人士川流。人物與賈府之間關聯，或遠或
近，或疏或密，不能一次性地全面涵蓋論述，本節僅能略述之。旨
在強調，各人的社會階層，「反映了人物的特殊性格，該性格又有
其社會意義與人物形象塑造互有影響」[74]，人物的言行舉止與思
維，隨著身分地位與社會職業的不同，對事件的應對以及意向
（Intention）的歸屬亦有所差異。這些差異，有時是人物自身社會

---

[72] 蔣勳：〈紅樓夢的四個醫生〉載於 2015-04-21 聯合報副刊。瀏覽日期 2017 年 2 月 26 日
https://udn.com/news/story/7048/849624。

[73] 一粟：《紅樓夢卷》，頁 238。

[74] 唐富齡：〈芥豆之微見匠心——漫談《紅樓夢》中幾個下層小人物形象的塑造〉，頁 159。

地位所賦予的力量，使其在特定的環境裡展現特定的性格，或延展了人物性格，令人物表現獨特。隨著人物情緒慾望的波動，面對事件的處變，衍生的後續行為，絲毫動靜皆深深牽動情節的發展，都影響著小說的整體結構。也是人物與環境有著互相作用的關係，尋求規範整體系統運作的法則，小說整體是有機（Organism）的存在。身分與社會地位的設計，為《紅樓夢》人物的運命，賦予了深刻的隱喻。

第三章　技巧與效益

　　小人物出場所占的文本篇幅，相較於貫穿或反覆出現的主要人物要來得少。小人物在短小的書寫篇幅裡，有限的文字空間內，如何確實而有效地發揮其功能，並順勢開啟後續情節的發展，同時展現不可替代的重要性，考驗了作者的書寫功力。以下就小人物的人物書寫方式，觀察作者對小人物所採用之書寫手法，藉以發掘書寫小人物的常態，以及藏於其中的寓意。

第一節　手法及原型

　　《紅樓夢》透過小人物，開篇進行定場，聚合緣由。以及作者妙用各式命名方法，使人物與情節的發生有所扣合，並緊依全書總體架構，中心旨意。本節就小人物與情節的安排，事件發展等等鋪設，討論作者對小人物所使用之藝術筆法，及小人物在其中所扮演的角色，進以觀察透過該藝術筆法，角色安排以及援引古典小說架構與原型的運用，在情節中產生了何種效果，如何揭開故事後續的推展，對小說總體產生何種效果。

一、不寫之寫

　　「滿紙荒唐言，一把辛酸淚！都云作者痴，誰解其中味？」《紅樓夢》的文字如同曲徑般使讀者通向幽幽深處，作者採用複雜

的「正言若反」的筆法，使人更不易完全掌握文意。[1]《紅樓夢》
最早的讀者兼批評者脂硯齋，在評語中往往以藝術筆法作為評論的
取向，提示讀者細心品味，「不寫之寫」便出自脂評。若要談「不
寫之寫」，便要自「春秋筆法」起。「春秋筆法」係指《春秋》經
傳的敘述方式，存在著「微言大義」，其透過獨特的意義書寫方
式，傳達深刻的價值褒貶，而「不寫之寫」即是《紅樓夢》整體
「春秋筆法」之統稱。[2]不寫之寫的「祕法」亦不少，「有間架、
有曲折、有順逆、有映帶、有隱有見、有正有閏，以至草蛇灰線、
空谷傳聲、一擊兩鳴、明修棧道、暗渡陳倉、雲龍霧雨、兩山對
峙、烘雲托月、背面傅粉、千皴萬染諸奇……」[3]、「石頭記用截
法、岔法、突然法、伏線法、由近漸遠法、將繁改簡法、重作輕抹
法、虛敲實應法……」[4]以下就作者對小人物所使「不寫之寫」筆
法為例說明。

　　首先是「橫雲斷山法」。如第一回士隱邀雨村上府，突然來了
個嚴老爺來拜，打斷士隱和雨村的交談，也讓獨在書房裡的雨村遇
見了窗外擷花的嬌杏。又如第一百六回，寧府遭錦衣軍查抄，榮府
這裡，大家各懷心事忘情痛哭，只見史侯家的兩個女人進來，方斷
開了哭聲。此於哭聲嘈亂時，插敘史侯家的兩個人來，一則止住哭
聲，一則說湘雲即日出閣不來探望之故。[5]第六十七回襲人要去看

---

[1]　郭玉雯：《紅樓夢淵源論——從神話到明清思想》（臺北：臺大出版中心，2006 年 10 月），頁 269。

[2]　林素玫〈不寫之寫——《紅樓夢》「春秋筆法」的書寫策略〉，《文學新鑰》第 15 期 2012 年 6 月，頁 42、46。

[3]　《輯校》，頁 10。

[4]　《輯校》，頁 527。

[5]　《紅樓夢（三家評本）》，頁 1746。

鳳姐，是回目下半〈聞秘事鳳姐訊家童〉，眼見敘述焦點隨襲人腳步移至鳳姐處，賈璉偷娶尤二姐的秘密就要揭發，讀者急著欲知後事，作者卻慢條斯理，[6]橫空殺出老祝媽葡萄架下趕馬蜂一段。襲人停下腳步，告訴老祝媽用一種小冷布口袋兒套上，解決了老祝媽的煩惱。老祝媽一高興，想摘個給他吃，襲人馬上正色拒絕，[7]很是守禮，也見襲人在下人間的名望頗高，之後才走出園門，往鳳姐處去了。此處不寫襲人直接到鳳姐住處，反而先賞夏末秋初景，閒筆帶祝媽管葡萄一節，方進鳳姐訊家童一段，由此可見適當地「橫」與「斷」，將影響敘述的節奏，亦使生活情態的描寫活潑不呆板。第三十三回寶玉挨打前，被賈政關在廳裡，一時找不到人往賈母王夫人處捎信，正在盼望時：

> 只見一個老姆姆出來了。寶玉如得了珍寶，便趕上來拉她，說道：「快進去告訴：老爺要打我呢！快去，快去！要緊，要緊！」寶玉一則急了，說話不明白；二則老婆子偏生又聾，竟不曾聽見是什麼話，把「要緊」二字只聽作『跳井』二字。便笑道：「跳井讓他跳去，二爺怕什麼？」寶玉見是個聾子，便著急道：「你出去快叫我的小廝來罷。」那婆子道：「有什麼不了的事？老早的完了。太太又賞了衣服，又賞了銀子，怎麼不了事的！」[8]

在急迫的時刻，作者插入一個聾老姆姆，一段無要緊的話，使

6　蔣勳：《微塵眾：紅樓夢小人物III》，頁95。

7　《紅樓夢校注》，六十七回，頁1053。

8　《紅樓夢校注》，三十三回，頁510。

寶玉的求救被迫中斷，一方面也使裡頭不知這裡的消息，一方面銜接「強奸不遂」之罪，透過老姆姆說出金釧兒跳井後續，也帶出下人乃至小姐太太等等，對「**多賞幾兩銀子送發，也就盡主僕之情**」及「**有什麼不了**」的無情認同，遙映著幾回後，寶玉撮土為香的有情。「大承答撻」就要執行，在打與不打的關口，插入聾老姆姆，硬生斷開寶玉的求救，並由兩種相對的節奏，即寶玉的急，老姆姆的緩，一急一緩的衝突，改變了情節的節奏，產生波瀾起伏。在敘述事件發展時，突然用其他事件插入使其中斷，即橫雲斷山法，也便是「插敘法」。[9]

「一擊兩鳴法」，為描述一位人物或一件事的時候，同時指涉了另一人與另一事。[10]如第三回林如海告訴雨村「**二內兄名政，字存周，現任工部員外郎，其為人謙恭厚道，大有祖父遺風，非膏粱輕薄仕宦之流，故弟方致書煩托。否則不但有汙尊兄之清操，即弟亦不屑為矣。**」[11]寫賈政謙恭敦道，實際上也寫出林如海具有相同的清操品格。在第三十回中，寶釵因說自己怕熱，寶玉卻說起他人拿楊妃比寶釵之事，唐突了寶釵，此段也是書中寶釵少見的「大怒」，作者此時穿插了小丫頭靛兒找扇。小丫頭靛兒不見了扇子，笑說寶釵藏了扇，寶釵指她道：「**你要仔細！我和你頑過，你再疑我。和你素日嘻皮笑臉的那些姑娘們跟前，你該問她們去。**」[12]靛兒可能也沒想過，平日好脾性的寶姑娘，今兒如此氣躁。靛兒找扇正好是寶玉惹怒寶釵之時，「不干己事不張口」的寶釵，藉此說的

9　郭玉雯：《紅樓夢淵源論——從神話到明清思想》，頁 272。

10　郭玉雯：《紅樓夢淵源論——從神話到明清思想》，頁 298。

11　《紅樓夢校注》第三回，頁 44。

12　《紅樓夢校注》三十回，頁 474。

靛兒跑了。此話雖說在靛兒找扇，但主要說予寶玉。話才說完，寶玉自知自己說話造次，感到不好意思，便同別人搭訕去。而此先為寶玉和黛玉爭執後的和好。[13]寶釵說話一向得體，此時話語尖刻，一句話，一打寶玉奚落造次，二諷寶玉黛玉「負荊請罪」，借扇機帶雙敲，[14]妙用了一擊兩鳴法。

閃躲避難法，即在過於繁重的描述，加以避之。[15]如第二十四回賈芸尋得了大觀園種花的工作，拿了五十兩，出西門找花兒匠方椿家裏買樹，便至此完種樹工程，脂評：「又為避難法，若不如此了，必曰其樹其價怎麼，買定幾株，豈不煩絮矣」[16]。又如，寶玉是書中主人公，其體貼與情不情之表現時見，或撕扇作千金一笑，或遭驟雨淋只顧著問齡官而忘了自己，或遭蓮葉羹燙手卻管問玉釧等等，有時則以婆子口裡帶出。如那「時常沒人在跟前，就自哭自笑的；看見燕子，就和燕子說話；河裏看見了魚，就和魚說話；見了星星月亮，不是長吁短嘆，就是咕咕噥噥的」[17]等語，便是經由傅試家的兩個婆子口裡說出，此是寶玉心性所為，若逐一安排描述，或顯冗贅。以其他人物口吻道出，一則省去筆墨，一則透過說者對寶玉之看法，同時亦顯出寶玉之特異，實非凡人所能理解。再如，與賈府相映之甄府，作者亦並未實際描繪一座甄家府第，或以甄家觀點進行描述，而是藉由甄府四個女人到賈府請安，經由四個媽媽的口，將性情與賈寶玉俱同的甄寶玉帶出，正因未曾和甄寶玉親身相處，寶玉更加心念這同名同貌的人物，起了有與無的分證，

13　《紅樓夢校注》三十回，頁471-473。

14　《輯校》，頁550，「指扇搞（敲）雙玉」。

15　郭玉雯：《紅樓夢淵源論──從神話到明清思想》，頁311。

16　《輯校》，頁472。

17　《紅樓夢校注》三十五回，頁540。

方忽忽睡去與甄寶玉一見。夢醒後，賈寶玉隨王夫人去拜甄夫人，作者僅以「見其家中形景，自與榮寧不甚差別，或有一二稍盛者」[18]一言蔽之。而在這一場「真而又真」的夢裡，長安都的寶玉見到了江南的寶玉，一場夢境兩個寶玉，有無，虛實，真假，交流滲透，多項交替循環的形式，[19]免去了直線性的單調發展，同時緊依著《紅樓夢》的中心原則。作者並不加以渲染甄家府第如何如何，由此閃避非必要的文字，精煉文章，突顯本回下半「若說必無，然亦似有；若說必有，又並無目睹」的分證，與賈寶玉與甄寶玉的夢會。[20]

其他尚有如第二十九回，寶玉讓晴雯給黛玉送帕子，晴雯往瀟湘館去，只見春纖正在欄杆上晾手帕子，此時晴雯送帕，春纖晾帕，景況相映成趣，是為映帶法。作者於文中使用之技法所在多有，此節單就作者於小人物發生情節時，所用筆法約略一述。無論是為改變情節節奏，借機雙敲，或避免過於繁瑣的文字，進以精煉文章，皆可見作者經由「不寫之寫」筆法，將人物與其事件妥適搭配，小人物妥適安排其中，於其安插的位置發揮其角色功能，為情節當下與後續增添變數。誠如脂硯齋所言：「種種諸法，總在人意料之外，且不曾見一絲牽強，所謂『信手拈來無不是』是也」[21]。而林如海評賈政，祝媽與襲人一段，靛兒找扇，或幾個嬤嬤對寶玉的評價，小人物的穿插，除截斷或強化情節節奏和強度，亦是為相對應之賈政、襲人、寶釵和寶玉等主要人物的局部個性的延展與補

[18]　《紅樓夢校注》五十七回，頁883。
[19]　〔美〕浦安迪：《中國敘事學》，頁96。
[20]　《紅樓夢校注》五十六回，頁878-879
[21]　《輯校》，頁527。

充，藉之側擊旁敲，以充實主要人物的立體面，使其形象更加豐富多面，亦是不寫之寫之要義。

二、樞紐角

　　所謂「樞紐角（vital character）」，在第二章曾經提過，方榮燊認為「樞紐角」在小說裡雖然不是重要人物，但對情節發展卻居重要地位，沒有他們，主角將無法發展後續情節。如鄆哥和何九叔，沒有他們，武松就無法知道及證實兄長武大郎是被西門慶和潘金蓮所謀害。有人叫「樞紐角（vital character）」或「關係人（relatives）」。[22]說得精確些，「樞紐角」是特定事件之樞紐，在特定的事件中，其中的某一位或多位人物，成為特定事件中的「樞紐」。如一百十七回賈薔賈芸吃喝聚賭，其中有兩個陪酒的，說起外番王爺要買人的事，眾人當下雖不太理會，但王仁心有所動，[23]方有後續賣巧姐的文字。外蕃買人，從陪酒人口中說起，不著痕跡。「隨口」提起外蕃買人的事聞，王仁因而在心底埋下心機，此處兩個陪酒的，便是狠舅賣巧姐事件的樞紐角。以下就特定事件，確認人物於事件中的定位，探討作者如何透過人物，把握「樞紐角」的功能，開展後續情節。

　　晴雯主司花神是小丫頭的胡謅之語，此處這伶俐的小丫頭，便是痴公子杜撰芙蓉誄之樞紐角。晴雯被逐以後，寶玉的社交依舊，回到園子裡時支開麝月秋紋，帶了兩個小丫頭到園內大石後，也不怎麼樣，只問二人晴雯的事情。一個小丫頭說了實話，不中聽，比

22　方祖燊：《小說結構》，頁 337。

23　《紅樓夢校注》一百十七回，頁 1752。

起這個「糊塗」的小丫頭，另一個小丫頭最伶俐，聽寶玉如此說，便投其所好，先讚晴雯之情，忙說晴雯素日待他們是極好的，也提起過寶玉，後說沒法救他，只得親自去瞧瞧，以申自己的義。有情有義的說法，令寶玉這個情癡深信，[24]小丫頭再胡謅晴雯夢見玉皇敕命要司主花神，還見景生情，說是專管芙蓉花的芙蓉之神。[25]寶玉一心淒楚，原想扶柩痛哭一番，且料晴雯兄嫂已抬去焚化。回至園中，便寫成〈芙蓉女兒誄〉，在芙蓉花前一祭。晴雯與寶玉個性相近，皆是任情任性之人，稟性高潔磊落，冰雪聰明，完全不辜負天生女孩的使命，寶玉寵著她時得到相當的快慰，[26]甘願為她作小伏低。為祭晴雯，亦是不遺餘力，別開生面寫了芙蓉誄，慎重其事地泣祭，比起晴雯兄嫂，有情的很。在寶玉心底，晴雯無法在此世安身的結局，只能假託死後成為花神來達成立命，寶玉在晴雯的下場裡，同時看到自己不能安身的結局，因此最終不論是成仙回歸太虛，或是化為頑石歸返大荒，都將飛越到另一個境界去。[27]晴雯主司花神的故事，雖是那伶俐小丫頭的謅語，但這故事的浪漫結局，正與寶玉的「萬物有靈論」不謀而合，符合他的「呆性」，促使他寫下感天動地的〈芙蓉女兒誄〉，讓他獲得了無比的寬慰。這或許也是作者仁心，不忍晴雯香魂就此消散，不忍寶玉哀慟欲絕而為之。

　　大觀園出現繡春囊是賈府由盛轉衰的樞紐，拾得繡春囊的傻大姐，便是此事件的樞紐角。傻大姐此人物的形塑，與賈府內常見的

---

[24] 杜正堂：〈略論《紅樓夢》次要人物描寫藝術〉，《紅樓夢學刊》2000 年第 2 輯，頁 126-127。

[25] 《紅樓夢校注》七十八回，頁 1233-1235。

[26] 郭玉雯：《紅樓夢人物研究》，頁 341、350。

[27] 郭玉雯：《紅樓夢人物研究》，頁 384。

丫鬟形象不同，其「年方十四五歲……生得體肥面闊，兩隻大腳作粗活簡捷爽利，且心性愚頑，一無知識，行事出言，常在規矩之外」[28]，正因其心性愚頑，一無知識，不必應付賈府裡複雜的人事關係，與賈府其他女孩子比較也顯得更為單純。[29]傻大姐在大觀園的山石背後，撿到一個五彩繡春囊，還以為是兩個妖精打架，便笑嘻嘻地一面看一面走。邢夫人撞見，接來一看「嚇得連忙死緊攥著」，此一「嚇」是寫出世家夫人之筆。[30]同見繡春囊，傻大姐「笑」是因他的單純天真，邢夫人「嚇」則是因已通人事，並守禮持節的生命經驗，一「笑」一「嚇」有著鮮明的對比，也是「無知」與「知」的緣故。《聖經》伊甸園裡的夏娃，受到蛇的引誘，與亞當吃下智慧樹的果子，登時眼睛明亮了，才知道彼此是赤身露體，即知人事矣，因而遭耶和華逐出伊甸。繡春囊的出現，猶如大觀園界分園內、園外的那條虛線遭到公諸，是青少男女不再年幼無知，男女之間已通人事的正式宣告。因此引發抄檢大觀園，逐司棋，別迎春，悲晴雯等羞辱、驚恐、悲淒，魘魔驚怖，種種不寧，大觀園當然也無法繼續存在。

傻大姐的單純無知，是揭露機關的重要元素，繼繡春囊之後，他的再登場開啟了另一個機括。賈母、王夫人、賈政及獻計的鳳姐，策畫著寶玉與寶釵的婚事，府裡上下，就瞞著黛玉和寶玉二人。那日，原要去給賈母請安的黛玉，絆住了腳，在當日和寶玉葬花的畸角遇見了哭泣的傻大姐，知曉了寶玉娶寶釵，及要給黛玉說

28 《紅樓夢校注》七十三回，頁1139-1140。

29 宋浩慶：〈長篇結構中的小人物——漫談《紅樓夢》的藝術技巧〉，頁116。

30 《輯校》，頁691。

婆家的二宗事。[31]傻大姐的口無遮攔，挨了賈母房裡的丫鬟珍珠的打，傻大姐說的是真話，然而在眾人的計畫中，娶寶釵的真事卻必須隱去，只有欺騙寶玉娶黛玉的假話能夠通融。「瞞消息」的奇計，幾乎可說是全書裡，極致陰險的計謀，而傻大姐不懂一點人情世故，沒有半絲曖昧想法的天真傻氣，只想著訴說自己的委曲，毫無顧忌地告訴黛玉。[32]這極其險惡的消息，從最為憨厚實在的人口裡吐露，黛玉沒了質疑的餘地，登時千頭萬緒，五味雜陳，迷失了理智。心性愚頑，一無知識的傻大姐，一是笑嘻嘻地拾起繡春囊，二是嗚嗚咽咽地蹲著哭泣，一笑引〈惑奸讒抄檢大觀園〉，一哭引〈洩機關顰兒迷本性〉等大事件的發生，正因為其之無知，情節由他揭露才顯得合情合理，也是因其「傻」，更適合作為大事件的揭發者，正如邢夫人所言：「皆因你素日是傻子」，傻大姐所該承擔的責罪也因此能夠得到赦免。

從那伶俐的小丫頭的胡謅，促使寶玉寫下芙蓉女兒誄，傻大姐的一哭一笑引發抄檢大觀園及顰兒迷本性等等，作者對於觸動情節，揭發事件的樞紐角色的安排，皆是勢所必然，順理成章，可見其匠心。這些事件與人物的鋪排，或亦是作者對事件中的人物的無限同情。然而，正如蔣勳所言，作者能做的並非拯救人物，使其死而復生，恢復康健，或是有情人成眷屬的大團圓，而是以細心精緻的寫作精神，成就每一位人物，對每一個生命在他們自己的命運上放上屬於自己因果，[33]共構這場紅樓大夢。

---

[31] 《紅樓夢校注》九十六回，頁 1494-1495。

[32] 唐富齡：〈芥豆之微見匠心——漫談《紅樓夢》中幾個下層小人物形象的塑造〉，頁 170。

[33] 蔣勳：《微塵眾：紅樓夢小人物I》，頁 20。

三、原型人物

　　《紅樓夢》裡經常可見作者厭棄專指奸責佞貶惡誅邪，傷時罵世，乃至君仁臣良，父慈子孝等等陳腐俗套，特別是自相矛盾，大不近情理的才子佳人等書。然而作者非一味棄捨前人章典，文中時見作者或精心援引，信手拈來的典故，並將「故實暗寓於生花妙筆的字裏行間，化若無形」[34]，情節可能看似簡單平常，讀者若有不慎，匆匆一過，將可能與之錯失。本節所要討論的原型人物，由榮格（Carl G.Jung 1875-1961）提出，這類的原型出自潛意識心靈，[35]構成集體潛意識原型人物的則包括智慧老人、兒童、母親和相等的少女等形象。[36]「智慧老人（the Wise Old Man）」是其中一例。通常由一個智慧老人代表，在夢中以任何有權威的人出現，每當主角面臨絕境，除非靠著睿智與機運無法脫困時，這位老人就會出現來幫助他，如亞瑟王傳說中的梅林（Merlin）。[37]

　　《紅樓夢》智通寺一段，化用了唐人小說〈枕中記〉的典故。[38]實際上，早在魏晉南北朝以前，戰國兩漢時，已有這類預示命運，解厄紓困，獎善施報等等的類型人物。[39]如〈高祖本紀〉[40]預

---

[34] 胡萬川：〈由智通寺一段裡的用典看《紅樓夢》〉，收入《曹雪芹與紅樓夢》，頁443。

[35] 〔瑞士〕榮格（C. G. Jung），龔卓軍譯：《人及其象徵：榮格思想精華的總結》（臺北：立緒文化，2001年10月），頁70。

[36] 張漢良：〈「楊林」故事系列的原型結構〉，《中外文學》第3卷第11期1975年，頁172。

[37] 〔美〕羅伯特・霍普克（Robert H. Hopcke）著，蔣韜譯：《導讀榮格》（臺北：立緒文化，1997年1月），頁122-123。

[38] 胡萬川：〈由智通寺一段裡的用典看《紅樓夢》〉，頁443。

[39] 康韻梅：〈唐人小說中「智慧老人」之探析〉，《中外文學》第23卷第4期1994年，頁137-146。

[40] 《史記會注考證》〈高祖本紀〉，頁162。

告劉邦與呂后將要大貴的老父。《莊子・漁父》[41]及〈屈原列傳〉[42]中的漁父，抱持著與孔子或屈原等主要人物相對性的價值觀之洞見，令孔子拜而求學，企圖開脫處於困厄之中的屈平。〈留侯世家〉[43]張良遇圯下老人，經試煉而得太公兵法，皆為智慧老人故事之重要基型。魏晉南北朝「是古典小說的雛形期，受到談玄說鬼的風氣，與佛經故事流傳的影響」[44]，當代多有《列異傳》、《博物志》、《西京雜記》、《搜神記》、《拾遺記》、《冥祥記》、《幽冥錄》等相對於志人的志異、志怪小說。直到唐代發展成人物生動，主題明確，結構完整的小說作品時期。[45]〈枕中記〉的典故，可溯至《幽冥錄》的〈楊林〉，以其為藍本的便有〈枕中記〉、〈南柯太守傳〉、〈櫻桃青衣〉等篇。而在唐人小說中常見此類型人物，有著同一深層結構與母題（motif）。[46] 當中的廟巫、道士、使者、僧人等等，便是智慧老人式的原型人物，在其中引導主角穿過潛意識深淵，進入夢境，是指點人生迷津的智者。[47]

　　《紅樓夢》作者將〈枕中記〉原型及架構，置入其中，短短一段，情節簡單，卻意味深遠。就在第二回，那日雨村：

> 忽信步至一山環水旋、茂林深竹之處，隱隱的有座廟宇，門巷傾頹，牆垣朽敗，門前有額，題著「智通寺」三

[41] 〔清〕郭慶藩編；王孝魚整理：《莊子集釋》（臺北：萬卷樓圖書，1993 年 3 月），頁 1023。

[42] 《史記會注考證》〈屈原賈生列傳〉，頁 1012。

[43] 《史記會注考證》〈留侯世家〉，頁 804。

[44] 賴芳伶：《中國古典小說四講》（臺北：五南文化，2014 年 10 月），頁 1。

[45] 賴芳伶：《中國古典小說四講》，頁 1。

[46] 張漢良：〈「楊林」故事系列的原型結構〉，頁 166。

[47] 張漢良：〈「楊林」故事系列的原型結構〉，頁 170-174。

字，門旁又有一副舊破的對聯，曰：「身後有餘忘縮手，眼前無路想回頭」。雨村看了，因想到：「這兩句話，文雖淺近，其意則深。我也曾遊過些名山大剎，倒不曾見過這話頭，其中想必有個翻過筋斗來的也未可知，何不進去試試。」想著走入，只有一個龍鍾老僧在那裏煮粥。雨村見了，便不在意。及至問他兩句話，那老僧既聾且昏，齒落舌鈍，所答非所問。雨村不耐煩，便仍出來……[48]

　　有學者認為，這一段情節絕不止是前無連貫，後不接龍的鬆散過場，而是展開全書大結構的大關津，點出全書主題的巧手筆。[49]這一巧手筆，即「人生如夢」的慨歎。在相同的主旨上，架構也大抵相似。同樣是在主要人物落拓潦倒時，遇上開悟啟蒙的契機。〈枕中記〉裡的盧生，躺上呂翁的魔枕，歷經仕宦沉浮，享盡榮華富貴，醒來時店主蒸黍未熟，一切如故，繁華人生不過大夢一場。[50]而雨村當時遭參，擔風袖月，遊覽天下，偶然擔任黛玉家教，官途並不順遂。此時走至郊外，遇到破廟，一副文淺意深的對聯，一個聾昏，齒落舌鈍的龍鍾老僧正在煮粥。煮粥猶如〈枕中記〉中店主蒸黍，而龍鍾老僧則是呂翁。雨村知道其中有個「翻過筋斗來的」，卻不知對他能有所啟示的對象，就是這答非所問的龍鍾老僧，是雨村自己「俗障太深，未能親切體認而已」[51]。〈枕中記〉中盧生潦倒時遇呂翁，接受指引入夢，歷經繁華富貴以至老死，然

48　《紅樓夢校注》第二回，頁 27-28。

49　胡萬川：〈由智通寺一段裡的用典看《紅樓夢》〉，頁 445。

50　〔唐〕沈泯：《枕中記》（板橋：藝文印書館，1966 年據清乾隆馬俊良輯刊影印）。

51　胡萬川：〈由智通寺一段裡的用典看《紅樓夢》〉，頁 447。

後醒悟。《紅樓夢》智通寺一段，雨村落拓時遇老僧，卻未受到啟
發，引出《紅樓夢》繁華盛景以至衰敗，最終醒悟。雨村與智通寺
老僧的相遇，卻無夢醒之段，是以雨村為線索，導引出《紅樓
夢》，他仍得翻轉於塵世，方能導引出一部偉大的紅樓興衰。因此
智通寺之後，緊接著演說榮國府，進入榮國府，[52]彷若進入〈枕中
記〉盧生夢境式的繁華人生中。此一典故，起了承先啟後的意義，
置於演說榮國府前的道理，便在於此。

　　《紅樓夢》裡除智慧老人外，還有以兒童為貌的原型人物，稱
為聖童（Divine Child）。聖童原型，象徵著未來的希望、幼小的
生靈、生命的潛力以及自我的新生，[53]具備了未經世俗污染的條
件，有著純淨初生的狀態。唐人小說中常有穿著青衣的童子、仙
童，或是寺觀中的道童，作為輔佐的角色或是「引度者」角色。[54]
唐人小說〈葉法善〉中，葉法善七歲時曾溺於江，三年後回到家，
便告訴父母是受到青童指引，喝下雲漿，並由青童引朝太上老君，
逗留了一會，卻已三年過去。[55]經由江水誤入他界，透過聖童引
導，服食他界食物，重返人間已時過境遷，是六朝及唐人小說中常
見的「遊歷仙境」母題。[56]

---

[52] 胡萬川：〈由智通寺一段裡的用典看《紅樓夢》〉，頁 450。

[53] 〔美〕羅伯特・霍普克著，蔣韜譯：《導讀榮格》，頁 110。

[54] 蔡宜靜：《唐人小說中色彩運用研究》國立東華大學中國語文學系碩士論文，2013 年，頁 26、
34。論文中指出，穿著青色衣物是因與道教「貴生」思想有關，東方生為青陽之氣，也是四季之
春等萬物發生的時節，也是海水與天空等自然色。東方也是道教信仰中「十洲三島」的所在方
向，是道教嚮往的歸宿。因此小說中的「青」往往與神、仙等意象密切相關。

[55] 〔宋〕李昉編：〈葉法善〉，《太平廣記》卷第二十六（北京：中華書局，1961 年 9 月），頁
170。

[56] 李豐楙：〈六朝道教洞天說與遊歷仙境小說〉，收於《誤入與謫降：六朝隋唐道教文學論集》
（臺北：臺灣學生書局，1996 年 5 月），頁 93-142。

　　《紅樓夢》亦植置了由聖童引導的情節，巧妙化用於小說。且見尤三姐自刎，柳湘蓮自悔不已，出門無所之，昏昏默默之際：

　　　　正走之間，只見薛蟠的小廝尋他家去，那湘蓮只管出神。那小廝帶他到新房之中，十分齊整。忽聽環珮叮當，尤三姐從外而入，一手捧著鴛鴦劍，一手捧著一卷冊子，向柳湘蓮泣道：「妾癡情待君五年矣。不期君果冷心冷面，妾以死報此癡情。妾今奉警幻之命，前往太虛幻境修注案中所有一干情鬼。妾不忍一別，故來一會，從此再不能相見矣。」說著便走。湘蓮不捨，忙欲上來拉住問時，那尤三姐便說：「來自情天，去由情地。前生誤被情惑，今既恥情而覺，與君兩無干涉。」說畢，一陣香風，無蹤無影去了。
　　　　湘蓮警覺，似夢非夢，睜眼看時，哪裏有薛家小童，也非新室，竟是一座破廟，旁邊坐著一個跏腿道士捕虱。湘蓮便起身稽首相問：「此係何方？仙師仙名法號？」道士笑道：「連我也不知道此係何方，我係何人，不過暫來歇足而已。」柳湘蓮聽了，不覺冷然如寒冰侵骨，掣出那股雄劍，將萬根煩惱絲一揮而盡，便隨那道士，不知往哪裏去了。[57]

　　同樣經由小童帶領，得到悟道的契機。葉法善落入江水，經青童引導，朝見太上老君，道元自仙府歸還後，已有了役使之術。而柳湘蓮在「出神」時的恍惚狀態，由具備「熟人」形象的薛家小童引導，讓聰穎的柳湘蓮不疑有他，隨小童進到「夢」或「他界」某個無意識的空間，與尤三姐訣別。待警覺時，才發現一切似夢非

---

[57] 《紅樓夢校注》第六十六回，頁 1042。

夢，薛家小童已不復見，自己竟在一座破廟裡。破廟，猶如雨村那年偶遇龍鍾老僧，此處的跏腿道士即如太上老君、龍鍾老僧或是呂翁般的智慧老人，道人捕蝨則如龍鍾老僧煮粥、店主蒸黍。透過小童引導，將柳湘蓮帶到智慧老人面前，接續將是智慧老人的點悟。柳湘蓮已在塵世翻滾，歷經尤三姐的死亡，癡情眷戀。尤三姐「與君兩無干涉」一語，來去無牽掛，彷若看穿因果的孤獨者，令柳湘蓮陷入迷惘。[58]本就自悔的柳湘蓮，不同於當時落拓，意圖大展身手的雨村，經過道人點化，湘蓮就此打破迷關，截髮出家，隨瘋道人而去，不知何往。回目緊接黛玉思故里，此時的寶玉尚沉戀於紅塵，設身想著黛玉的孤苦，替他感傷，形成點化與未悟的對比。作者化用聖童引度，智慧老人點化，如夢似幻的典故，藉由聖童與智慧老人，導引在本質上與寶玉相近的柳湘蓮，打破迷關，截髮而去。他的出家，主因係劍刎尤小妹，因回想其標緻，其剛烈，因而衍生種種自悔，其之後悔似潘又安因司棋觸柱殉情般的入道，[59]與寶玉「因空見色，由色生情，傳情入色，自色悟空」的悟道大不相同，卻是一記警惕與啟示。但寶玉仍要在溫柔富貴之鄉走它自己的情路，已經夭折的秦鐘，與半途出家的柳湘蓮，「秦柳」二人將在寶玉聰慧敏感的心靈留下影響，間接促成他的的頓悟。[60]摯友「秦柳」的離去，或隱有「情了」[61]之意，亦成為將來寶玉出家的預告。

---

[58] 蔣勳：《微塵眾：紅樓夢小人物Ⅲ》（臺北：遠流出版，2014年9月），頁91。

[59] 王國維：〈紅樓夢評論〉，頁10。

[60] 郭玉雯：《紅樓夢人物研究》，頁 13-14 指出秦鐘與柳湘蓮在本質上皆同於寶玉，但不能像他一樣將情散發地如此深長，秦鐘半途夭折，湘蓮半途出家……秦柳兩個影子終究在他聰慧敏感的心靈留下影響，在失去榮華靡麗的生活背景之後，間接促成他的頓悟。

[61] 此經指導教授賴芳伶提撥。

第二節　妙名妙用

　　《紅樓夢》人名寓意在小說創作運用上，達到了出神入化的境地。[62]是華漢社會命名藝術的再現，同時兼具著作者藝術創作上的需要。[63]特別是人物姓名組合，從屬於小說的情節故事，關係到人物之間主從與制約，也關係到了人物的終始結局。[64]

一、依事而命，隨文而出

　　《紅樓夢》裡人物命名的方式多樣，其中有隨文命名，因事命名，人事命名等方式，大多以諧聲方式命名。因事命名，意即人物出現時機，與事件聯繫，因事而命名。如霍啟，禍起、馮淵，逢冤、張友士即「將有事」預告此醫師一出，可卿將逝或寧榮將有事、秦業，脂評：「妙名。業者，孽也，蓋云情因孽而生也」，現任營繕郎「官職更妙，設云因情孽而繕此一書之意」[65]、薛蟠友吳良，收了薛蝌銀兩，串供說是張三自己頭碰碗，以減薛蟠刑責，實是無良。[66]或是與主要人物的主從等相對關係上，隨文中情節而命名，如清客詹光，沾賈府之光、傅試，攀附賈政之勢等等。

　　追附賈政的清客，多以諧聲託寓命名。第八回，寶玉遇上了賈

---

[62]　吳蔚君：《《紅樓夢》人物命名研究》，頁3。

[63]　胡文彬：〈《紅樓夢》與中國姓名文化〉，收入《紅樓夢學刊》1993年第三輯，頁81。

[64]　王紹良：〈略論《紅樓夢》人物姓名之間的關聯關係──兼評脂批有關人名批語的不足〉，中州學刊1989年第1期，頁87。

[65]　《輯校》，頁210。

[66]　《紅樓夢校注》八十六回，頁1355。

政清客，詹光和單聘仁，音諧沾光及善於騙人，[67]對寶玉請安，問好，嘮嘮叨叨，才走開。另外還有幾位清客，卜固修與胡斯來，有不顧羞、胡廝來等諧音。前面曾經提過，清客往往是附於老爺左右，湊趣取笑的門客，賈政自恃正直端方，可清客又是沾光而來，又是善於騙人、不顧羞、胡廝來者，正是顯其不識人才。寶玉言，曾有位清客先生嵇好古，賈政煩他撫了一曲，他取下琴來說「都使不得」，賈政還說「若高興，改日攜琴來請教」，往後寶玉再沒見過。自古撫琴者知音難求，想是賈政不懂琴，他便不來了。[68]嵇好古，以嵇阮之姓為命，也是因事命名。魏晉名士嵇康善撫琴，死前有「廣陵散於今絕矣」[69]之說，作為撫琴清客之姓，係有所本事。嵇好古不為賈政撫琴，或許是因賈政不懂琴，非知音之故。同一回目，對照黛玉撫琴，寶玉卻言自己不為知音，枉聽了黛玉。然而，實自前回等蛛絲馬跡均可見，二人互為知音，只是千言萬語皆在心底，卻親極反疏。[70]由自認知音與否，父子二人之胸懷，立有分別。還未娶親的寶玉，是清客門客等欲與賈府攀附關係者，亟欲說親作媒，促以從中獲利的對象。賈政有一門客，一個叫王爾調名作梅的，最善大棋，便曾為其相與，做過南韶道的張大老爺家的小姐說親。[71]清客王爾調善大棋，就後續語句觀察，善大棋似乎非作者主要安排，可說這王爾調是假，王爾調名作梅之「作媒」意圖才是真。賈政身邊，多有藉此攀附權勢之人，就連原是賈政的門生傅

---

[67] 《輯校》，頁 180。

[68] 《紅樓夢校注》八十六回，頁 1362。

[69] 〔南朝宋〕劉義慶撰，〔梁〕劉孝標注，楊勇校箋：《世說新語校箋》（北京：中華書局，2006年6月），頁 314。

[70] 《紅樓夢校注》八十九回，頁 1405。

[71] 《紅樓夢校注》八十四回，頁 1334。

試，現任通判，歷年來亦都仰賴賈家的名勢得意，[72]音諧附勢，他原是暴發的，因其妹傅秋芳有幾分姿色，聰明過人，那傅試安心仗著妹妹要與豪門世家結姻。其妹傅秋芳的命名上，則以意為命名，相較於春夏景色等美景，秋季寥落殘景的芳姿，遜色不少，命名「秋芳」，因此與大觀園內的釵黛三春等姐妹有了顯著的區別。

寶玉一日出門，身邊有奶兄李貴，及王榮、張若錦、趙亦華、錢啟還有周瑞等人，其名，喻以富貴榮華，前程若錦，錢啟福瑞等等意。在命名上，或許意在富貴之中討個吉祥名，討個吉利氣。又或欲跟在主子身邊，求得富貴榮華，似錦前程，也未可知。寶玉不只對丫鬟丫頭們好，對小廝僕人等也很客氣，寶玉騎上馬，錢啟與周瑞在前引導，以「周哥，錢哥」稱呼周瑞和錢啟。欲改走角門，省得到賈政書房門口又要下來，即便周瑞說賈政不在家，可以不用下來，但寶玉笑道「雖鎖著，也要下來的」相當知禮並守禮。後遇賴大等年事高的僕人來，寶玉忙籠住馬，就要下來。只見：

> 賴大忙上來抱住腿。寶玉便在鐙上站起來，笑攜他的手，說了幾句話。接著又見一個小廝帶著二三十個拿掃帚簸箕的人進來，見了寶玉，都順牆垂手立住，獨那為首的小廝打千兒，請了個安。寶玉不識名姓，只微笑點了點頭。馬已過去，那人方帶人去了。於是出了角門，門外又有李貴等六人的小廝並幾個馬夫，早預備下十來匹馬專候。一出角門，李貴等都各上了馬，前引傍圍的一陣煙去了，不在話下。[73]

72 《紅樓夢校注》三十五回，頁539。
73 《紅樓夢校注》五十二回，頁811-812。

　　寶玉這富貴大家的氣象，如畫般描繪，在園裡馬是慢慢行，出了門後又是一陣煙。以及寶玉對人的敬重與尊重，此時盡出。首先對僕人是以「錢哥周哥」等稱之，後看到賴大也忙下馬，三見不識名姓的小廝打千兒，也微笑點頭回應。此藉僕人隨從，描寫寶玉的知禮與好性子。寶玉對小廝及僕人尊敬盡禮，彼此相互尊重，互動熱絡，一片和諧。這些小廝僕人們，守著這二爺，對寶玉畢恭畢敬，這二爺也便是將來的老爺，未來那打千兒的小廝也將不再領著掃地，李貴及王榮、張若錦、趙亦華、錢啟等人，也將如同賴大等年高的僕人那樣，得到小主子的敬重，以此觀之，這些小廝的前景看來確是亦華，榮貴若錦。

　　然而未來若錦的理想，對子孫持續不振，經濟日益拮据的賈府來說，是必須努力實現的盼望。寧府有一小管家俞祿，在賈敬喪禮期間，向賈珍索棚扛孝布，杠人青衣等欠銀，因各處支領甚多，還要預備其他用度，竟不能發給。寧府此時已無「餘祿」，賈珍便讓賈蓉帶俞祿進屋裡，向尤母領尚未交到庫上的私錢。恰賈璉亦來，找了個理由一同前往，此處藉俞祿領銀，賈蓉賈璉叔侄方有機會同往寧府內，過程賈蓉遊說賈璉偷娶二姐，如何置房，如何娶等等。[74]俞祿領銀，讓讀者一見過去賈珍處理可卿喪禮，不貲花費，不惜捐官體面，此時料理父親喪禮相較剋扣，顯出禮孝顛亂的現象。二來，俞祿領銀，促使璉蓉叔侄獨處，賈蓉方有機會向「慾令智昏」的璉叔獻策，賈璉的九龍珮才至尤二姐手上。三見寧府經濟虧空，遭到各處買賣人士催討，庫中支領甚多，有祭銀到手卻未交庫上，「需用過費，濫支冒領」等等，寧國府中風俗發生。由此看來，俞祿已無「餘祿」可撈，寧府已無「餘祿」可使。又或可說，俞祿之

---

[74] 《紅樓夢校注》六十四回，頁 1009。

「餘祿」不在金錢，乃在榮寧二府皮膚濫淫者，情色欲望的無度。

以諧聲隨事命名的，除了清客小廝外，還有戴權、夏守忠、裘世安等太監。戴權大權在身，音諧「代權」即代皇帝行使大權，[75] 賈珍透過其以千二百兩銀子，給賈蓉捐得龍禁尉一員。夏守忠音諧「瞎守忠」，[76] 兩次出現在《紅樓夢》裡，一是賈政生辰當日前來降旨，傳賈政入宮；二是到榮國府傳元春之諭，命寶玉及其姐妹搬到大觀園中居住。[77] 兩次可見夏守忠主要傳達宮中旨意，也是賈府與宮中之間，消息來往的橋樑。然第七十二回卻見夏守忠之「真面目」，即夏守忠打發小內監到賈府，向賈璉與鳳姐討要銀子，連同過去幾回竟要千四百兩銀子，另外還有周太監討要一千兩銀子等等。夏守忠之名，便意指著這位內相忠於皇帝是假，忠於自己的好處才是真。[78] 這些太監對賈府的「勒索」不是單一事件，長期大額度的勒索，鳳姐也因此作了一場「奪錦」的噩夢，[79] 實際狀況看來，對賈璉鳳姐等人而言，也無疑是噩夢一場。

世家與太監之間的相處，從賈蓉捐官，奉元春召命等原因來看，有著相當程度的政治因素。一百一回，王子騰任上虧空，落到鳳姐兄長王仁與叔叔王子勝身上賠補，二人找了賈璉托人情，賈璉因而欲請總理內庭都檢點太監裘世安處理。那日賈璉因起得早，還看了昨日送來的抄報：

　　　　第一件是雲南節度使王忠一本，新獲了一起私帶神槍火

---

[75] 胡文彬：《紅樓夢人物談》，頁348。

[76] 吳蔚君：《《紅樓夢》人物命名研究》，頁90。

[77] 《紅樓夢校注》十六回、二十三回。

[78] 吳蔚君：《《紅樓夢》人物命名研究》，頁90。

[79] 《紅樓夢校注》七十二回，頁1128。

藥出邊事，共有十八名人犯。頭一名鮑音，口稱係太師鎮國
公賈化家人。第二件蘇州刺史李孝一本，參劾縱放家奴，倚
勢凌辱軍民，以致因奸不遂，殺死節婦一家人命三口事。兇
犯姓時名福，自稱係世襲三等職銜賈範家人。賈璉看見這兩
件，心中早又不自在起來，待要看第三件，又恐遲了不能見
裘世安的面，因此急急的穿了衣服……[80]

　　鮑音音諧報應，[81]或諧槍火爆音。口稱賈化家人，即假話意，
或許是指鮑音說了假話。《紅樓夢》中與其同名者，即當時由兵部
降為府尹的賈雨村，雖與鮑音所稱之太師賈化不是同一人，然而文
中名為賈化者有二，可見「假話」充斥。主上向賈政問及賈化時，
那時聽取轉述的雨村在旁便嚇了一跳，或暗指雨村手下亦有人犯，
又或遙遙指向亂判葫蘆案一事，以及其他未寫之罪，亦未可知。眾
人皆道：「真是真，假是假，怕什麼」[82]，確是如此。但就後續回
目看來，此時的報應，或許也暗暗指向不遠將來的查抄事件，遭到
查抄的對象便是「代『賈化』」者，即賈代化之子孫，寧府將遭查
抄。賈範是賈府遠族，時福因奸不遂等等事。賈璉看見兩件事心中
不自在，係縱放家奴倚勢凌辱，或藏私包庇等事逐一揭露，抄報所
指皆向「賈」姓，預告著賈府將抄。待要看第三件事情，作者此處
卻留一筆，此第三件事情，實即賈璉將要裘世安處理之事。裘世
安，意即「求事安」，長期以金錢收買內相，人情在政治事件的處
理上便派上用場，透過地位較高的宦官打聽消息，並順勢幫一把，

80　《紅樓夢校注》一百一回，頁 1551。

81　《紅樓夢（三家評本）》，頁 1663。

82　《紅樓夢校注》一百四回，頁 1590。

或許也是鳳姐等人盡力配合勒索的緣故。然而賈璉去遲了，裘世安已上朝，不遇而回，只怕將來對其求事，也未必即安。

　　隨事而命還有一種是作者特意隱名，另起外號。鬧學堂一回提到學子大動龍陽之興，兩個「多情」的小學生，「未考真名姓」，因生得嫵媚風流，學中便起他們一號「香憐」、一號「玉愛」的外號。「情」是《紅樓夢》的大主題，情包括人類的共同感情，與個人經驗如喜怒哀樂等種種情緒，具體經驗，作者將個人實際的感情歸納為抽象的哲學思想，如「性」與「理」的補襯和平衡之中，放縱無節，過分情感，就可能由「情」入「淫」，故應與其他方面達到平衡，以避免失衡的危險。[83]尚是小學生的孩子，較之賈璉賈珍賈赦等長輩，少了風月的成分，對於情的懵懂，稍有不慎將致使落入失衡的危險，猶如賈瑞與秦鐘那般，深陷情淖，不能自拔，最終以死作結。脂評：「多情二字方妙。一併隱其姓名，所為具菩提之心，秉刀斧之筆。」[84]作者刻意隱去二人的姓名，是其大悲心，並不願去筆伐任何一位人物，便隨龍陽之興文字，將真名隱去，為多情的小學生命為香憐與玉愛。

二、人事命之，以職為名

　　人事命名，意即人物命名，係依照人事工作或職業職位等相關事務命名。一日，寶玉奔往梨香院，緊接著遇上銀庫房總領吳新登，和倉上頭目戴良，吳新登音諧無星戥，戴良音諧大量，[85]趕

83　〔美〕浦安迪：《中國敘事學》，頁164-165。

84　《輯校》，頁208。

85　《輯校》，頁181。

來都一齊垂手站住。買辦錢華則趕上來打千問安。銀庫總領卻無星戥，實在諷刺，與賈府經濟漸趨虧空有所關聯。倉上有大量，買辦有錢花，也都是隨其人事工作而命名。除此之外，寶玉有引泉、掃花、挑雲、伴鶴等小廝，主要與工作內容端茶、灌水、掃花、種藥、研墨等等項目有關。[86]以及講到賈家義學時以賈代儒為塾掌，劉鐵嘴鐵口直算寶玉失玉何去，賈蓉請毛半仙為尤氏病症占卦，王一貼賣膏藥一貼百病除，山子野籌畫大觀園園林設計等，皆與其職責密不可分。

　　五十六回探春興利除宿弊，要在園子裡的老媽媽中，揀出本分老誠，能知園圃之人，令園子內有專定之人可以修理，不暴殄天物，老媽媽們也能藉此補貼家用，又能省去花兒匠山子匠打掃人等的工費。[87]此處針對不同的工作事項，分配不同的老媽媽。老祝媽與他丈夫兒子代代都是管打掃竹子，「祝」與「竹」音近，因職而命名，如今所有的竹子便交與他管理。老田媽本是種莊稼的，稻香村一帶菜蔬稻稗之類，便交給他。蘅蕪苑與怡紅院兩處的香草，算起來出的利息比別處都要來得大，「凡有花草必有葉」，因此蘅蕪苑與怡紅院兩處的香料花草，都由老葉媽包辦。[88]平兒原薦鶯兒母親管理，此時寶釵識大體，蘅蕪君到底是客，便安排茗烟的母親葉媽管弄香草，係以怡紅院為主，蘅蕪苑為次，寶釵識得大體之表現。鶯兒認葉媽做乾娘，係寫大觀園細事之筆，寶釵應是知曉鶯兒認葉媽為乾娘事。此處刻意作情給怡紅院，葉媽與鶯兒母親也可互相商議，實是葉媽暗中與鶯兒娘共同執行香草差事。而大觀園兩大

---

[86] 胡文彬：〈《紅樓夢》與中國姓名文化〉，頁82。

[87] 《紅樓夢校注》，五十七回，頁817。

[88] 吳蔚君：《《紅樓夢》人物命名研究》，頁70。

處「恰好」即寶玉寶釵住所，兩大利息處亦為此二處，暗暗埋下寶玉寶釵二人婚姻的線索。老田媽與老葉媽直接以田、葉為姓，和職務密切配合，一望即知。[89]這些安排旋即生效，次回寶玉因紫鵑一番話，瞅著竹林發呆，便見祝媽正來挖笋修竿，作者銜上回的祝媽理竹的規畫，相當細心。

怡紅院有個老宋媽媽，其「宋」即「送」意，[90]怡紅院裡有東西往外送，泰半是由宋媽媽送去的，《紅樓夢》裡他共送過三次東西。一次在三十七回秋爽齋偶結海棠社，回目中段，以襲人起筆，襲人差老宋媽媽給湘雲送幾樣鮮果點心，和湘雲喜歡的瑪瑙碟子，此去寶玉方想起湘雲未入社，忙往賈母處，逼著叫人給湘雲接去。湘雲也透過宋媽媽，才知道寶玉等人正起詩社。[91]作者巧妙銜接，若無襲人差遣宋媽媽送物，豈有湘雲入社。第二次是平兒掉了蝦鬚鐲，宋媽媽正好看見是墜兒偷的，宋媽媽拿著鐲子便要回鳳姐，平兒原想息事寧人，但晴雯知道後，便打發墜兒，引來墜兒母親撒野。後墜兒母親鬧了一場，無言可對，賭氣就想帶著墜兒走，此時宋媽媽忙道：「怪道你這嫂子不知規矩，你女兒在這屋裏一場，臨去時，也給姑娘們磕個頭。沒有別的謝禮，——便有謝禮，她們也不希罕，——不過磕個頭，盡了心。怎麼說走就走？」[92]比起「只該在外頭伺候」的媳婦子們，宋媽媽很是知道主子房裡規矩。原想悄悄處理蝦鬚鐲竊事，以及等待襲人回來再行調停等等行動，也可見宋媽媽在事情的處理上，相較於墜兒母或春燕母親等，從外邊進

---

89 吳蔚君：《《紅樓夢》人物命名研究》，頁70。

90 《輯校》，頁584。「宋，送也。」

91 《紅樓夢校注》，三十七回，頁567。

92 《紅樓夢校注》，五十二回，頁814。

到怡紅院工作的婆子要來得穩重許多。因此當晴雯遭逐,寶玉等人「作瞞上不瞞下」,將晴雯素日所有的衣裳,以至各什各物與攢下的幾吊錢要與晴雯,到了晚間,襲人也是密遣宋媽給晴雯送去,可見襲人對宋媽媽之信任。宋媽媽一送瑪瑙碟子,二送蝦鬚鐲,三送晴雯私物,是出入怡紅院,往返於園裡、園外傳遞物件和消息的人物。宋媽媽這一人物,強化了「大觀園是一個把女兒們和外面世界隔絕的一所園子」[93]的說法,卻是有縫隙,可以往返來回的事實。

　　大觀園除了寶玉,以及種花,醫病等例外,通常其他男人一概不能入內。[94]因此守門顯得特別重要,《紅樓夢》裡便描述了幾處門戶看守不周,所引發的危機。寶玉生日那天,赴薛蝌酬送後,與寶釵一同回大觀園,

　　　　一進角門,寶釵便命婆子將門鎖上,把鑰匙要了自己拿著。寶玉忙說:「這一道門何必關,又沒多的人走。況且姨娘、姐姐、妹妹都在裏頭,倘或家去取什麼,豈不費事。」寶釵笑道:「小心沒過逾的。你瞧你們那邊,這幾日七事八事,竟沒有我們這邊的人,可知是這門關的有功效了。若是開著,保不住那起人圖順腳,抄近路從這裏走,攔誰的是?不如鎖了,連媽和我也禁著些,大家別走。縱有了事,就賴不著這邊的人了。」[95]

---

[93] 宋淇:〈論大觀園〉,收入《曹雪芹與紅樓夢》(臺北:里仁書局,1985 年 1 月),頁 694、698。賴芳伶:〈《紅樓夢》「大觀園」的隱喻與實現〉,收入《東華漢學》第 19 期 2014 年 6 月,頁 254。

[94] 宋淇:〈論大觀園〉頁 694、696-697。

[95] 《紅樓夢校注》,六十二回,頁 958。

　　寶釵知曉守門若是不力，將起事端，索性將門鎖上，保全出入。賈母八旬大壽時，尤氏晚間將在園內李氏房中歇宿，一逕走至園中，只見園中正門與各處角門仍未關，「這早晚門還大開著，明燈蠟燭，出入的人又雜，倘有不防的事，如何使得？因此，叫該班的人吹燈關門。誰知一個人芽兒也沒有。」[96]燈火未息，門戶未關，敘一番趙姨失體，費婆憋氣，林家托大，周家獻勤，鳳姐灰心。[97]從尤氏「恰巧」發現角門未關起，曲曲折折，滴滴答答的引出邢夫人「嫌隙人有心生嫌隙」。後來由包勇看守腰門，因其嚴格看守，盜匪闖入後，幸守住了惜春閨閣裡門，保全了惜春等人。可見「門」可使大觀園內女子出入，也可能引來危機。打破大觀園這片淨土的轉捩點，便是繡春囊的出現，大觀園裡出現繡春囊，如同蛇進入樂園的啟示。[98]而將徘徊於大觀園外的「蛇」放入園內的便是張媽。繡春囊是司棋與表弟潘又安幽會時所遺落的東西，二人從小一處玩笑起住，互訂終生，怕父母不從，「二人便設法彼此裏外買囑園內老婆子們留門看道，今日趁亂，方初次入港。」[99]，那日恰給鴛鴦撞個正著。所遺繡春囊，引發驚心動魄的抄檢大觀園，抄到了迎春處，在司棋箱內抄出一張大紅雙喜箋帖，帖上潘又安交代司棋可托張媽傳遞信息。在此之前，有入畫私物遭抄，當時惜春便道「若說傳遞，再無別個，必是後門上的張媽。他常肯和這些丫頭們鬼鬼祟祟的。」[100]那日鴛鴦進大觀園，剛至園門前，「只見角

96　《紅樓夢校注》，七十一回，頁1106。

97　《輯校》，頁685。「敘一番燈火未息，門戶未關；敘一番趙姨失體，費婆憋氣；敘一番林家托大，周家獻勤；敘一番鳳姐灰心……。」

98　〔美〕夏志清著，《中國古典小說》，頁373。

99　《紅樓夢校注》，七十二回，頁1121。

100　《紅樓夢校注》，七十四回，頁1163。

門虛掩，猶未上閂」，只有該班的房內燈光掩映，可想司棋與潘又安買囑的園內留門的老婆子，便是後門上的張媽。她與丫頭們交情好，時常私自傳遞私物，或替丫頭小廝開門，掩護門道。依此張媽，其「張」有「展開」張門之意。但並不表示只要張媽謹守職責，盡心掩門，蛇便不會進入伊甸。從宋媽遞物往返大觀園，張媽守門不周等等情節，暗含著大觀園亦非全然隔絕出裡外，完全密閉的空間，乃有罅隙。宋媽走出去的，或是張媽看守的這道「門」，可說是大觀園裡外分界的實線。而大觀園裡外的那條分界線，基本上是虛實並生的，虛實平行漸揭，然後交叉，[101]隨著時間的流逝，青春男女年齡的增長，情慾萌生，漸知風月以後，這隔絕外界，保持女兒青春的大觀園，便絕非永恆。

三、事違命名，對偶寓意

事違命名，即該人物於書中發生之事件或情節，與其名相違，使命名方式具有反諷寓意。[102]如寶玉以前房裡有個良兒偷玉，名為良，卻為盜，名與行為相違。鳳姐派與尤二姐使的丫頭善姐，名為善姐，來者卻不善，到底是鳳姐的人，對二姐說冷語，端剩飯，不服使喚等等，皆非善類所為。藉寫善姐欺壓二姐，實是正寫鳳姐欺壓二姐。[103]善姐與良兒，各以良、善為名，做的卻非與其名相符之事，是與事違之命名。

趙姨娘丫頭，房中丫頭一名小吉祥兒，一名小鵲，二者皆充滿

---

[101] 賴芳伶：〈《紅樓夢》「大觀園」的隱喻與實現〉，頁 263。

[102] 吳蔚君：《《紅樓夢》人物命名研究》，頁 137-138，指出《紅樓夢》與《金瓶梅》常以雙關命名方式，賦予人物反諷之義。

[103] 《輯校》，頁 680。

喜慶祥瑞之意，卻是種反諷性的隱喻。[104]趙姨娘的兄弟趙國基死
了，和丫頭小吉祥兒要送殯，恐弄髒自己的衣服，便捨不得穿，故
要和雪雁借月白緞子襖兒來穿。[105]命以小吉祥兒，卻是要和其主
子往「髒地方」去，並藉別人的衣服弄髒而來，與「吉祥」意相
違，和其主子人而厭之的趙姨娘一氣，頗具諷意。小鵲則以喜鵲之
鵲為名，應為報喜事而來，但「小鵲笑向寶玉道：『我來告訴你一
個信兒。方才我們奶奶這般如此在老爺前說了。你仔細明兒老爺問
你話。』」[106]報的卻是此「凶事」，惹得怡紅院人仰馬翻，方出
寶玉裝病，賈母查賭，轉出傻大姐拾姦證，邢氏入園巧遇，迎春不
問累金鳳等文。然而小鵲雖報凶信，但特地前往怡紅院，提醒寶玉
等人留心的行舉，可想心意總是良好。

　　同樣是以事違命名的，還有太平縣名。薛蟠要往南邊置貨，恰
遇蔣玉菡，同在李家店舖裡喝酒，當槽的張三盡拿著眼瞟蔣玉菡。
次日，薛蟠酒後卻打死了張三。薛姨媽求鳳姐與賈璉說了，花了幾
千銀子買通知縣，此受私賄的知縣，便是太平縣知縣。審案過程
中，張三母親張王氏直向知縣喊「青天老爺」，婦人孤子之死，全
指望青天老爺昭明，豈知知縣已被收買，假作聲勢，要打要夾，最
終徇私審斷，終定了誤傷。作者先敘批駁初呈，後敘覆審翻案，財
可通神，寫盡貪官情狀。[107]清貧寡婦張王氏，其夫張大與兩子皆
早死，光留下了個張三，寡母眼見獨子死去，一心只求公道昭明。
而沒落皇商薛姨媽，為救兒卻不顧公理，且薛蟠「失手」傷人已非

---

[104] 吳蔚君：《《紅樓夢》人物命名研究》，頁138。

[105] 《紅樓夢校注》，五十七回，頁884。

[106] 《紅樓夢校注》，七十三回，頁1135。

[107] 《紅樓夢（三家評本）》，頁1434，護花主人評曰：「先敘批駁初呈，後敘覆審翻案，財可通
神，寫盡貪官情狀。」

首犯，馮淵逢冤而死以後，此次事件是其故態復萌。兩母同樣為寡子哭訴，一是為兇手開脫，一是死者求公理，二者相較之，顯得格外諷刺。案件最終重理，串囑屍證捏供，誤殺案真相昭彰，太平縣老爺革職。[108]一場人命血案，起初並未寫出是在太平縣轄內發生，案件重理，方出這太平縣名。太平縣在此實非太平之地，地名與事件兩相反映，充滿諷刺的意味。

華漢社會的人名，常以賦有吉祥，充滿喜氣的字眼為命名，取其字義，期許拓及生活範圍，進以使人運、家運等運氣，洋溢相對應的喜氣。事違命名的方式，是作者充分掌握此一命名慣例，並特別將人物其名與行舉相違，為人物與事件之間產生矛盾，衝突。良兒為盜，善兒非善，小鵲報凶，小吉祥兒送殯，太平縣不太平等等安排，令人物與事件之間產生了深刻的諷喻。綜觀全書，也不難發現事違命名的方式，除了對人物與事件產生反諷外，事與願違的鋪排，同時緊扣「美中不足，好事多磨」之綱領。人物與事件的對照，有著良惡，善邪，喜凶，吉祥禍兆，太平與不平等等，相等相成的兩面，是全書常見的對偶形式。良善，惡邪，喜祥，禍凶等等觀念，經由人物的行動以及發生的事件，這些看似對立的兩面，逐步交融互補，循環，二元互補，[109]方使全書中心結構維持平衡。

第三節　開篇總帽

全書開篇，主要賦予小人物引繩與總帽的功能。朱淡文認為，

[108] 《紅樓夢校注》，八十六回〈受私賄老官翻案讀〉、九十九回〈月邸報老舅自擔驚〉。
[109] 〔美〕浦安迪：《中國敘事學》，頁54。

第一回由兩個部分組成，其一為引出頑石故事的楔子。其二為「簡介甄士隱與賈雨村的故事，透漏了全書情節發展的輪廓，概括了小說的主線、主題和主要人物的結局」的序曲，[110]至第二回雨村發跡娶嬌杏都是序曲範疇。[111]然而，就脂評冷子興這一人物為「引繩」，其談話為「總帽」等語，可推斷直到第二回結束之前，仍是「引繩」與「總帽」的範圍。在這範疇間，人物發生種種，即本節所要探討的內容。從序曲，進入小說正文，接榫這動人故事的契機，便是作者安排之種種偶因與僥倖，這些偶因僥倖，最終也湊成了人物與事件發生的必然。

一、偶因僥倖，禍起必然

《紅樓夢》以一僧一道與頑石的談話，作為故事楔子。進到姑蘇城內，秉性恬淡的甄士隱，熱衷功名的賈雨村，一隱一仕的相遇，正文夾一件偶因——嬌杏擷花，直探「僥倖」這一題旨。嬌杏窗外擷花，雨村書房內翻弄書籍，嬌杏雖忙轉身迴避，因見雨村一表人才，便不免回頭兩次，雨村認嬌杏為風塵中之知己，便時刻放在心上。嬌杏，脂評「僥倖也」[112]，因士隱邀雨村談天，天外飛報「嚴老爺來拜」，打斷士隱與雨村的談話，雨村方在書房翻弄書籍解悶，遂給了嬌杏和雨村隔窗識知己的機會。

之後，雨村赴京趕考，甄家遷出舊處，嬌杏在門前買線，還能再與還來故地的雨村相逢，所謂僥倖，便在意料不到之奇緣的發

---

110 朱淡文：〈楔子‧序曲‧引線‧總綱——《紅樓夢》第一回析論〉，收入《紅樓夢學刊》1984 年 02 期，頁 137。

111 朱淡文：〈楔子‧序曲‧引線‧總綱——《紅樓夢》第一回析論〉，頁 142。

112 《輯校》，頁 38。

生，並且接二連三。雨村納嬌杏為妾，只一年便生下一子，又半載，雨村嫡妻染疾下世，母憑子貴，嬌杏便由側室扶作正室夫人，後來雨村便一直無正配。[113]「偶因一著錯，便為人上人」，其「錯」可能有二，一為「兩次回頭」，古時男女界限分明，兩次回頭或可視為不顧羞恥之錯。二是不顧「良賤為婚姻」條所訂定之「妾以奴婢為良人，而與良人為夫妻」條例，不知何錯方可解這偶因，然既錯，便將錯就錯，有何不可。

士隱與雨村談話，其間家人飛報「嚴老爺來拜」，脂評：「炎也。炎既來，火將至矣」[114]，預告了甄家將要遇火，然而遇火以前，尚有更大的危機。「閑處光陰易過，倏忽又是元宵佳節」，應是團圓和樂的元宵佳節，卻是離別序曲。明代有詞記：

> 誰家閨女路傍啼，向人說住大街西。纏隨老老橋邊過，看放花兒忽失迷。[115]

此詩正可作為元宵夜晚賞燈失蹤的註腳。[116]傳統社會中，拐賣人口，拐賣孩童是常見的生活危機，也是一椿古老而綿延不盡的罪惡，《史記‧季布欒布列傳》有記，漢初名臣欒布原是梁國人，當年「為人所略賣，為奴於燕」，遭賣到燕國為奴。[117]《清稗類

---

[113] 《紅樓夢校注》第一回，頁 9-26、九十二回，頁 1442。

[114] 《輯校》，頁 24。

[115] 〔明〕劉侗等撰：《帝京景物略‧卷二‧燈市九》（臺北：廣文書局，1969），冊葉 24。

[116] 〔日〕金文京：〈香菱考——試論《紅樓夢》的另一層深層結構〉，收於《東方學會創立五十周年紀念東方學論集》（東京：財團法人東方學會出版，1997 年 5 月），頁 5。

[117] 《史記會注考證》，頁 1119。

鈔・棍騙篇・拐帶婦孺》，[118]有極為詳細的記載，記錄了拐子對於拐騙與販賣及勒贖環節的謹慎小心，另亦有〈攫孩勒贖〉篇，[119]說明了拐賣婦孺於當時之「平常」，篇首指出「拐帶人者，以販賣於人者，凡繁盛處所，皆有之」，尤其強調拐子往往潛藏在熱鬧繁盛的地方，人群聚集的燈市或其他節日的市集活動裡。落入拐子手中的人，無論家世身分如何清白，皆成了待價而沽的「人貨」，或淪為娼，充作婢妾奴僕，或被摧殘肢體為人乞討，命運十分悲慘。[120]

《紅樓夢》一書的禍起，開端是自古即存的拐賣人口案，也是至今永在不休的發生。

> 倏忽又是元宵佳節矣。士隱命家人霍啟抱了英蓮去看社火花燈，半夜中，霍啟因要小解，便將英蓮放在一家門檻上坐著。待他小解完了來抱時，哪有英蓮的踪影？急得霍啟直尋了半夜，至天明不見。那霍啟也就不敢回來見主人，便逃往他鄉去了。[121]

《紅樓夢》中人名地名部分具諧聲雙關的影射，霍啟音諧「禍起」[122]，明指霍啟登場，甄家逢禍，後續葫蘆廟失火，王伯沆也

118 〔清〕徐珂編纂：《清稗類鈔》第四十冊（臺北：商務印書館，1928年），頁5-6

119 〔清〕徐珂編纂：《清稗類鈔》，頁6。

120 郭瑩：〈中國歷史上的「拐子」〉，頁80-81。

121 《紅樓夢校注》第一回，頁11。

122 《輯校》，頁29。脂批：「妙，禍起也。此因事而命名。」

因此批注霍啟音諧「火起」。[123]英蓮音諧「應憐」，[124]開卷第一
女子，逢霍啟，開啟其「真應憐」悲慘卻知足樂天的舛變命運。而
甄英蓮的「真應憐」諧音所蘊藏的意義，即癩僧所言「有命無運，
累及父母」[125]，有學者認為，「作者深切地同情封建時代女性的
不幸」，這是那一時代薄命少女的代表，也「象徵著封建時代女性
悲劇命運」，[126]等待著他們的只有悲劇的結局。

　　僕人霍啟內急暫離，回到原地卻未見英蓮身影，此時霍啟對於
英蓮失蹤的可能原因，心裡或許已是了然不惑。暫時放下英蓮跑去
小解已是失職，霍啟心底當然明白，於是內心慌張，著急，卻非一
走了之，即使內心張惶，依然懷著急切的心情，自黑夜找到天明，
盡到忠於職守的本分。只是仍舊遍尋不著，最終無奈，惶惶，只得
迫於現實，基於本能，遵循自我意志，守住自己生存的機會，也就
避走他鄉，「不敢回來見主人了」。過程中，霍啟的人物性格有著
極大的發揮空間，逃藏，躲避乃是人性之常情，而霍啟並非不負責
任之流，身為甄家家僕的自己斷不可不顧主子恩情，就身為甄士隱
家僕而言，他試著努力尋回甄家姑娘，但是失敗了。就小說手法而
言，他已恰如其分地完成了任務。不過百字，霍啟的出場考慮了結
構的需要，關連到故事情節的發展，作者的目的是以他的出場來牽
引全體，是極為周密的安排，這樣的人物，大多數並非作品中的主

---

[123] 〔清〕曹雪芹著，王伯沆批注：《王伯沆先生圈點手批本紅樓夢》，冊葉 12，「霍啟者，火起
也。又禍起也。」。

[124] 《輯校》，頁 16，「應憐也。」

[125] 《紅樓夢校注》第一回，頁 7。《輯校》，頁 22「看他所寫開卷之第一個女子便用此二語以訂終
身，則知託言寓意之旨，誰謂獨寄與於一情字耶」。

[126] 朱淡文：〈楔子‧序曲‧引線‧總綱──《紅樓夢》第一回析論〉，頁 145。

要人物，[127]霍啟身為作者安插的牽引人物，已恰到好處的完成了
作者的任務，意即完成「丟失英蓮」的任務，觸發《紅樓夢》全書
的起頭之禍，促使後續情節的進展。

二、人情常態，冷熱交滲[128]

　　甄家閒淡生活裡，團圓歡慶的元宵佳節到來，動魄驚心的幼童
拐騙卻隨即上演，這場安排於團圓佳節的離別情節，如實扣緊「美
中不足，好事多磨」總綱。[129]霍啟小解丟了小主人英蓮，但是禍
不單行，丟了女兒的甄家，同年三月十五葫蘆廟起火，「接二連
三，牽五掛四」，隔壁的甄家「燒成了一片瓦礫場」，迭足長嘆的
士隱與妻子回莊稼安身又逢鼠盜，只得折變田莊投靠岳丈封肅。卻
遭岳丈欺侮，加上連年驚唬，士隱早已積傷，漸露下世光景，就在
第一回末，徹悟並解注〈好了歌〉，就此看破紅塵往事，出發隨跛
足道人遠去，一隱一道就此飄飄而去。

　　封肅，音諧風俗也，[130]封肅是嫌貧愛富之人，對士隱狠狠而
來，心中感到不樂，若非「幸而」士隱手邊尚有折變田地的銀子，
恐有不留之意了。封肅半哄半賺地，將士隱手邊銀子用完，便成日
說些現成話，人前人後詆毀他們夫婦不善過活，好吃懶做等語。雨
村還來時，封肅直接承收雨村對士隱的謝禮，銀兩，錦緞，百金等

---

[127] 李希凡：《沉沙集——李希凡論紅樓夢及中國古典小說》，頁42-45。李希凡認為這樣的人物並非
　　　作品中的主要人物，且以為並不多見，極為突出的例子即《水滸》高俅與《紅樓夢》劉姥姥。

[128] 「冷熱」一節，感謝口試委員康來新老師指點。

[129] 《輯校》，頁6，「那紅塵中卻有些樂事，但不能永遠依恃。況又有美中不足，好事多磨，八個
　　　字緊相連屬；瞬息間又樂極悲生，人非物換，究竟到頭一夢，萬境歸空。」脂評：「四句乃一部
　　　總綱。」

[130] 《輯校》，頁29。

禮。封肅歡天喜地，喜得屁滾尿流，巴不得奉承。作者藉封肅以託
言本貫大如州人民，人情大抵如此，蔚為風俗。然而，這等人何其
多，進一步說，不僅是在「本貫」，不只是作為「大如州人民」風
俗，作者藉封肅的人情態度，更可視為世間大多如此的人情常態。
人情常態如此，仕途得失難定，雨村不上一年便遭參革職，「積 的
資本並家小人屬送至原籍」[131]，嬌杏即便因錯而為人上人，但富
貴榮辱與官場起落，實屬難測，此時便由官場失落的雨村，送回原
籍。

那日，仕途失利，落拓的雨村出了智通寺後，作者以〈冷子興
演說榮國府〉開啟通畫如〈枕中記〉的盧生大夢。這「在都中古董
行中貿易的號冷子興者」[132]，演說賈府譜系，大談賈族兒孫不代
不如一代的窘境，「百足之蟲，死而不僵」現況。這冷子興，命名
帶「冷」，是隨事而出。好似旁觀者般，「冷眼」演說賈府景況，
實際卻是以榮府王夫人陪房女婿身分暢談一切，[133]這也說明冷子
興何以如此熟悉榮國府之現況。如冷眼旁觀人，對榮國府上下品
評，同時與雨村貪欲多求，望歸仕途之「熱」，有所呼應。賈雨村
與冷子興，一仕一商，一冷一熱，互為對照。在情節上，第二回上
半〈賈夫人仙逝揚州城〉，再循下半〈冷子興演說榮國府〉，黛玉
外戚身分敘出。第二回銜第三回間，又以雨村「當日同僚一案參革
的號張如圭者」[134]此不正之人，帶都中起復舊員之信。同時冷子

---

[131] 《紅樓夢校注》第二回，頁 26。

[132] 《紅樓夢校注》第二回，頁 28。《輯校》，頁 44，甲戌夾批：「此人不過借為引繩，不必細寫。」

[133] 《紅樓夢校注》第七回，頁 128，冷子興因賣古董和人打官司，教周瑞女兒向周瑞家的討情分。此時周瑞家的仗著主子的勢利，求求鳳姐事情便完了。可見冷子興雖如冷眼旁觀者演說，實際卻是身在其中者，仗勢關說，更見貪求勢利的熱心。

[134] 《紅樓夢校注》第三回，頁 43。《輯校》頁 56，張如圭者「蓋言如鬼如蜮也，亦非正人正言」。

興熱心獻計，「令雨村央煩林如海，轉向都中煩賈政」，由此，第三回賈政協助賈雨村，榮國府收養林黛玉等情節方順理成章。冷子興演說，冷眼旁觀。張如圭帶信，熱衷利祿。黛玉拋父進京，可憐孤苦。林如海薦書，是知恩酬報。其中主要人物雨村，則作享應天府職缺。種種事情，冷熱態度，對照襯托，「世態人情盡盤旋於其間」[135]。

　　以「冷熱」對照主要人物，薛寶釵有「冷香丸」，康來新認為，因之他「所散發的氣息也是比較寒凜的『冷香』」，如雪洞般，與對事物的感受甚而整個人生，抱持著若即若離的態度，[136]與黛玉那樣「激越」、「動盪」的悲劇感，是截然不同的。[137]寶釵對事情「不干己事不張口」，若即若離的淡漠，與寶玉對待女兒積極熱心，暖意充足的態度，截然不同。對照之下，寶玉並無「暖香」可配「冷香」，[138]兩人基本上在性格方面，難以相容。雖有金玉良緣，但終究無分，性格的相違，也預告了兩人婚姻生活的悲劇。張新之曾言《紅樓夢》「借徑在《金瓶梅》」[139]，張竹坡評《金瓶梅》這樣說過：「今日冷而明日熱，則今日真者假，而明日假者真矣。今日熱而明日冷，則今日之真者，悉為明日之假者矣。悲夫，本以嗜欲故，遂迷財色，因財色故，遂成冷熱，因冷熱故，遂亂真假」[140]。《紅樓夢》借冷子興演說，以冷熱為引繩，真

---

[135] 《輯校》，頁 37。

[136] 康來新：〈疏影暗香——香菱氣韻的品評〉，頁 8。

[137] 康來新：〈疏影暗香——香菱氣韻的品評〉，頁 9。

[138] 《紅樓夢校注》十九回，頁 309，黛玉曾揶揄寶玉「人家有『冷香』，你就沒有『暖香』去配？」

[139] 一粟編：《紅樓夢卷》，頁 154。

[140] 〔明〕蘭陵笑笑生，〔清〕張竹坡評點：《第一奇書——竹坡本金瓶梅‧大略》（臺北：里仁書

假，富貴貧賤，炎涼惡態，悲喜冷熱，盡在其中。深究書中諸多情節，也見「冷熱」意涵交涉其中。脂評所謂「冷子興之談，是事蹟之總帽」[141]，意在於斯。冷子興同時以古董商鑑別古董真偽的眼光，與雨村辯論寶玉是真假「淫魔色鬼」，[142]又為甄寶玉作引，預告將來甄賈寶玉的分證。作者第二回便以「真中假，假中真」真假難辨的論討，呼應第五回太虛幻境楹聯所寫「假作真時真亦假，無為有處有還無」，直探全書「真假」的核心主題。

　　七、八年後，命薄無福的英蓮，遇情真意摯的薄命郎馮淵，卻慘遭拐子二賣，馮淵遭呆霸王薛蟠喝人打死。此時案子落到蒙賈政竭力協助，輕輕謀得應天府職缺的賈雨村審理，即使雨村落拓時曾得士隱接濟，但是面對扶持遮飾，相照應的「護官符」的「護佑」下，由不得自己，只好拋下解救恩人之女的遲疑，行了所謂的「放屁的事」，扶伏在金陵四大家的權勢底下。[143]雨村熱衷於官場，冷淡了英蓮馮淵之案，回想「務必探訪回來」[144]的承諾，情態竟如此炎涼反覆。因而英蓮納為薛蟠妾，改名香菱，隨入京待選的夫家薛家暫居賈府。她如母親封氏情性賢淑，深明禮義，[145]即使命運悲慘，不知父母何在，不知年歲，不知何處而來，在下人眼裡，

局，1981年，據康熙乙亥年1695張竹坡評在茲堂本《金瓶梅》印），頁3。〈冷熱金針〉頁1，中道「《金瓶》以冷熱二字開講……為一部之金鑰」。

[141] 《輯校》，頁54。

[142] 《紅樓夢校注》第二回，頁30-32。

[143] 《紅樓夢校注》第四回〈薄命女偏逢薄命郎　葫蘆僧亂判葫蘆案〉，頁65-74。

[144] 《紅樓夢校注》第二回，頁25。

[145] 《輯校》，頁16，第一回正文描述士隱嫡妻封氏「情性賢淑，深明禮義」。脂評：「八字正是寫日後之香菱」。

卻總是笑嘻嘻，好模樣也如同可卿品格，[146]或可說與可卿二人身世同樣堪憐，任人作踐。隨著回目與小說敘事時間的推移，進到大觀園，與黛玉學詩，拜壽開夜宴，遭夏金桂虐待欺凌，最終由士隱度脫香菱，送往太虛幻境。

《尚書》有云「人心惟危，道心惟微」[147]人世與宇宙兩相倚依，劫毀相成，以有限的人身存在，短暫處於人生其中，然而天道幽妙精微，豈能盡懂天機。英蓮不會知道霍啟以家僕身分，徹夜找尋甄家姑娘的下落，卻是力有不逮，只能遠行潛鄉。此時面對一件因自己而起的人命官司，亦不會知曉尊貴，華膴，榮耀的官帽底下，藏著一張比霍啟之類還要囂張鄙陋的臉孔，複雜錯綜的政治角力，取捨利益情分而引發的掙扎，低伏於朝堂案下。胡亂判案的賈雨村，知恩欲圖報卻落得顛倒判決的結果，此刻甚至比丟失英蓮的霍啟還要不堪。回顧雨村重返姑蘇尋士隱，遣人送了銀兩，錦緞，答謝封氏，討得嬌杏後，再封百金贈封肅，外謝封氏許多物事，令其好生養贍，以待尋訪英蓮下落，答謝士隱援助之恩可謂不遺餘力，由此，雨村或許不全然係忘恩負義之人，乃是礙於仕宦官場不得不行之決定。不論是雨村，門子及薛蟠的人命官司，或護官符所示金陵四大家的扶持遮掩，這樣的禍事，作者以霍啟（禍起）的表層形式揭發，實是人間處處發生，永在不休的發生，唯表相不一，各自以各樣形式態貌進行，反映人生同時存在的經驗，[148]且不曾

---

[146] 《紅樓夢校注》第七回，頁 125，由周瑞家的、金釧兒角度敘事，寫出香菱個性，以及賈府下人對香菱的看法。

[147] 〔清〕阮元審定，盧宣旬校：《重刊宋本十三經注疏附校勘記》（臺北：藝文印書館，1965 年據清嘉慶二十年（1815）南昌府學刊本），冊葉 55。

[148] 王德威：《從劉鶚到王禎和：中國現代寫實小說散論》（臺北：時報出版，1986 年 6 月），頁 38：「小說經常避免將各事件順序發展，而將事件與非事件（non-event）並敘，目的係為強調之間平等的重要性，也因此反映人生同時存在的經驗。」

止息。

　　嬌杏之僥倖，霍啟之禍起，封肅之風俗，冷子興之冷。以霍啟為起點的禍事，以英蓮為中心的拐賣案及人命官司，以及雨村的取捨決定，好似雨村感嘆馮淵與英蓮：「這也是他們的孽障遭遇，亦非偶然」[149]，以及嬌杏之「偶因一著錯，便為人上人」。種種偶因的情節安排，「冷暖世情，比比如畫」[150]，與痛苦而又失望的現實人生互為呼應，是無常也是常態。而命運與時間上的種種偶合，並非神意造成這種局勢，乃是人們無法反抗的偶然。如同某種力量冥冥中操縱了人的命運，這些偶然，最後也湊成了人生的必然。[151]霍啟等輩，不論其好壞，既有所謂結局，亦多不了了之。可為暫時性的結局，莫若一個階段的擱置，以人生的體會來說，後續勢必發生甚麼實亦不可逆料。[152]作者藉多位小人物各自身兼的文本任務，與其不加以言說的寓意，開創，延展，滲透，將才開篇的《紅樓夢》推向另一層面的深度思考中。

---

[149] 《紅樓夢校注》，第四回，頁 69。

[150] 《輯校》，頁 54。

[151] 〔英〕湯瑪士・哈代（Thomas Hardy），梁實秋、李盈註編：《哈代選集》（臺北：遠東圖書公司，1967 年），頁 1、139-140。張中載：《托馬斯哈代──思想和創作》（北京：外語教學與研究出版社，1987 年 2 月），頁 40-41、192-193。

[152] 〔英〕威廉・莎士比亞（William Shakespeare）原著，楊牧編譯：《暴風雨・導論》，頁 41 談及人物暫時性結局。

第四章　賈族成員群像

　　本章就與賈府有著親緣關係的小人物，案各小人物之分類，將其於文本中所述的表層形象，將其與相關人物，社會地位，事件描寫等等關聯聚攏，加以歸納，進一步詮釋其意涵。

第一節　家族譜系，約略一總

　　〈冷子興演說榮國府〉係藉冷子興之口，細細交代寧榮二公以降之嫡派子孫。〈秦可卿死封龍禁尉〉一回，遠近親友到場，作者藉可卿喪禮，將賈族子弟姓名盡出，大名可作為社會認同中的家庭凝聚力，這些名字，也代表了對家族與社會的相關責任。[1]作者藉此約略一總，可視為〈冷子興演說榮國府〉的延伸，旁系子孫藉此方出。以下將賈府正派與旁系子孫，約略一總。

一、「代」字輩者

　　賈府二代子孫，賈代儒、賈代修二人，係目前所見餘之「代」字輩者，修有修身養性，望成賢德之期許，儒則有博學鴻儒的盼望。文中未對賈代修有近一步敘述，代儒則有。

---

[1]　余佩芳：《新文類的誕生——《紅樓夢》的成長編述》（臺北：大安出版社，2013 年 6 月），頁204。

　　賈代儒，家道淡薄，賈家義學塾掌。賈家之義學，「原係始祖所立，恐族中子弟有貧窮不能請師者，即入此中肄業。凡族中有官爵之人，皆有供給銀兩，按俸之多寡幫助，為學中之費。特共舉年高有德之人為塾掌，專為訓課子弟。」[2]義學是一種公益事業的私塾，經費來源來自族中為官者，薛蟠送束脩係因其為官商出身，秦業送二十四兩見禮，則係因其雖為賈家親戚，終是外姓人，非賈家同宗。反之，若族中沒有為官者，義學便無經濟來源，[3]也是可卿魂託鳳姐時，囑託應籌畫義塾費用的緣故。

　　賈代儒是本家擇出有年紀有點學問之人，由其司塾，確符合命名代「儒」的鴻儒之盼。賈政曾言「儒大太爺雖學問也只中平，但還彈壓的住這些小孩子們，不至以顢頇了事」[4]在賈政眼中，賈代儒的學問只是中平，可想代儒是未曾獲取科舉功名的讀書人，未能入朝，由其司掌家塾，或許是賈族敬老，為讓賈代儒養家活口，也未可知。賈代儒警寶玉頑心時，曾說「『聞』是實在自己能夠明理見道，就不做官也是有『聞』了。不然，古聖賢有遁世不見知的，豈不是不做官的人，難道也是『無聞』麼？」[5]藉「四十五十而無聞焉」闡述為官與無聞之間，未必有直接影響，這興許是賈代儒的自詡，作為內心對自己的肯定，以彌補自己學問中平，苦待家塾的無奈。賈代儒以儒姿態，教導儒子，從〈老學究講義警頑心〉及寶玉開筆抹改，就賈政懇切寶玉成人舉業的許望，悉心執教。並不像賈政那樣衝動偏激，認為詩詞都是胡謅亂道，風雲月露，反而較為

2　《紅樓夢校注》第九回，頁155。

3　鄧雲鄉：《紅樓風俗譚》（石家莊：河北教育出版社，2004年1月），頁305-306。

4　《紅樓夢校注》八十一回，頁1291。

5　《紅樓夢校注》八十二回，頁1300。

客觀地說「詩詞一道，不是學不得的，只要發達了以後，再學還不遲呢」[6]認為學習有其主次先後，並不一味否定詩詞的價值，[7]是其以老儒姿態，執教儒子的「真儒」表現。

賈代儒早年喪子，其孫賈瑞自小父母雙亡，在不得志，懷才不遇的賈代儒跟前長大，可以想像，代儒將一生不得志的委屈怨恨，都壓在這可憐的孫子身上了。[8]以儒之名，代儒素日對賈瑞教訓最嚴，生怕他吃酒賭錢，有誤學業。然而適得其反，從對賈瑞之教育方式，可窺一二。一見賈瑞行止不比孫子端正，「是個圖便宜沒行止的人，每在學中以公報私，勒索子弟們請他；後又附助著薛蟠圖些銀錢酒肉，一任薛蟠橫行霸道，他不但不去管約，反助紂為虐討好兒」。二見，賈瑞見鳳姐起淫心，慘落入鳳姐毒設之相思局，賈代儒不明就裡，只料賈瑞非飲即嫖，嫖娼宿妓，對賈瑞苦打餓肚。賈瑞就是許多現世社會裡，在不克自制的愛情慾望中，步步走向毀滅的男子，[9]賈璉、秦鐘、潘又安等，何嘗不是如此。代儒對其尚屬傳統的教育模式，與黛玉教詩簡明扼要，循序漸進的啟發式教育大不相同，[10]非「真儒」，可謂「迂儒」，是其「假儒」[11]之面向。教育失針，教養賈瑞的方式，延伸到塾掌的表現，何能教掌家塾？老儒無力管教儒子，雖不是顢頇以致誤人子弟，然學內大動龍陽之興，謀圖結交契弟等，鬧得亂哄哄，始祖所立之家塾，如今這

6　《紅樓夢校注》八十一回，頁1292。

7　劉再復：《紅樓夢悟（增訂本）》（北京：生活‧讀書‧新知三聯書店，2009年1月），頁322。

8　蔣勳：《微塵眾：紅樓夢小人物I》，頁103。

9　蔣勳：《微塵眾：紅樓夢小人物I》，頁9。

10　余佩芳：《新文類的誕生——《紅樓夢》的成長編述》，頁68

11　吳蔚君：《《紅樓夢》人物命名研究》，頁66，認為「賈代儒為『假代儒』，掌賈氏家塾，卻無力管教學生，連自己的孫子賈瑞都沒教育好，可見不是真儒，只是應付了事的假學者」。

般模樣，莫怪始祖大有無可繼業之嘆。學堂教育是端正品行的基礎過程，賈家義塾不端，同時顯示了賈府基礎教育的失敗，也顯現了將來賈府子弟品行不端的可能。

即使代儒多年塾掌，也不能扭轉自己以及紈袴學子的己命。十二回，賈代儒愛孫心切，為救孫而各處請醫療治，多年司塾，至榮府一求獨參，卻換來渣末泡鬚。無奈苦儒，中年喪子，晚年失孫，夫婦倆哭的死去活來，只能親料喪事，各處報喪。族中親友罔顧生者，冷酷無情，卻熱心發放奠儀，族人相待如此，就是死後豐富體面，也教人不甚唏噓。從作者多面向的刻劃，可以觀察賈代儒，具備真、假儒的成分，他既非完滿的真儒，也不是完全的假儒，乃是交融互補，最終老病在床再不能開塾的賈代儒。

二、「文」字旁者

賈敕，賈效，賈敦係文字旁輩，自寧榮二公算起，第三代子孫。敕有謹慎修持，效有效法效忠，敦有敦厚樸質等意，[12]對三人各有敕恭自約，效法祖風，敦厚質樸的期許。但效法祖風，承繼祖業，從「百足之蟲，死而不僵」的結果看來，透過命名寄予的厚望，似乎終究只是盼想。

旁系子孫，要如寧榮世襲嫡派在仕途上有所發展，難度較之不同。文字旁輩者，寧府賈敷、賈敬，榮府賈赦、賈政、賈敏。賈敷夭亡，由賈敬襲官，賈敬是乙卯科進士，金榜題名，如今已不上朝，「一味好道，燒丹練汞」，寧府官則由其子賈珍襲了。榮府由賈赦襲官，賈政好讀書，原欲科甲出身，賈代善臨終遺本，皇帝體

---

[12] 翟勝健：《《紅樓夢》人物姓名之謎》（臺北：學海出版社，2003 年 3 月），頁 63-65。

恤先臣，今賈赦襲官外，額外賜賈政主事，後升員外郎。嫡派子孫，長子享有世襲優先權，次子就算未得襲官，優渥的生活環境與良好的門風禮教，以及累世傳承的世交情誼，或有捐官一路，仕途亦因而較之順遂。賈敏，敏字寓聰慧敏捷以及勤勉之意，[13]未出閣時，曾是「何等的嬌生慣養，何等的金尊玉貴」，許嫁曾世襲列侯之家，今從科第出身的林如海。那等嬌生慣養與金尊玉貴，因而黛玉聰明清秀，「言語舉止另是一樣，不與近日女子相同。度其母必不凡，方得其女」，仰賴母親賈敏「其母不凡」的母教，有著不凡出身，不凡門風與教養，遺傳的血統與良好的教育環境，其女方如此不凡。

　　相較觀之，作者雖未述賈赦，賈效，賈敦三人何去何往。但自上一輩者，賈代儒學問中平，卻得塾掌的評價來看，個人寒窗苦讀成名的背後，身上所流嫡系血脈與否，所獲得的生活環境，作為少爺主子們的生長條件，仕途發展，有著關鍵性的影響。然而最終，文字輩者，賈敷夭亡，賈敏早逝，賈敬吞金服砂燒脹而歿，賈赦生性好色惹人坑家敗業終遭查抄，賈政一味闊談高論卻不理家務，亦無可望者。賈敷、賈敏的早逝，也是賈府子孫身體不甚康健的反映，怯弱的生理狀況，亦遺傳至黛玉、寶玉等其他子弟。彼時，王夫人慨歎賈敏當時不凡，賈母遙想當年熱鬧，[14]見賈府人丁稀少，暗示將散，皆係逐步敗落之跡象。

---

[13] 翟勝健：《《紅樓夢》人物姓名之謎》，頁62。

[14] 《紅樓夢校注》七十四回，頁1155、七十五回，頁1182。

三、「玉」字輩者

玉字輩者，即全書第一人賈寶玉所負輩分。前面曾經提過，賈瑃是賈家玉字輩的嫡派，賈瑃夫妻守著薄產，時往寧榮二府請安，奉承鳳姐並尤氏，方能度日。[15]這樣的生存方式，也是為求苟活的賈府本家爺們的縮影。賈珝、賈珩、賈玭、賈琛、賈瓊、賈璘、賈瓔等人，在可卿喪禮上現身，可想諸位是寧府正派或旁支子孫。彼時賈珍見秦業、秦鐘並尤氏的幾個眷屬，尤氏姊妹也都來了，便命賈瓊、賈琛、賈璘、賈薔四個人去陪客。[16]賈薔是寧府正派玄孫，矮賈珍一個輩分，賈瓊、賈琛、賈璘等人同是玉字輩子孫，賈珍貴為族長，世襲三品爵，與之地位大不相同，只有認命聽候指派的份。清虛觀打醮時，賈珍命小廝大罵賈蓉，彼時賈瑃、賈珝、賈瓊等，也都忙了一個一個從牆根下慢慢的溜上來，就怕挨罵。任由賈珍使喚，臣服於族長，奉承伏低，與賈瑃夫婦奉承鳳姐尤氏的作小身段極為相似。

賈敬賓天時，恰老太妃薨逝，凡誥命等皆入朝隨班按爵守制，僅有尤氏協理榮寧二處。尤氏「只得將外頭之事暫托了幾個家中二等管事人。賈珝、賈珩、賈玭、賈瓔、賈菖、賈菱等各有執事」[17]，並將繼母與二位未出嫁的妹妹帶來。賈珝、賈玭等在可卿喪禮上，大抵皆見過二位貌美的姨娘，或如賈瑞垂涎鳳姐，只是賈珍父子之心，人盡皆知，不敢上手。尤氏叫派賈珝、賈玭領家丁換賈珍父子護送賈母的班，二人是寧府到皇宮之間的銜接角色。敘事便從

---

15 《紅樓夢校注》第十回，頁166。

16 《紅樓夢校注》十三回，頁201。

17 《紅樓夢校注》六十三回，頁991-992。

寧府尤氏處，隨著賈瑞、賈珖步伐，移至賈珍父子處。彼此半路相逢，二人一見賈珍，便「一齊滾鞍下馬請安」奉承，交代家中事務如何料理，並趕緊將「兩位姨娘在上房住著」的消息告訴賈珍父子，父子倆便「加鞭便走，店也不投，連夜換馬飛馳」。賈瑞與賈珖是賈珍父子自國喪隨駕隊伍至寧府之間的消息傳遞者，一來交代尤氏辦事，補尤氏於可卿喪禮告假之文，合攢慶壽金一回，是尤氏才幹之描寫。二來，轉告尤氏姐妹住進寧府之消息，賈珍父子方有預備。沒有賈瑞與賈珖通風報信，賈珍父子或許不會歸心似箭。從父子倆快馬加鞭，先到鐵檻寺哭一場，賈蓉換畢凶服，飛馬回家，忙此忙彼，要緊的是忙進家看外祖母兩個姨娘來。父子二人心念的，顯然是尤氏姐妹多些了。

　　綜觀全書，玉字輩者，賈珠、賈珍、賈璉、賈環、賈琮、賈瑞、賈璜、賈瑞、賈珩、賈珖、賈琛、賈瓊、賈璘、賈瓔等，以及賈代善賈代化以降皆是單名，與賈寶玉的複名呈現鮮明對比。有學者認為，以玉為部首的字體，其「玉」之成分顯然較少，遭到減半待遇，因此玉的形象與特質將不夠純粹完整，落實到人品和情操時，具體表現也只能呈現俗性部分。因而其中大部分的玉字輩子孫，如賈珍、賈璉、賈瑞等，多是好色逐臭的紈褲子弟，敗家的根本。[18]黛玉曾笑問寶玉：「至貴者是『寶』，至堅者是『玉』。爾有何貴？爾有何堅？」[19]，寶玉雖不能答自有何貴，自有何堅，但寧榮二公知曉，換言之，作者知其貴，知其堅，知其不同「不能繼者」，是賈府「略可望成」者。餘者至多是「至堅者『玉』」之半或更少。由複名與單名的命名方式，命名所附加之形象與特質，在

[18] 歐麗娟：《紅樓夢人物立體論》，頁 5-6。

[19] 《紅樓夢校注》二十二回，頁 345。

人物也有具體表現，可見作者在命名，形象特質的賦予上，更加突顯寶玉之獨特，別具匠心。

四、「草」頭輩者

草頭輩者，按寧榮二公以後，第五代子孫。草頭輩者，偏旁的傳承，至此彷有草木初生，蓄勢待發的期盼。頑童大鬧學堂一回，[20]已略見幾位草頭輩小學生的形象。榮府近派重孫賈菌，母親婁氏少寡，獨守賈菌，與榮府嫡派子孫賈珠之子賈蘭，感情最好，所以同桌而坐。賈菌賈蘭二人家室雖不同，卻同樣小時喪父，母親李紈、婁氏皆是少寡，二童用功念書，報效母親之孝心想來大抵一致，只是性格卻完全不同。賈菌「年紀雖小，志氣最大，極是淘氣不怕人的」，要說沒志氣的小兒，必不會淘氣。[21]磁硯水壺被打個粉碎，濺了一書黑水，賈菌大罵「好囚攮的們，這不都動了手了麼！」，抓起硯磚就要打回去，賈蘭懂事沉穩，雅言極口勸說「好兄弟，不與咱們相干」，二句話，一張一弛，充分嶄露說話者的個性與氣質，同樣少寡守子，家世背景，與對應的社會地位，對賈菌與賈蘭的性格塑造，有著關鍵性的影響。而稍早不久，挑唆這場學堂鬧事的即寧府正派玄孫賈薔，調撥年輕不諳世事的茗烟後，遂踹一踹靴子，整整衣服，早一步離開，一副事不關己，及時抽身，既達成為賈蓉出氣的目的，自己也一身乾淨。學堂一鬧，草字輩者形象盡出，神態各有不同，並千里伏下賈薔合同賈蓉勒索賈瑞，以及賈蘭金榜題名之線。草字輩者，具體遭寧榮二府懲處的，只有賈

---

[20] 《紅樓夢校注》第九回，頁 158-159。

[21] 《輯校》，頁 212。

芹。賈芹在家廟裏，沒人敢違拗，夜夜招聚匪類賭錢，養老婆小子，[22]並勾搭小沙彌沁香，女道士鶴仙等女尼道士，其中獨芳官一人「斬情歸水月」，不能上手，省去無數累筆顯出芳官是「真水月」。[23]賈珍曾當面數落賈芹，賈政更下令將賈芹綁了來，沉迷財色的賈芹，所行的皆是敗家的根本，大露敗落之相，好色逐臭的模樣，亦是賈府內氣味相投者的縮影。

〈除夕祭宗祠〉一回，「賈荇賈芷等從內儀門挨次列站，直到正堂廊下。檻外方是賈敬賈赦，檻內是各女眷。眾家人小廝皆在儀門之外。每一道菜至，傳至儀門，賈荇賈芷等便接了，按次傳至階上賈敬手中。賈蓉係長房長孫，獨他隨女眷在檻內。每賈敬捧菜至，傳於賈蓉，賈蓉便傳於他妻子……」賈珍獻爵，賈璉賈琮獻帛，寶玉捧香，又有賈菖賈菱展拜毯，守焚池。檻內檻外是男女分界，儀門內外則是主僕分限，典制文字，一絲不苟，細膩至極。最苦心的是用賈蓉為檻邊傳蔬人，用賈荇賈芷等為儀門傳蔬人[24]一筆。賈蓉是長房長孫，獨他站在檻內，因此作為檻邊傳蔬人，由他將每一道菜傳給其妻，賈蓉居中，係賈府男女眷間的傳銜者，也是其正統嫡派血脈，於草字頭輩分中地位最高之象徵。而賈荇賈芷等從內儀門挨次列站，菜至，傳至儀門，便由賈荇賈芷等接了，按次傳至階上，儀門外係眾家人小廝，靠儀門最近者則是賈荇賈芷等人，與僕人小廝僅儀門之隔，意指著賈荇賈芷等人，血脈支庶，在賈府本家中輩分最為低下之表示。

全書以玉旁輩賈寶玉為中心，同輩者與草頭輩者亦繁多，其中

22　《紅樓夢校注》五十三回，頁824-825。

23　《紅樓夢（三家評本）》，頁1534。

24　《輯校》，頁647。

賈瓊、賈璘、賈菶、賈藻、賈蘅、賈芬、賈芳、賈芝等人僅於可卿
喪禮回目可見，其餘未加以敘述。在現實生活充滿了時間感
（time-sense），小說敘事基本是按照一連串事件的發生時間依序
排列而成，[25]隨著敘事的推移，最終寶玉出家，將來蘭桂齊芳，後
續情節也未敘述他們的去向，悄然淹沒在一連串的事件裡，消失於
文本之中。他們或許像孝順母親的賈芸，積極爭取生計，又或者如
賈瑞困於慾望，慘陷相思毒，幾經折騰後早逝。不論結果如何，是
好是壞，不了了之。

綜上，無論是哪一輩分者，追根究柢皆是賈家子孫。慎終追遠
的祭禮儀式，不單純是年年例行的活動舉辦，旨在年年團聚的祭拜
儀典過程裡，可令族人之間產生歸屬感，進而凝聚向心。禮是中國
人特別強調的，但禮的強調並不能保證道德的實現，卻常導致形式
主義。[26]除夕祭家祠時，賈族成員將賈氏宗祠塞的無一隙空地，齊
聚肅穆莊敬地敬拜，最終亦可能淪為一種表面的形式。賈族親友之
間凝聚與否，從元宵夜宴可窺知一二，「賈母也曾差人去請眾族中
男女，奈他們或有年邁懶於熱鬧的；或有家內沒有人不便來的；或
有疾病淹留，欲來竟不能來的；或有一等妒富愧貧不來的；甚至於
有一等憎畏鳳姐之為人而賭氣不來的；或有羞口羞腳，不慣見人，
不敢來的；因此族眾雖多，女客來者只不過賈菌之母妻氏帶了賈菌
來了，男子只有賈芹、賈芸、賈菖、賈菱四個，現是在鳳姐麾下辦
事的來了」[27]寧榮二公所遺子孫雖多，除夕夜祭裡雖氣派體面，但

---

[25] 〔英〕佛斯特（E. M. Forster）：《小說面面觀》，頁 50-52。

[26] 金耀基：《從傳統到現代》，頁 84。

[27] 《紅樓夢校注》五十三回，頁 830-831。

家宴上，由賈府宗法家庭中的寶塔頂—賈母[28]差人邀請，人丁卻來的稀落，族中男女或老病貪懶不走動，妒富愧貧，憎畏賭氣等緣故，在在是家族內部向心不足，家庭結構漸趨鬆散，賈家將近瓦解之預告。寧榮二公餘蔭子孫，但約略一總，蔭生不振，無可繼業，在文本中多有伏筆暗示，加速家族的敗落。在這樣的環境裡，回應著寧榮二公對警幻仙姑的囑託，就是寶玉本性乖張，聰明靈慧，略可望成，若無人歸引，亦無疾而終。

第二節　太太奶奶，無名女性

　　《紅樓夢》裡，若以寶玉為中心人物，圍繞打轉的除了眾小姐丫鬟，家人小廝以外，就是已婚的奶奶太太們了。宗法社會中，婦人伏於傳宗接代，夫人伏持於男子，女子沒有人格，只能依男子而成人，失去了自己的獨立性。[29]但是《紅樓夢》作者並不剝奪婦人的人格，對於已婚婦人的描寫，並不陷於單調，太愚認為，這些太太奶奶們和其他人物一樣，同樣有著不同的線條和光色，只是寶玉憎厭接近沾染男子習性的婦女的緣故，對這些婦人們，便少了出於情感的愛好揄揚，卻也因此更多了客觀的寫實性。[30]

[28] 王昆侖（太愚、松青）：《紅樓夢人物論》，頁92。
[29] 陳東原：《中國婦女生活史》（臺北：商務印書館，1994年12月），頁2。
[30] 王昆侖（太愚、松青）：《紅樓夢人物論》，頁81。

一、春衫薄：青春已大

在寶玉心中，女兒是世界上最可愛，可敬，純潔的人。無論在人品，能力，學問，見識上都遠在男人之上，是人上之人。[31]女兒在家為小姐，無奈生活最終目的，就是為了嫁作人婦。賈母八旬壽慶，合族長幼大小家宴，賈母見賈珩母親女兒喜鸞，賈瓊之母女兒四姐兒，說話行事與眾不同，心中很是喜歡，便留下到大觀園裡一起頑。又有兩個妹妹來了，寶玉很是高興，

> 寶玉笑道：「我能夠和姊妹們過一日是一日，死了就完了。什麼後事不後事！」李紈等都笑道：「這可又是胡說。就算你是個沒出息的，終老在這裏，難道她姊妹們都不出門的？」尤氏笑道：「怨不得人都說他是假長了一個胎子，究竟是個又傻又呆的。」寶玉笑道：「人事莫定，知道誰死誰活。倘或我在今日明日、今年明年死了，也算是遂心一輩子了。」眾人不等說完，便說：「可是又瘋了，別和他說話才好。若和他說話，不是呆話，就是瘋話。」喜鸞因笑道：「二哥哥，你別這樣說，等這裏姐姐們果然都出了門，橫豎老太太、太太也寂寞，我來和你作伴兒。」李紈尤氏等都笑道：「姑娘也別說呆話，難道你是不出門的？這話哄誰。」[32]

女兒大了，終是要出門的。出了閣，就是過去耳鬢廝磨，再見

---

[31] 宋淇：〈論大觀園〉，頁693。

[32] 《紅樓夢校注》七十一回，頁1115。

面，也必不似先前那等親密。[33]寶玉成親以後，許了親的寶琴岫烟都遠避著，只有喜鸞與四姐兒，如那年所說，來和寶玉作伴，哥哥長哥哥短的和他親密。[34]李紈尤氏二位婦人所說的，到底是實話，喜鸞說來榮府作伴，終是呆話。鳳姐去世後，賈璉遠行，平兒想找人給巧姐作伴，卻遍想無人，讀者才知「**四姐兒新近出了嫁了，喜鸞也有了人家兒，不日就要出閣**」[35]。喜鸞的「呆話」在在向著寶玉而來，聽來別有意圖，可嘆婚姻的選擇權，不在這些青春女兒自己的手上，由不得選擇。那日，薛姨媽應了寶玉的親事，回去問了寶釵意願，寶釵反正色道：「**媽媽這話說錯了。女孩兒家的事情是父母做主的。如今我父親沒了，媽媽應該做主的，再不然問哥哥。怎麼問起我來？**」[36]女兒的婚姻決定權掌握在父親手上，其次為母親與兄長，終究不在自己身上。

　　大戶人家的姑娘尚且如此，遑論優伶丫鬟。司棋與表弟潘又安的私情遭到公諸，他們之間的紀念物繡春囊，界定了小說的悲劇轉捩點，傻大姐無意撿到繡春囊，無疑是蛇已經進入樂園的啟示。[37]那日，周瑞家的向迎春轉達，「**太太們說了，司棋大了，連日他娘求了太太，太太已賞了他娘配人……**」，丫鬟有了年紀，下場泰半係拉個小廝配了完事，即便是司棋與潘又安之間的自由愛情，也沒有轉圜的餘地，最終也以兩口棺材，悲劇收場。[38]七十七回，王夫人雷嗔電怒的到怡紅院，逐趕晴雯、四兒、芳官等人。優伶的未

---

[33]　《紅樓夢校注》七十九回，頁1264。

[34]　《紅樓夢校注》一百十回，頁1669。

[35]　《紅樓夢校注》一百十七回，頁1749。

[36]　《紅樓夢校注》九十五回，頁1480。

[37]　〔美〕夏志清著，《中國古典小說》，頁373。

[38]　《紅樓夢校注》九十二回，頁1438。

來，全是由其乾娘決定，離開梨香院，皆由乾娘自行處理嫁聘。四
兒則是由家裡人領走，拉出去配人。男婚女嫁完全根據雙方家長的
意志決定，隨著各自命運的不同而被迫成為依順的妻子、姬妾或者
奴婢。[39]在大觀園裡，陪伴小姐左右的一二等丫鬟，享受著不同於
一般丫鬟、媽媽的待遇，素日還有小姐護著，身分上雖還是丫鬟，
但幾乎可說是個副小姐。[40]晴雯遭逐以後，「如同一盆才抽出嫩箭
來的蘭花送到豬窩裡去」，回到「醉泥鰍姑舅哥哥」吳貴家裡，睡
在舊蘆席上，喝一味苦澀的茶。最終鉸下二寸甲，脫下紅綾襖，給
寶玉收著，越性擔了虛名，不日便死了。大半女子「一嫁了漢子，
染了男人的氣味，就這樣混賬起來，比男人更可殺」，晴雯與黛玉
大了，不待配許，青春夭折，亦是作者菩薩之心，為他們留了乾淨
的身子。風流多情的人物終究被陳腐殘忍的時代風氣毀滅，寶玉在
他們的身上看到自己無法在此世安身的結局，身心各方面的觸發，
也促使了寶玉最終悟道的可能。[41]除了像寶玉寶釵從小頑在一塊兒
的姐妹，通常的情況下，新郎往往是素昧平生的男子，即使父母決
心為愛女覓得好歸宿，仍可能受到阻礙婚姻幸福的因素破壞，使婦
女在父母之命，媒妁之言的婚姻裡受苦。[42]襲人最終由兄嫂將親戚
作媒，對於夫家的訊息，全由花自芳的女人轉述，襲人直到迎娶那
日方知夫君面貌，次日才知其為蔣玉菡。而襲人賣契尚在賈家，最
後應了這樁親事的，不是襲人的兄長嫂，而是王夫人。女兒大了，

---

39 〔美〕馬克夢（Keith McMahon）著，王維東、楊彩霞譯：《吝嗇鬼、潑婦、一夫多妻者——十
八世紀中國小說中的性與男女關係》（北京：人民文學出版社，2001 年 10 月），頁 217。

40 《紅樓夢校注》七十七回，頁 1212，周瑞家的發躁向司棋說道：「你如今不是副小姐了，若不聽
話，我就打得你。別想著往日有姑娘護著，任你們作耗。……」

41 郭玉雯：《紅樓夢人物研究》，頁 332、384。

42 〔美〕曼素恩（Susan Mann）著，楊雅婷譯：《蘭閨寶錄：晚明至盛清時的中國婦女》（臺北：
左岸文化，2005 年 1 月），頁 145。

終要離開，感性不切實際的晴雯和黛玉，留了乾淨身子，理性明達的襲人與寶釵嫁了夫婿，組成家庭。告別了大觀園的保護，逐司棋，別迎春，悲晴雯等羞辱，驚恐，悲淒情緒，女兒的出門，非寶玉所能理解，所能首肯，即便不肯屈服，卻是不得不接受的現實。

　　大觀園是伊甸園，一所把女兒們和外界隔絕的園子，在裡面無憂無慮，不會染上男子的齷齪，是保護青春女兒的堡壘。[43]寶玉代替了身為鬚眉濁物的罪惡背負，對待女兒溫柔體貼，甚且尊之貴之，實有為天下男性贖罪之意味。[44]寶玉身邊的女性，對他都極信任，不因她們將寶玉看作一個情人，而是因為在所有男性中，只有寶玉同情她們的景況，與她們的思想相通。[45]寶玉的體貼不只對未出嫁的「乾淨人」，對已婚女子亦然。香菱的身世是榮府上下盡知的，賈璉曾道：「『方才我見姨媽去，不防和一個年輕的小媳婦子撞了個對面，生的好齊整模樣……竟與薛大傻子作了房裏人，開了臉，越發出挑的標緻了。那薛大傻子真玷辱了她。』」[46]而寶玉對香菱的嘆息，則是「可惜這麼一個人，沒父母，連自己本姓都忘了，被人拐出來，偏又賣與了這個霸王。」[47]，寶玉的惜，不同於賈璉的皮膚濫淫，乃是不帶侵占的同情，其間香菱入園學詩頑耍，受到層層愛護，直到誤會寶玉有意唐突，不輕易再入大觀園，離開伊甸園，失去保護。

　　除了香菱，進到大觀園，與寶玉耍頑的還有賈珍侍妾佩鳳、偕

43　宋淇：〈論大觀園〉，頁 694、698。賴芳伶：〈《紅樓夢》「大觀園」的隱喻與實現〉，頁254。

44　郭玉雯：《紅樓夢人物研究》，頁29。

45　〔美〕夏志清著，《中國古典小說》，頁359。

46　《紅樓夢校注》，十六回，頁240。

47　《紅樓夢校注》，六十二回，頁970。

鸞。平兒還席,擺席榆蔭堂。「可喜尤氏帶了佩鳳偕鸞二妾過來遊頑,這二妾亦是青年姣憨女子,不常過來的,今既入了這園,再遇見湘雲、香菱、芳蕊一干女子,所謂『方以類聚,物以群分』二語不錯,只見他們說笑不了,也不管尤氏在那裏,只憑丫鬟們去伏侍,且同眾人一一的遊頑」[48],這「可喜」二字,想來是作者揣寶玉心思寫下。眾人散去,佩鳳偕鸞去哪鞦韆頑耍,「寶玉便說:『你兩個上去,讓我送。』慌得佩鳳說:『罷了,別替我們鬧亂子,倒是叫『野驢子』來送送使得。』」鞦韆上的女子,有著不同於日常接觸的態勢,特別饒有健康活力的展示,這也構成一種特殊的魅惑,多少青春美麗的情事便在鞦韆上發生。[49]《金瓶梅》裡有吳月娘春畫打鞦韆回,先是妻妾彼此打了幾回,女婿陳經濟自外來後,月娘便請陳經濟送鞦韆,其間丈母們裙子掀露,底衣摳抓,鞦韆飛在半空,猶若飛仙相似,充滿無限遐想。[50]寶玉尚未成家,佩鳳偕鸞是已婚的婦女,是寶玉他珍大哥哥的侍妾,因而佩鳳忙叫寶玉別給他們二人鬧亂子,找個女孩子來送才好。回想寶玉女兒酒令「女兒樂,鞦韆架上春衫薄」,寶玉化用韋莊〈菩薩蠻〉「當時年少春衫薄」,「春衫薄」就是一種形象,在女兒愁與悲底下,懷想青春少女光景之美好。[51]鞦韆可以說是佩鳳偕鸞對青春時光的回顧,而伏侍女子是寶玉一生志業,替佩鳳送鞦韆,不同於賈珍等人皮膚濫淫,乃是寶玉愛護女子的自然表現,意在成全青春少婦片刻

---

[48] 《紅樓夢校注》,六十三回,頁990。

[49] 劉漢初:〈秋千與屏風:唐宋詩歌意象探論〉,《國立臺北教育大學語文集刊》第22期2012年7月,頁101。

[50] 〔明〕蘭陵笑笑生:《金瓶梅詞話》(臺北:里仁書局,1996年7月據聯經影傳斯年藏本景印),頁639-642。

[51] 葉嘉瑩:《唐宋名家詞賞析1》(臺北:大安出版社,1988年12月),頁76指出「『春衫薄』三個字就是形像,寫少年的光景之美好和可懷念。」筆者借以詮釋寶玉之「女兒樂」。

的歡愉。佩鳳偕鸞短暫停留，終得離開大觀園。頑笑不絕之際，回目緊接賈敬賓天的消息，霎時由喜轉悲，只得忙忙回到「連貓兒狗兒都不乾淨」的東府去。

「不孝有三，無後為大」，生育，子孫繁衍昌盛，是華漢社會中的一等要事。華漢社會的婚姻目的，在上是為祭祖，在下以續後世。因此為恐正室一人不能生育，導致於後嗣斷絕，在法律上便允許正室之外納妾，以謀子孫的繁衍，保男子的血統。[52]賈珍的侍妾除了佩鳳偕鸞，還有文花，中秋寧府夜宴，賈珍「就在會芳園叢綠堂中……帶領妻子姬妾，先飯後酒，開懷賞月作樂。將一更時分……賈珍因要行令，尤氏便叫佩鳳等四個人也都入席……賈珍有了幾分酒，益發高興，便命取了一竿紫竹簫來，命佩鳳吹簫，文花唱曲，喉清嗓嫩，真令人魄醉魂飛。唱罷，復又行令。」[53]昔綠珠「美而艷，善吹笛」，此佩鳳吹簫文花唱曲，歷來男子追求侍妾青春嬌憨，才色兼具的條件，竟別無二致。賈府裡，以賈赦姬妾丫鬟最多，那日賈赦要鴛鴦為妾，因鴛鴦絞髮誓絕，加上賈母力阻，賈赦只得另「費了八百兩銀子買了一個十七歲的女孩子來，名喚嫣紅，收在屋內」，嫣紅之外，還有翠雲，秋桐等等寵妾，皆是十七歲上下的青春女孩。賈母常說，賈赦「上了年紀，作什麼左一個小老婆右一個小老婆放在屋裏，沒的龈誤了人家。放著身子不保養，官兒也不好生作去，成日家和小老婆喝酒」，賈珍與賈赦各是寧榮二府的蔭襲者，二人所擁姬妾，卻無疑是全書中最多與次多的。反映其生活上花費的無度，色慾的驕縱，不好生作官，不妥行事，終招致敗滅。錦衣軍查抄，帶走的便是賈珍父子與賈赦。可憐赫赫寧

52　趙鳳喈：《中國婦女在法律上的地位》（臺北：食貨出版社，1977 年 7 月），頁 83。

53　《紅樓夢校注》，七十五回，頁 1180。

府，只剩得尤氏與蓉妻婆媳兩個，並佩鳳偕鸞二人，連一個下人沒有。更別說過往提過的賈珍、賈赦姬妾，如今下落如何，不得而知。想來賈赦姬妾，怨恨其「年邁昏憒，貪多嚼不爛」，興許亦是作者一嘆。青春小姐出閣，嬌憨侍妾入府，皆非自己能夠決定。佩鳳偕鸞是大觀園的過客，終須離開，進一步說，沒有人能夠永駐大觀園，隨著青少男女的年華消逝，就有出園子的一日。美好時光正在消逝，佩鳳偕鸞盪鞦韆，不讓寶玉動手動腳的提醒，是男女有別的督促，時時刻刻指點著寶玉，姐妹終將出園，伊甸園不是永恆的警告。

二、覓封侯：夫貴妻榮

　　遠古時代的民族，常認為名字和他們所代表的人之間，有著思想概念上以及實際物質的聯繫，將名字看作自身極為重要的部分，甚至與靈魂有所連結，因而非常注意，保護。[54]而古來，女人的位置不過是男人的器具與奴隸。[55]華漢社會，宗法制度下的女子無名，婦人因男子之姓以為名，死無諡號，因夫之爵以為諡。[56]丟掉姓名的無名婦女，失去自己的思想概念與靈魂精神。被迫進入傳統家庭社會中多重複雜的角色位置，婆媳，姑嫂，妻妾，夫妻與長輩[57]等。在社會地位上是丈夫的妻子，是兒子的母親，是某家的媳

54　〔英〕弗雷澤（J. G. Frazer）著；汪培基譯：《金枝：巫術與宗教之研究》（臺北：桂冠圖書，1991年2月），367。

55　周作人：〈人的文學〉收於鍾叔河編訂《周作人散文全集 2》（桂林：廣西師範大學出版社，2009年4月），頁85。原刊於1918年12月15日刊於《新青年》5卷6號。

56　陳東原：《中國婦女生活史》，頁2。

57　〔美〕馬克夢（Keith McMahon）：《吝嗇鬼、潑婦、一夫多妻者——十八世紀中國小說中的性與男女關係》，頁217。

婦，就是沒有自己。

　　女子無名，婦女追諡，在《紅樓夢》裡最為顯著的例子，就是可卿。秦可卿出身養生堂，父親秦業現任營繕郎，小名喚作可兒，脂評「出名秦氏，究竟不知是何氏，所謂寓褒貶則善惡是也。秉刀斧之筆，具菩薩之心。如此寫出，可見來歷亦甚苦矣。又知作者是欲天下人共來哭此情字。」[58]第五回寶玉與可卿會面時，作者在敘事上非常細心，一概以「賈蓉之妻」或「秦氏」稱呼，照可卿的說法，「可卿」、「可兒」等小名，在賈府是沒人知道的。因此小名一方面傳達了私密之意，一方面表示女性成人或成婚以後，將之捨棄，只剩姓氏作為代稱。[59]可卿的喪禮上，靈前供用執事等物，皆按龍禁尉五品職例，宣壇，僧道對壇榜文，榜上大書：「世襲寧國公冢孫婦、防護內廷御前侍衛龍禁尉賈門秦氏恭人之喪」。生時以秦氏、賈蓉之妻稱呼，死後冠寧國譜系，追諡臨時以千二百兩得來的龍禁尉，賈門秦氏恭人。[60]可卿，以「秦」為姓，兼釵黛之美，以秦氏引寶玉入夢，又用秦氏出夢，「秦」通「情」，判詞「情天情海幻情身，情既相逢必主淫」，是全書大主題，統攝全書的大姓，在「以情悟道」為旨的《紅樓夢》中以「秦氏」喚之，顯其「情」之統攝性。

---

[58] 《輯校》，頁 202。

[59] 余佩芳：《新文類的誕生——《紅樓夢》的成長編述》，頁 200。

[60] 《紅樓夢校注》十三回，頁 204。「賈珍命賈蓉次日換了吉服，領憑回來。靈前供用執事等物，俱按五品職例。靈牌疏上皆寫『天朝誥授賈門秦氏恭人之靈位』」。龍禁尉係五品職，可卿應以五品宜人辦喪。在《皇朝通志‧政書類》有記，命婦「四品曰恭人，五品曰宜人」，可卿死封恭人乃四品命婦，不符五品職制。馮其庸於《紅樓夢校注》頁 210 注曰「舊俗為喪禮體面，可於旗幡靈牌將品級提高一級」，筆者認為此未必然。作者強調「真事隱去、朝代年紀失落無考」，或不可全然將史料視為絕對參考。「靈前供用執事等物，俱按五品職例。」一語，可見作者清楚品職用例，因此不以正史五品宜人，改以五品恭人稱之，推斷或許是作者暗含世情虛偽，對真事隱去的再呼籲。《皇朝通志‧政書類》收入《文津閣四庫全書》史部卷七十一，頁 318。

　　賈蓉續妻，在《紅樓夢》裡多以賈蓉妻子，賈蓉之妻，蓉妻等
稱呼。初次登場在二十九回，清虛觀打醮，二玉為金麒麟鬧得尷尬
時，寶玉才要說話，「只見賈珍賈蓉的妻子婆媳兩個來了」[61]，登
時又有馮紫英家、趙侍郎，接二連三，遠親近友，世家相與也都來
送禮。以蓉妻與尤氏來了，一筆岔開僵局，以引下半回目。淡淡一
筆，帶入「賈蓉的妻子」，無姓也無氏，不似往先以濃筆大書可
卿。蓉妻，常見於除夕家祭，元宵夜宴，中秋過節等等，家聚場
合，出場雖頻繁，作者卻沒有進一步描述。蓉妻在賈府裡，較不如
可卿受寵，馮紫英曾轉述賈珍的話「續娶的媳婦，遠不及頭裏那位
秦氏奶奶了」[62]，經賈政道：「我們這個侄孫媳婦兒，也是這裏大
家，從前做過京畿道的胡老爺的女孩兒」[63]，方知蓉妻應喚作「胡
氏」，只是在《紅樓夢》裡是沒有這樣稱呼過蓉妻的。淡化胡氏的
原因，一則，可卿一角有「情」與「兼美」寓意，又引寶玉夢遊太
虛等開展情節的功能，胡氏則不具此功能，故未加以描述。對其輕
描淡寫，顯可卿之特異，功能與作用上有著不可取代的地位。二
則，若傾力描寫續妻，要與可卿孝順和睦，憐貧惜賤，慈老愛幼等
形象區別，將與尤氏大篇讚揚可卿，以及浩蕩大殯場面所掩，在書
寫的比重上，寧府處同時花費過多餘墨，敘述上，將顯得冗贅，故
避而不談。三則，作者為天下女兒一嘆。胡姓，在前出時，脂批曾
言有糊塗之意，[64]賈蓉續娶胡氏，或意指賈蓉等皮膚淫濫之物，糊
塗迷糊等意。就是可卿那樣「打著燈籠也沒地方找去」的媳婦，死

61　《紅樓夢校注》二十九回，頁461。

62　《紅樓夢校注》九十二回，頁1442。

63　《紅樓夢校注》九十二回，頁1442。

64　《輯校》，頁271，胡老爺「虛陪一個胡姓，妙，言是糊塗人之所為也」。

後，男子很快便會續娶，遭到取代。可卿雖無氏，但尚有「秦」姓，蓉妻於後四十回，方出其歷，方有其姓，但亦無人以此稱之。再三以賈蓉之妻，蓉妻等稱呼，使其無自己形象，如同隱形的存在，或許是作者為女兒讓男子糟蹋的不捨，為女子出嫁後，失去自己形象，漸趨變作沒有光彩寶色的死珠。對美好事物的轉變，發出悲嘆。誠如脂評所言，作者「秉刀斧之筆，具菩薩之心」[65]。

　　探春曾言：「我但凡是個男人，可以出得去，我必早走了，立一番事業，那時自有我一番道理。偏我是女孩兒家，一句多話也沒有我亂說的。」[66]女人沒有自主的權利機會，只能被迫倚靠夫君，或如惜春獨臥青燈古佛旁。女人不能在仕途上自立一番事業，僅能因其夫品官職等，獲得封贈。《紅樓夢》裡，宗室貴族與官宦世家，其妻多以「夫姓＋敬稱」，「夫職＋敬稱」或「氏＋職位」等稱呼，如：甄夫人、周貴人、吳貴妃、周貴妃、西安郡王妃、臨安伯老太太、忠靖侯夫人、南安王太妃、北靜王妃以及老太妃等。或以人物視角，稱喚親屬長輩，如：寶玉的舅母，王子騰夫人、湘雲的二嬸，保齡侯夫人等，皆是無名。他們各是甄寶玉的母親，皇帝的妃子，某個宗室王妃，侯爵的太太，或是寶玉的親戚，遠疏不一，卻共同沒有名字，只是依傍夫君的女人。

　　丈夫顯貴，正妻同榮，可獲封贈。元春選才，晉封鳳藻宮尚書，加封賢德妃，周貴人與吳貴妃一家，與元春相同，都在那不得見人的去處，守著皇家那違錯不得的規範。周貴妃與老太妃的薨逝，是元春影子，即元妃薨逝的先聲，為元妃薨逝埋根。[67]省親以

---

[65] 《輯校》，頁202。

[66] 《紅樓夢校注》五十五回，頁857。

[67] 《紅樓夢（三家評本）》，頁1426、1434，護花主人評曰：「周妃薨逝，是元妃影子。又補敘算命一層，為本年元妃薨逝埋根」。

後，敘述上依照人物視角的不同，常以元妃、賈妃稱之，皆是倚職
等稱喚。賈家遭查抄以後，皇上因寶玉叔侄得功名，便問起「是否
賈妃一族？」因而想起賈氏功勳，命大臣查復。大赦天下時，便免
了賈赦之罪，寧榮國公世襲如故，所抄家產，全行賞還，可說是
「女榮父貴」之例，但畢竟是少數。一般受有封號的婦人，稱為命
婦，[68]依照官職等級的不同，封誥與待遇亦不相同，《皇朝通志‧
政書類》命婦條下有記「凡封贈一品之妻，曰一品夫人，二品曰夫
人，三品曰淑人，四品曰恭人，五品曰宜人，六品曰安人，七品曰
孺人，八品九品止封本身」[69]。夫貴妻榮，反之亦然，既能得亦可
失。婦女的封誥待遇，隨著夫君仕途起落，共榮共衰。寶玉的舅母
王子騰夫人，於《紅樓夢》裡，隨其夫王子騰自京營節度使，升九
省統制，奉旨出都查邊，又升九省都檢點，宦途順遂，王子騰夫人
在京，時往賈府走動邀宴。最終王子騰卻在返京路上，因趕路勞
乏，感冒風寒，延醫調治，誤用藥而死。在京享盡富貴榮華，後續
再沒王子騰夫人消息，只有王子騰任上虧空，落其弟王子勝，侄王
仁賠補等事。前有王子騰之女嫁保寧侯之子為妻，或許王子騰夫人
後來投靠女婿，還是禁不住劇變一病不起，或死或活，不得而知，
「人世的榮枯，仕途的得失，終屬難定。」婦女的運命，隨著夫君
的仕途升落起伏，結局不了了之。

68　〔漢〕鄭玄注：《周禮鄭注》（臺北：臺灣中華書局，1966 年 3 月），卷七冢宰治官之職，冊葉
　　8，「凡外內命夫命婦出入。鄭注內命夫。卿大夫士之。」命夫係卿大夫士，其之受封妻子則為命
　　婦。

69　《皇朝通志》收入《文津閣四庫全書》史部‧政書類卷七十一，頁 318。

三、守空閨：寡母自強

　　古時的男人，可能經常必須在職務的召喚下離家遠行，或者可能英年早逝，但是總能夠仰賴妻子或遺孀來照顧年邁的雙親與幼弱的子女。[70]如賈珠早逝，李紈拉拔照料遺腹子賈蘭，恪守母親，媳婦，孫媳婦，嫂子，珠大奶奶等多重身分，常伴賈母與王夫人等長輩左右說笑，盡為母為媳等責任。清代政府延續前朝，致力倡導孀居守節，對於尊崇「節婦」的風尚予以支持。但不同於前朝先例，清政府認為寡婦不應自殺，應活下去以效力為人妻子的義務，以便侍奉她所嫁入的父系家族。[71]在《紅樓夢》裡，有許多寡母的形象，且多數並不改嫁，仍持續侍奉夫家長輩，教育年幼子女。

　　金寡婦胡氏，金榮的母親。家貧，無力請先生。靠著金榮的姑姑千方百計的才到鳳姐腳前說了，金榮才進到賈家義塾上學。在學裡，除了入學時繳交的贄見禮外，茶飯等皆現成，又有薛蟠資助，家裡開銷少了，相對減輕了經濟負擔。金榮在學裡受氣，想爭一口氣，但對生活條件不充裕的寡婦胡氏來說，沒有爭一口氣的權力，能夠留在學裡讀書，省去家裡嚼用，爭「閑氣」是沒有必要的，溫順不爭，老實睡覺，向金錢妥協才是上策。[72]賈璜夫妻守著薄產，常到寧榮二府請安，奉承鳳姐尤氏，因此得到資助，方能度日。璜大奶奶對寡兄嫂與姪子很是照顧，想為嫂姪出氣，但到了寧府，

70　〔美〕曼素恩著：《蘭閨寶錄：晚明至盛清時的中國婦女》，頁 131。

71　〔美〕曼素恩著：《蘭閨寶錄：晚明至盛清時的中國婦女》，頁 76 指出「朝廷表彰節婦的做法始於 1304 年，當時統治者是另一個非漢族的王朝，也就是蒙古人所建立的元朝。這種做法一直延續至明代。到了盛清末朝，尤其是江南地區，『節婦風尚』與代表這種風尚的大型石造貞節牌坊已然成為滿清統治的象徵」。

72　《紅樓夢校注》第十回，頁 165-166。

「本是璜大奶奶不忿來告，又偏從尤氏口中先出，卻是秦鐘之語，且事情理必然，形式逼近」[73]，尤氏一番話，一股盛氣早丟得一乾二淨。都是賈門親戚，璜大奶奶尚有其夫賈璜可倚靠，金寡婦胡氏只有兒子金榮相依為命，金氏雖盡力想保護寡嫂與侄子，但沒寧榮二府的富態，只得放下尊嚴。一段寫盡婦人趨炎附勢，寡母迫於現實，擇利而權受辱的悲哀。

　　賈芸母卜氏，賈芹母周氏，賈菌母婁氏，賈璐母，賈瓊母等，皆是賈族近派媳婦，本家的親戚，但丈夫不知緣故的英年早逝，只能仰賴遺孀照顧年幼的子女。賈芸賈芹，千方百計地因向賈璉夫婦求事，後來在其麾下做事，一在大觀園栽種花草，一管家廟。賈芸母親是「西廊下的五嫂子」[74]，丈夫死時，賈芸尚小不知事，長兄如父，卜氏只得倚賴兄長卜世仁料理喪事，然而一畝地兩間房子的遺產，慘遭卜世仁給霸佔。對照秦鐘死前，兩個遠房孀母並幾個弟兄齊聚內室，在秦鐘死後，秦業所留積下的三四千兩銀子下落不明，不表可知，「這孀母兄弟是特來等分絕戶家私的」[75]。賈芸原向舅舅卜世仁要賒些冰片麝香來討好鳳姐，不料卻遭舅舅一口回絕，甥舅之談教人唏噓。而後賈芸撞上了街坊醉金剛倪二，這倪二「素日雖是潑皮無賴，卻因人而使，頗頗的有義俠之名」[76]，盜亦有道，賈芸說上緣故，倪二氣得不得了，便從搭包裹掏出了一卷銀子交給賈芸，甚至不用文契，很是爽快，是書中俠義之文。同樣果決，卜世仁是拒人，倪二係助人。接卜世仁後而出，更顯卜世仁之

---

[73] 《輯校》，頁216。

[74] 是賈璉寶玉等玉字輩者稱法。

[75] 《輯校》，頁299。

[76] 《紅樓夢校注》二十四回，頁378。

「不是人」。俗話是遠親不如近鄰，何況卜世仁還是賈芸親舅父，兩相呼應，親族間的人情冷暖，教人無限嘆息。倪二雖是放貸潑皮，是扶弱仗義之人，開設香料鋪之卜世仁，卻是侵財托推之人，作者亦藉以凸出人性曲詭，世情難料。也強調了地位階層等外顯的表徵，絕非評價一人價值的標準，表象與內在，皆非一眼可以看穿，風塵俠女與仗義屠狗輩所在多有，惟世人難察。可幸賈芸回到家，恐母親生氣，並不說起卜世仁如何待他，還問母親吃了飯不曾，對母親很是體貼孝順。

賈芹母親則是三房裡的，不同於賈芸，賈芹在家廟裡行的卻是聚賭，養老婆小子等敗家事。其中家廟裡的小沙彌和道姑年紀漸大，都也有個知覺，賈芹甚而勾搭裡頭的女孩子，沁香鶴仙等女兒都讓其勾搭上了。最後事蹟敗露，賈芹受懲，沙彌尼姑通共二十四人皆發出賈府，一些無賴之徒圖謀不軌，那些女兒能夠回家不能，未知著落。[77]雖讓周氏過的金錢無虞的生活，卻害得清白女兒落到了無賴之手，貪財好色，終是敗家的根本。

賈璛之母與賈瓊之母見於賈母八旬壽慶家宴上，帶喜鸞、四姐兒赴宴。賈璛賈瓊常見於喪禮，打醮等等寧府活動，應屬東府子弟。書中未見他們父親的消息，以大名向上推算輩分，應是「文」字旁，但有關「文」字旁者的敘述，除寧榮正派子弟與喪禮上幾位外，沒有敘述，未知生死。從賈母囑咐老婆子要園裡人對喜鸞四姐兒照看經心一段，賈璛之母與賈瓊之母家裡窮是可以肯定的。赴賈母壽慶家宴，與璜大奶奶時往寧榮府走動，奉承鳳姐尤氏，望得資助相似，也許意求賈母歡喜行止不同的女兒，照看接濟，以減輕家裡用度負擔。

---

[77] 《紅樓夢校注》九十三回，頁 1462-1463。

　　寧府方面，還有尤老安人，尤二姐尤三姐的母親，賈珍之妻尤氏的繼母。尤老娘帶著尤二姐尤三姐嫁給尤氏父親，不多久尤氏便嫁入賈府。後來尤氏的父親去世，家裏家計也艱難了，守著兩個女兒，全虧賈珍周助。尤老是帶著一雙女兒再婚過的女子，根據儒家典訓，這可能會被認為「不忠」。又或許當時的尤老，因為財力或家庭經濟不甚穩固等等因素，被公婆要求再嫁，不論是迫於無奈或出於自願，皆可想見再婚的對象可能是某個條件相去甚遠的對象。[78]賈敬賓天後尤氏不能回家，便將尤老安人接來寧府看家，尤老安人將兩個未出嫁的女兒一並帶來，以為一同起居才放心。尤老娘實際上是年邁無用的老人，當賈蓉替賈璉給尤二姐說親時，天花亂墜，尤老娘因想，素日全虧賈珍周濟，此時是賈珍作主替聘，且妝奩不用自己置買，便點頭依允，對利字低頭。然而，兩個女兒先後自刎，吞金，原為「放心」而來，終竟「放心」而去。[79]

　　賈菌之母婁氏，少寡。賈菌與賈蘭感情最好，所以在學堂裡同桌而坐。第九回，作者刻意將賈菌與賈蘭合寫，榮府近派重孫，少寡，獨守一子等等，比出婁氏與李紈的相似性，以及賈菌賈蘭性格上的差異，反映了家世之重要性。在元宵夜宴上，婁氏帶了賈菌來，是榮府元宵夜宴座上唯一的女客。其他人奈有年邁懶於熱鬧，家裡沒人不便，疾病淹纏，妒富愧貧，甚至憎畏鳳姐，或不慣見人等等原因，由此見婁氏赴宴的心意是很不錯的。那日夜宴，到了三更時，「邢夫人王夫人之中夾著寶玉，寶釵等姊妹在西邊，挨次下去便是婁氏帶著賈菌，尤氏李紈夾著賈蘭，下面橫頭便是賈蓉之

78 〔美〕曼素恩著：《蘭閨寶籙：晚明至盛清時的中國婦女》，頁 78。
79 《輯校》，頁 669。

妻」[80]，邢王夫人夾寶玉，玉字輩者妻夾賈菌賈蘭，橫頭寧府長孫及長孫媳合坐，輩分有序，一絲不苟，卻只賈蓉夫妻一對雙全，突顯了賈府人丁稀少的徵象。宴上尤氏婁氏與李紈，在賈母說的笑話後頭，對著鳳姐打趣，彼此相處融洽，互動熱絡。雖不知賈菌後來如何，賈蘭最終中了一百三十名，在法律上，「婦人因子封贈，而夫與子兩有官，亦從其品大者。父官高於子者，嫡母從父官，生母從子官。」[81]寡母雖不能追封丈夫官職，但終能靠子追封帶珠冠，披鳳襖，也是苦盡甘來。只是「美中不足，好事多磨」，鳳冠霞披，也抵不了無常性命。

　　《紅樓夢》裡的寡母中，最具權威的，便是宗法家庭中的寶塔頂——賈母。賈母是榮國公長子賈代善的妻子，金陵世家史侯之女。育有賈赦賈政二子以及賈敏一女。自重孫子媳婦作起，到如今也有了重孫子媳婦，連頭帶尾五十四年，[82]此時與她平輩的就只有遠支的賈代儒、賈代修，以及兩三個老妯娌。個性慈愛，長年守寡的賈母，勢必知曉寡母喪夫獨守寡兒的孤獨與無助，其對如婁氏、賈瑞之母與賈瓊之母等等，家境貧困，社會地位較之卑微的寡母，亦有所照應。經由賈府地位最高的女性，全書最具權威的寡母史太君的照料，無力負擔家庭經濟的寡母們，因而得到了安歇喘息的空間，寡兒亦得到了賈府的拉拔與照顧。寡母獨守空閨，為男子留下了血脈，自己的後事也有所指望。當趙姨娘死去時，只有周姨娘心裏苦楚，「想到：『做偏房側室的下場頭不過如此！況她還有兒子

---

[80]　《紅樓夢校注》五十四回，頁844。

[81]　國史館校註：《清史稿校註》第四冊卷一百十七〈選舉志五〉，頁3206。

[82]　《紅樓夢校注》，四十七回，頁721。

的，我將來死起來還不知怎樣呢！」」[83]周姨娘在《紅樓夢》裡，
一直是個不顯見的人物，既無探春賈環那樣能幹的女兒，傳承血脈
的兒子，也不會像趙姨娘的處心積慮。周姨娘安分守己，認命，幾
乎沒有臺詞。假若其夫命比其短，那麼周姨娘將是寡婦，而非寡
母，而若是周姨娘有個三長兩短，那將是無人料理後事的。由此想
來寡母已是可憐，寡婦或許比寡母更加悲哀，也未可知。

　　賈府裡的寡母盡多，男子英年早逝，仰賴著遺孀照顧年邁的父
母與幼弱的兒女，這也意味著子嗣不振，預告著「絕後」的危機。
因此寧榮二公言：「子孫雖多，竟無可以繼業」，對賈府未來的憂
慮其來有自。然而，生育的職責，在演化史上的重要性，卻不被承
認。[84]女性幾乎無名，不被承認的生育職責，意味著婦女價值遭到
貶駁。在以男性為主體的父權社會裡，可說只是棋子，最終逃不過
「原應嘆息」的屈從命運。[85]此幸終有鬚眉，自認不若彼裙釵，愧
則有餘，而作此書。因此，有學者認為，《紅樓夢》創作的旨義之
一，是要為女性打抱不平，[86]應是不錯。

第三節　寧榮之澤，五世而斬

　　　　偶遇寧榮二公之靈，囑吾（警幻）云：「吾家自國朝定

---

[83]　《紅樓夢校注》，一百十三回，頁 1697。

[84]　〔英〕羅莎琳・邁爾斯（Rosalind Miles）著，刁筱華譯：《女人的世界史》（臺北：麥田出版，
　　　1998 年 12 月），頁 31，書中指出，主要被彰顯的，是男人在歷史上的重要性。

[85]　蔣勳：《微塵眾：紅樓夢小人物I》，頁 63。

[86]　陳萬益：〈說賈寶玉的「意淫」和「情不情」——脂評探微之一〉，收入《曹雪芹與紅樓夢》
　　　（臺北：里仁書局，1985 年 1 月），頁 227。

鼎以來，功名奕世，富貴傳流，雖歷百年，奈運終數盡，不
可挽回者。故遺之子孫雖多，竟無可以繼業。其中惟嫡孫寶
玉一人，秉性乖張，生情怪譎，雖聰明靈慧，略可望成，無
奈吾家運數合終，恐無人歸引入正……」[87]

賈府軍功立業，已歷百年，世襲官爵業已四代，寧榮二宅人口
極多，五代草頭輩者，亦如春草初生，蓄勢待發。眼見前程似錦，
下一個百年傳世在望，彼時寧榮二公所憂，向警幻仙姑所訴，不是
無端憂戚。

一、嫡子夭亡，無可繼業

賈府自寧榮二公，已歷五代，瓜瓞綿綿。但自賈府自文旁輩
起，書中有長子早夭的情節，此一安排，大有深意。寧國公長孫，
賈代化的長子賈敷，應是賈府基業承上啟下的人物，卻在八九歲上
早夭。賈敷之「敷」有論道敷化，敷弘大獻，敷揚五教等布行教
化，廣布光大，傳布宣揚的意思，作為嫡長子，嫡長孫，其名之寓
意或可作為繼承先祖功業，並加以發揚廣布解釋，是一承前啟後，
先輩寄予厚望的人物。[88]但這深受厚望的人物賈敷，卻在「八九歲
上便死了」，其之夭亡，或是賈府無可繼業的昭示，亦未可知。
榮府長子早夭，則見於賈代善嫡孫，賈政長子賈珠身上。珠，
以蚌珠為本義，[89]稀珍寶珠培養不易，獨具光彩寶色，稀罕且得之

---

[87] 《紅樓夢校注》第五回，頁89。

[88] 翟勝健：《《紅樓夢》人物姓名之謎》，頁54-55。

[89] 〔漢〕許慎撰，〔宋〕徐鉉校訂：《說文解字》（北京：中華書局，2004 年 11 月據陳昌治刻本
　　為底本縮印）卷一上玉部，葉 13，珠「蚌之陰精。」。

不易，大顯其殊性，可想長輩對玉字輩長子的愛護疼惜。以珠為
名，或可視為對賈珠人品，儀態，文藻等表現上，有智珠，珠玉等
出色脫俗展現的期許。

從元春與寶玉二人的體弱來看，賈珠的體質或許亦不很康健，
作者雖未明言賈珠夭亡的病因，但從元春入宮時時帶信給父母，對
於寶玉「千萬好生扶養，不嚴不能成器，過嚴恐生不虞，且致父母
之憂」等語觀察，賈珠之死，或與賈政教養過嚴有關。一日，賈政
見寶玉「神彩飄逸，秀色奪人」，賈環「人物委瑣，舉止荒疏」忽
又想起賈珠來，嫌惡寶玉之心不覺減了八九，方不同以往嚴語誡
嚇。從賈政對寶玉的督學上，不難發現賈政對學業的要求極為嚴
格。同樣在賈政嚴格的教育下，賈珠明顯不同於寶玉是「無知的蠢
物、孽障」，賈珠「十四歲進學，不到二十歲就娶了妻生了子」，
在行「有後之大孝」後「一病死了」，元春所謂「過嚴恐生不虞」
之語，恐意在於斯。過後賈政，王夫人，乃至賈母，想起賈珠往往
不禁垂淚。王夫人曾一反平常端莊，失態大哭，放聲呼告「若有你
活著，便死一百個我也不管了」。寧府查抄時，賈政亦嘆「若我珠
兒在世，尚有膀臂」等等念想，在在突顯賈政夫婦對嫡長子賈珠的
喜愛與不捨，並將其懷念轉移到賈蘭身上。一回猜燈謎時，賈政不
見賈蘭，便問「怎麼不見蘭哥？」李紈才說是賈政未喚，便不肯
來，賈政忙遣賈環及婆娘將賈蘭喚來，賈蘭那「天生的牛心古怪」
[90]省事穩重的個性，與其寶叔不同，深得賈政喜愛。中秋即席作
詩，賈政看賈蘭作詩，喜不自勝，並講與賈母聽，而寶玉和賈環兄
弟倆卻遭賈政譏貶「吐氣總屬邪派」，顯然天生的牛心古怪較合賈
政心意，又或遺傳自其父賈珠，行事與賈珠間形影疊合，勾起賈政

---

[90] 《紅樓夢校注》二十二回，頁347。

思子之心，愛子的念頭便轉移至賈蘭身上。

　　懷抱著父母的期待，祖母的喜愛，賈珠顯然是榮府內，那略可望者，[91]卻同其未曾謀面的伯父賈敷夭亡，略可望者即死，昭示了賈府將近末世的訊息。然而，嫡子夭亡，卻非絕斷賈府後路之惡兆，賈珠與八九歲夭折的賈敷不同處，即在不到二十生子，所謂「福善禍淫，古今定理」，為生者留下一線生機，是作者為賈府伏下「蘭桂齊芳，家道復初」之筆。所遺榮府嫡孫賈蘭，省事好學，又有寡母李宮裁的悉心拉拔，日後替賈珠頂門壯戶，將來必如〈晚韶華〉一曲「氣昂昂頭戴簪纓」，「威赫赫爵祿高登」所示，大有作為，也不枉賈珠之死。[92]賈珠之死，李紈腹內新生命，賈蘭最終果然不負眾望，金榜題名，「死」「生」之間乍看對立，隨著情節走向，逐步化為交融互補，亦符合全書二元補襯之中心架構。[93]

　　男丁的傳承是家族的希冀，寧府一支嫡長孫賈蓉，正妻可卿曾經小產。榮府賈赦一支有賈璉，膝下只有女兒巧姐，鳳姐也曾多次小產，賈璉偷娶尤二姐，好容易才有了後嗣，二姐肚裡成形的男胎卻遭鳳姐狠狠打下。而賈政一支則只有賈珠遺腹子賈蘭。我們可以感到，「斷後」的危機一直籠罩著賈府。[94]然而，賈敷與賈珠之死，並不意味其為引發賈府衰敗的主要原因，更無倘若二人不死，仍活躍於《紅樓夢》將是可繼賈府家業，再揚寧榮之澤的設想。二者之死是情節的必須，是作者對賈府整體架構的規劃，與衍生後續波動的重要安排，緊繫文本整體結構，不容變動。

91　《輯校》，頁48，「略可望者即死，嘆嘆。」

92　《紅樓夢校注》八十八回，頁 1387，賈母「因看著李紈，又想起賈珠來，『這也不枉你大哥哥死了，你大嫂子拉扯他一場，日後也替你大哥哥頂門壯戶。』」

93　〔美〕浦安迪：《中國敘事學》，頁54。

94　劉再復：《紅樓夢悟（增訂本）》，頁316。

二、外部環境,加速催化

賈演、賈源二公的恩澤,歷經五代,逐漸殆盡。嫡子夭亡是賈府無可繼者的暗示,寧榮二府內部子孫不振,是加速賈府敗落的原因。與此同時,作者用心營造的外部事物（externality）,也就是賈府內部以外的大環境,亦不容賈府再肆揮霍,其中,職業仕途上的降等蔭襲以及自然環境的災變,也是促使賈府榮景不再的因素之一。

(一)世襲制度,遞次降襲

作者雖強調「不假託任何朝代」,然「實錄其事,非假擬妄稱」,賈府以軍功起家,世襲三代,真事或隱於其中,或以雪芹所在朝代官職制度進行推演,有助釐清寧榮二府收入不同往昔之因。清代襲官制度有二種,一是世襲,一是遞減承襲。以宗室王公襲爵為例,部分親王和郡王許其世襲,其餘每一代遞次降襲。有功的臣僚設有公、侯、伯、子、男五等爵制,往下有輕車都尉、騎都尉、雲都尉、恩騎尉之爵。其中公有分三等級,侯五級,餘各四級,騎都尉分為二等,合計二十七等。[95]敕授武官亦如之,《皇朝通志》有記:勳官「世爵世職之等有九,曰公曰侯曰伯曰子視一品,曰男視二品,曰輕車都尉視三品,曰騎都尉視四品,曰雲騎尉視五品,曰恩騎尉視七品,自公至輕都尉又各有三等」[96]其間皆有世職俸銀祿米,一等公至閒散公,歲給銀七百兩至二百二十五兩,有差米三百五十石至一百二十七石五斗。降至恩騎尉時,每年給銀四十五

---

[95] 〔日〕加藤繁著,杜正勝、蕭正誼譯:《中國經濟史概說》（臺北:華世出版社,1978 年 9 月）,頁 166。

[96] 《皇朝通志》收入《文津閣四庫全書》史部·政書類卷七十、七十一,頁 315、317-318。

兩，米二十二石五斗。在京滿漢文武官員則另有俸薪祿米。[97]

　　可卿喪禮期間，賈珍見賈蓉只是鬢門監，靈幡經榜上寫時不好看，便向戴權說要給賈蓉捐個官。喪禮首七第四日，大明宮掌宮內相戴權先備了祭禮遣人抬來，次後坐了大轎，打傘鳴鑼，親來上祭，到訪賈府的聲勢，不輸前來祭奠的王公貴族。「大明宮掌宮內相」與一般的執事太監不同，大權在身，戴權音諧「代權」即代皇帝行使大權，[98]大明宮掌宮內相親到賈府，亦是「帶權」賣官鬻爵而至，賈珍說明用意，戴權道：「事倒湊巧，正有個美缺。如今三百員龍禁尉短了兩員，昨兒襄陽侯的兄弟老三來求我，現拿了一千五百兩銀子，送到我家裏。你知道，咱們都是老相與，不拘怎麼樣，看著他爺爺的分上，胡亂應了。還剩了一個缺，誰知永興節度使馮胖子來求，要與他孩子捐，我就沒工夫應他。既是咱們的孩子要捐，快寫個履歷來」[99]，一語畫盡閹官口吻。[100]戴權是代權之人，已是帶權在身，湊巧之語或只是搪塞。襄陽侯兄弟與永興節度使馮胖子，侯爵或封疆大吏皆是親自到戴權家裡，為己、為子求官，戴權或胡亂應了，或沒工夫理應，足見這大太監的大權，大得令人稱奇。賈家卻不必親到戴權家，便得捐得龍禁尉官員的機會，這是戴權到訪之故。戴權親到賈府祭奠，是隨賈珍替賈蓉捐官一文而出。這一人物的安排，表面上是慰藉喪者，聯絡情誼，實際上透過彼此的聯繫，突顯了賈家與宮廷的深刻關係，加顯出賈家的政治地位[101]。賈珍與戴權，最終以一千二百兩銀子成交官職，為靈幡

---

[97] 《皇朝通志》收入《文津閣四庫全書》史部‧政書類卷七十、七十一，頁318。

[98] 胡文彬：《紅樓夢人物談》，頁348。

[99] 《紅樓夢校注》十三回，頁203。

[100] 《輯校》，頁249。

[101] 胡文彬：《紅樓夢人物談》，頁348。

上好看，銀兩這般揮霍，龍禁尉一員如此得來，何有繼望。

交給戴權的賈蓉履歷上面寫道「江南江寧府江寧縣監生賈蓉，年二十歲。曾祖，原任京營節度使世襲一等神威將軍賈代化；祖，乙卯科進士賈敬；父，世襲三品爵威烈將軍賈珍。」賈代化世襲一等，賈珍世襲三品，官職遞減，也印證賈家子孫所蔭寧榮二公爵位，係清代遞減承襲之襲官制度。世襲爵位的降低，意味著所能獲得的俸祿隨之遞減。但從賈珍的談話中，也點出世襲官家不全然是富貴體面人家的實情，世襲的榮光不在富貴，而在皇上天恩，浩大皇恩，沾恩錫福，蒙受天恩看顧，亦是政治地位牢靠的表示，俸祿外的富貴便是從此獲之。一次，賈蓉領回了春祭恩賞，賈珍道：

> 咱們家雖不等這幾兩銀子使，多少是皇上天恩。早關了來，給那邊老太太見過，置了祖宗的供，上領皇上的恩，下則是托祖宗的福。咱們那怕用一萬銀子供祖宗，到底不如這個又體面，又是沾恩錫福的。除咱們這樣一二家之外，那些世襲窮官兒家，若不仗著這銀子，拿什麼上供過年？[102]

賈珍一席話，說得灑脫，身為族長，自己最是清楚，外人不知裏暗，然而那些「世襲窮官家」的案例，卻不足以使賈珍警惕賈府經濟。一切都是瞬息的繁華，一時的歡樂，賈府「這二年那一年不多賠出幾千銀子」，「再兩年再一回省親，只怕就精窮」的財務狀況，「外頭體面裏頭苦」的現實，光是探春興利除宿弊不夠，除弊興利乃是賈府全體必須共同面對家業，解決之道即可卿魂託鳳姐時所交代之慎終追遠，開源節流，地畝，錢糧，祭祀，供給周流，才

---

[102] 《紅樓夢校注》五十三回，頁 820-821。

是永繼之長策。

(二)天災異變，作物歉收

　　《紅樓夢》開篇作者假托「無朝代年紀可考」，但內中不少空間特徵，卻為一定歷史時期所有。[103]《清史稿·災異志》多有某地「雨雹，小者如雞卵，損麥……雨雹，大如斗，破屋殺畜」，某地「大雨雹，傷禾」，「雨雹，大如拳，擊死牛畜」等的記載。[104]連年天災，作物歉收，賈府田莊不可避免的受到影響。外在環境惡化，賈府田莊作物收入因而銳減，無力也無能抵抗大環境的勢態走向。同時，賈府內部，血緣親屬彼此親緣關係鬆散，蔭生疲弱不振，逐向衰敗。內外兩相應合，也加速了賈府邁向敗落的結局。

　　五十三回，賈府門下莊頭烏進孝帶著今年的收成來了。烏進孝，烏者黑也，其所管的田莊是黑山村，黑即烏。古人以善事父母者為孝子，除此之外，俗謂以物進獻於尊長曰孝敬。烏進孝之名，即以物進獻於尊長之孝敬意，是作者「隨事而命」。[105]烏進孝的工作，如同寧榮二公世襲般，很快就要交承給兒子，賈府將來的成敗，所牽連的不只是自身，倚靠過活的門下人口亦不少。據烏進孝說「今年年成實在不好。從三月下雨起，接接連連直到八月，竟沒有一連晴過五日。九月裏一場碗大的雹子，方近一千三百里地，連人帶房並牲口糧食，打傷了上千上萬的」[106]所以收成如此不好，而今黑山村「一共只剩了八九個莊子，今年倒有兩處報了旱澇」，加上霪雨霏霏，碩大冰雹，又逢兩處莊子久未降雨或雨水過多，天

---

[103] 金健人：《小說結構美學》，頁68。

[104] 國史館校註：《清史稿校註》第二冊卷四十〈災異志一〉，頁1441-1450。

[105] 胡文彬：《紅樓夢人物談》，頁317-318。

[106] 《紅樓夢校注》五十三回，頁822-823。

候狀況異常，導致作物歉收，牲口死傷，莊子歷年的減少，直接意味作物牲口產量的縮減。作物與牲口的生長狀況不佳，影響產物品質與產量，兩相皆下降的景況，對賈府經濟產生了重大的影響。

家族社會以農業為經濟基礎，所以自周代而後，無不重農。[107]清初，仍有一段時間是以土地，即「職田」作為俸祿的給付方式，《皇朝通志》有記「職田一門。國初勳臣，皆給莊田以代廩祿，尋即按品給祿」[108]，可見莊田作物的價值，足以代為現銀支付，進以平衡日常收支的項目。賈家的耕地，烏進孝的農作，乃賈府食與用的基礎，且賈府收入很大部分依靠農莊生產，賈珍原來算定烏進孝帶來的至少有五千兩銀子，但各項折銀卻只一半，通共二千五百兩銀子，田莊狀態欠佳，賈府收入更加失衡。而即使每年農莊生產收入大，賈府奢侈浪費的卻是更多，生活用度依舊照著祖上的舊例，日用出的多，進的少，虧空因此日增。[109]

從賈珍說道只剩八九個莊子，可以知道原先有更多可以收成的莊子，顯然自寧榮二公之後，田莊已大幅減少，而今府裡卻仍舊照著祖上的分例，賈府外表苦撐，裡頭早已入不敷出。賈珍差人安頓好烏進孝，派人收拾好田莊作物，各樣取了些命賈蓉送到榮府，自己留了些用。此時莊頭送到寧府的時鮮果品，菜蔬野味，奴僕往往亦徇私，貪污中飽。[110]餘者再派出等例來，由各閒著無事，無進益的玉字旁輩與草頭輩者領取年貨，就此看來，莊家收成是由寧榮二府共分的，就連那些不事生產的兄弟侄兒們，家裡年貨也都是由

---

[107] 高達觀：《中國家族社會之演變》（臺北：九思出版社，1978 年 3 月），頁 68。

[108] 《皇朝通志》收入《文津閣四庫全書》史部・政書類卷七十一，頁 318。

[109] 王昆侖（太愚、松青）：《紅樓夢人物論》，頁 142。

[110] 《紅樓夢校注》八十八回，頁 1388-1389。

族長負責。這些作物牲品經過攤派後，能夠留下己用的更是少之又少，坐吃山空，早有用完的一天。

《紅樓夢》文本裡所營造的外在環境，急遽惡化，農村經濟作物的枯竭，以及賈府內部上下的枯朽，與體面的排場，豪華奢侈的生活之間，產生了極大的矛盾。以致於產生了外架子未倒，內囊已經將盡的窘況，賈珍「再兩年再一回省親，只怕就精窮了」的心底話如實宣告，處在這種經濟環境下的老爺少爺，既不開源也不節流，「一時比不得一時」，終有到可卿所說「樹倒猢猻散」的末日。元春回宮以前，曾再四叮嚀，萬不可如此奢華靡費，意在如此。

三、繁華落盡，金粉凋零

《紅樓夢》裡，賈府祖上恩澤，五代而斬的鋪排，子孫無可繼業的悲嘆，或多或少反映了作者生命經歷，暗喻了曹雪芹的家世。開卷第一回，「因經歷過一番夢幻之後，故將真事隱去，而借『通靈』之說，傳此『石頭記』一書也……然閨閣中本自歷歷有人…又何妨用假語村言，敷演出一段故事來……」作者因經歷過一番夢幻之後，將真事隱去，以假語村言敷演一段故事的自序，有著深刻的悔愧，其隱去的真事，雖無可盡知，但小說的築構，大多建立在現實的基礎上，同時與作者的生命經驗有著緊密的關聯，著眼作者家世淵源可窺知一二。

胡適《紅樓夢考證》，對《紅樓夢》作者曹雪芹的家世有相當細緻的考論，後世能夠透過作者身世，對《紅樓夢》這部鉅作，進行不同面向的認識與詮釋。根據《紅樓夢考證》，曹家世系目前可至推至正白旗包衣人曹錫遠，其子曹振彥原任浙江鹽法道，長期為

阿濟格王府下的漢姓包衣。包衣是皇室奴僕，在法律中是良人身分。曹振彥曾擔任過的教官、致政、旗鼓、知州、知府、運使等職，憑藉其漢文學養和日益精進的滿文能力，從包衣中崛起。[111]振彥之子曹璽、孫曹寅、曾孫曹顒曹頫，曾分別任蘇州織造及江寧織造，光是曹璽起，三代四人，便任了 58 年的江寧織造，更曾四次以上接駕康熙南巡。[112]長年任職江寧織造，及多次接駕的記載，可見皇上對曹家之信任，更能想見曹家當時繁榮的盛況。其中，曹雪芹的祖父曹寅，曾經四次接駕聖上南巡，足見康熙對曹寅之寵信。「天恩」的看顧，是強化政治地位，並加以鞏固的最佳利器。有了天子的寵信，經濟事業將順勢達到前所未有的高峰。因此，康熙對曹寅的寵信，亦使當時的曹家經濟生活達到高峰，正是大起高樓，大宴賓客之時。曹寅能作詩詞，曾管理揚州詩局，[113]亦曾接到刊刻《全唐詩》的旨意，[114]家中藏書豐富，久積成一個饒富文學美術的環境，《紅樓夢》的作者曹雪芹，便是在這詩禮簪纓之族裡成長的。正因為作者「身經繁華綺麗的生活，帶有文學與美術遺傳與環境」[115]，《紅樓夢》中，人物的形象塑造，行止的調度，生活起居的敘述，宴席酒令的描摹，衣著飲食的刻畫，乃至鳳姐與趙嬤嬤談論太祖仿舜南巡接駕的景況，元妃省親等等盛況榮景，方能如此生動真切。然而，如同《紅樓夢》中的賈府，從種種

---

[111] 黃一農：《二重奏：紅學與清史的對話》（新竹：清大出版社，2014 年 11 月），頁 59。

[112] 胡適：《紅樓夢考證》（臺北：遠東圖書，1960 年 3 月），頁 17-18 指出曹璽任 21 年江寧織造。曹寅任 4 年蘇州織造，21 年江寧織造，兼 4 次兩淮巡鹽御史。寅死，其子曹顒做 3 年江寧織造，曹頫任 13 年的江寧織造。祖孫三代四人共任 58 年江寧織造。

[113] 胡適：《紅樓夢考證》，頁 18。

[114] 〔美〕史景遷（Jonathan D・Spence）著，陳引馳、郭茜、趙穎之、丁旻等譯：《曹寅與康熙》（上海：上海遠東出版社，2005 年 5 月），頁 168。

[115] 胡適：《紅樓夢考證》，頁 32。

繁榮逐步走向衰敗，終到查抄封府的一日，第五代的曹雪芹，親眼見證樓塌了的頃刻。曹家就在曹雪芹父親曹頫任內，因追查虧空而遭抄沒家產，曹家就此敗落。

從富貴到貧窮，處在窮困潦倒，「茅椽蓬牖，瓦灶繩床」境遇的曹雪芹，是曾經享過繁華舊夢的，經歷風塵碌碌，方忽念及當日，回首過往，寫下《紅樓夢》。《紅樓夢》開卷作者自云：

> 今風塵碌碌，一事無成，忽念及當日所有之女子，一一細考較去，覺其行止見識，皆出於我之上。何我堂堂鬚眉誠不若彼裙釵哉？實愧則有餘，悔又無益之大無可如何之日也！當此，則自欲將已往所賴天恩祖德，錦衣紈袴之時，飫甘饜肥之日，背父兄教育之恩，負師友規談之德，以至今日一技無成，半生潦倒之罪……[116]

《紅樓夢》裡，族內子孫人口無所進益，寧榮二公對子孫無可繼業之恐，以及府裡內部上下徇私貪污中飽，財務狀況捉襟見肘，整體經濟一時比不得一時，赫赫揚揚的百載家族，卻自以榮華不絕而不思後日。書中多有如「身後有餘忘縮手，眼前無路想回頭」等等，臨期只恐後悔無益的預告，無疑是作者凝視彼時沉痛的呼籲。那些憶昔感今的嘆息，對照作者家世之浮沉，可說是作者對過往錦衣紈袴之時，飫甘饜肥之日的回顧與悔悟。因此作者寫出賈府男性種種鄙劣情狀，所謂「刀斧之筆」，犀利精確。而寫盡人性種種淫慾與纏縛牽連的「刀斧之筆」背後，是寬大的「菩薩之心」，留悲

---

[116] 《紅樓夢校注》第一回，頁1。

憫，留救贖，時時權衡著智慧與慈悲。[117]小說建立在現實的基礎上，往往虛實參差，寶玉的形象可能有脂硯的畫像，個性亦有作者的成份在內，共同的家庭背景與紀實細節，也間有作者親身經驗，但絕大部分是虛構，或純粹於藝術上的要求，《紅樓夢》並非甄賈寶玉為曹雪芹化身的自敘，而是作者對過往自悔，隱去真事，盡心敷演的懺情創作，不是自傳性小說。[118]若一味以持自敘為曹霑著書目的，尋根究底，便是刻舟求劍，恐違作者將真事隱去之深意。書中最終《紅樓夢》「蘭桂齊芳，家道復初」，否極泰來，榮辱周而復始的均衡安排，以循環聚散的法式，構成全書的總結構圖式，[119]或許亦是作者對於碌碌風塵與生命情境的望穿，結果終將重返太虛。

---

[117] 蔣勳：《微塵眾：紅樓夢小人物Ⅲ》，頁 72。

[118] 張愛玲：《紅樓夢魘》（臺北：皇冠文化，2010 年 8 月），頁 217。

[119] 浦安迪：《中國敘事學》，頁 76。

第五章　族外人物

　　《紅樓夢》芸芸小人物散見書中。若以賈府為界，內有數百丁奴僕，外有多位宗教人物，或因賈府家族成員直接或間接引發的事件，而捲入其中者。作者描摹的小人物形象及所鋪排之情節，部分反映了賈府內在的實際狀態，或旁補了主要人物的形象與性格。而小人物所牽涉的諸多事件，其所造成的影響，在書中蔓延，積累，甚而對全書第一人賈寶玉的向道之途，亦有著推波助瀾的作用。芸芸小人物與由其所牽涉或開展之事件，亦切合著全書主旨，並以「情」為呼應，保持全書一貫的平衡結構。

第一節　府內奴僕

　　《紅樓夢》裡，榮寧二府上下人口眾多，光是榮府從上至下也有三四百丁，常駐府內的除了少數主子小姐，老爺太太外，幾乎是管家，丫鬟小廝，僕人僕婦，以及清客相公等等人物。數量眾多，篇幅雖大多短少，卻是作者悉心鋪排，合度塑造的人物，也是構成賈府運作的重要環節。這些奴僕的篇幅，雖無寶玉黛玉等主子小姐等主要人物多，但在數量上便有 366 位，[1]短少的篇幅累聚亦是形成巨幅。依照奴僕等次，有如晴雯襲人等近身相處的，有離主子遠

---

[1] 周錫山：《紅樓夢的奴婢世界》（太原：北岳文藝出版社，2006 年 1 月），頁 2 指出，除去宮女太監，「單是嚴格意義上的奴婢就有 366 人，無疑是世界上描寫奴婢最多的一部文學作品」。

遠如守門漿洗的。有些奴僕與主要人物接觸，直接影響事件發生。或有不與主要人物互動，遙遙影響情節的人物。這些在法律上，「同於資財，身繫於主」，[2]緊繫於主的奴僕，與主子之間的關係緊密，間接影響了奴僕的個性。如待書喝罵王善保家的時，鳳姐讚「有其主必有其僕」，[3]待書果敢的表現可說是探春性格的延伸。身繫於主的奴僕，在個性的展現及在事件的應對上，呈現的是主子對外的門面，也是主子性格的延展。因此透過奴僕言行舉止，可稍知曉主子情性，並經由所發生之事件進而管窺賈府全貌，直接了解或間接透露賈府的生活態貌，補作者筆下未明說的日常細節。

一、副主子：奴憑主貴

世家奴僕，形象各有。光是從劉姥姥一進榮國府，在榮府大門石獅子前所遭遇的守門奴僕，已是生動逼真，第六回「……角門前。只見幾個挺胸疊肚指手畫腳的人，坐在大凳上，說東談西呢……那些人聽了，都不瞅睬，半日方說道：『你遠遠的在那牆角下等著，一會子他們家有人就出來的。』內中有一老年人說道：『不要誤她的事，何苦耍她。』」[4]這耍弄劉姥姥的守門奴，脂評說是「侯門三等豪奴寫照」，倚靠著榮府的權勢，即便只是三等奴僕，威豪亦勝過其他家裡的奴僕，「挺胸疊肚指手畫腳」傲慢形象畢肖。與之對照的老年人便顯得敦厚，「亦是自然之理」。作者在技法上是以「轉換法。寫門上豪奴，不能盡是規矩，故用轉換法，

2　褚贛生：《奴婢史》（上海：上海文藝出版社，1995 年 7 月），頁 5。

3　《紅樓夢校注》七十四回，頁 1162。

4　《紅樓夢校注》第六回，頁 112。

則不強硬而筆氣自順」[5]。這榮府門上豪奴與老僕的形象，是赫赫榮府的門面，府內奴僕寫照。榮府門前的守門僕，是讀者隨劉姥姥腳步，由外走到榮府門前，首見之奴僕。挺胸疊肚指手畫腳，是榮府之門面。耍弄外在貧素的劉姥姥，豪奴眼高倚勢的模樣，對照府裡賈赦一干人等，個性或有所呼應。老年人行事敦厚不誤人，與劉姥姥、賈母等年高不誤人，待人懇實的性格，或有照映。同時呼應懇實的劉姥姥，往後以靈活的心志，豐富的人生體驗為賈府帶來無限機趣，更以其敦厚解救了險遭狠舅變賣的巧姐。門僕之年輕與年老，傲慢及敦厚等等對照，同時隱喻著賈府裡頭年輕主子與年高者之性格。不過紅樓大夢初開，此待讀者向下閱讀，方有感觸。

周瑞家的在鳳姐麾下做事，其夫作為王夫人的陪房，目前是管春秋兩地租子的管家，周瑞家的在奴僕間的地位，自然便高過其他一般的僕婦。劉姥姥好容易見著了周瑞家的，周便已猜著來意，「因昔年她丈夫周瑞爭買田地一事，其中多得狗兒之力，今見劉姥姥如此而來，心中難卻其意；二則也要顯弄自己體面。」[6]到了房中，「周瑞家的命雇的小丫頭倒上茶來吃著」後來還叫小丫頭「到倒廳上悄悄的打聽打聽」老太太屋裡擺飯沒的消息。周瑞家的一是王夫人陪房，又在鳳姐的人，其夫又是負責處理地租的管家。前章曾經提過，收租的管家，往往徇私，貪污中飽，行些肥己的事，因此除了月例外，通常有其他管道可增加收入。因此周瑞家的在自己屋裡時，不在王夫人或鳳姐眼下，自己便是自己家裡的主子，不必倒茶也不用跑腿，而是命令自己雇來的小丫頭來做事。這是周瑞家

---

[5] 《輯校》，頁144。

[6] 《紅樓夢校注》第六回，頁113。

的顯弄體面，是王夫人陪房本心本意實事。[7]「僕人有僕人」的風
氣，在一百六回，賈政查看寧府名冊時，在文中直接點出，當時眾
人回道「不知一個人手下親戚們也有，奴才還有奴才呢」[8]，可見
體面的家人，倚仗著從主子身上，從賈家裡獲得的好處，手下還有
親戚奴才，過著儼然副主子般的生活。身為僕婦的周瑞家，生活體
面，對劉姥姥留下的一塊銀子並「不放在眼裏」，顯出兩條線索，
一係周瑞家的不與窮農爭銀，加之前文所言，周瑞家的為還狗兒替
周瑞爭買田地之情，脂評言「在今世，周瑞婦算是個懷情不忘的正
人」[9]，是周瑞家的個性展現。映照主子鳳姐待劉姥姥同樣寬厚，
可說是奴主性格的映帶。二係突顯賈府豪奴倚仗主子勢力，抽收回
扣肥己的惡習。若劉姥姥找的不是周瑞家的，帶回莊裡的銀兩，恐
怕將折損了不少。

　　奴僕依附主子左右，並非人人都可沾上主子的福，當上副主
子。要得主勢，必要知曉主子脾性，投其所好，方可能深得任用。
奴僕在事件的應對，除了表現了奴僕的個性，往往也反映了主子的
性格與地位，補充作者未明說之處，如〈來旺婦倚勢霸成親〉一
回。旺兒家的是鳳姐陪房，文中常見夫妻倆為鳳姐處理在外放例及
典賣家產等經手財物的要事，是鳳姐的心腹。夫妻倆要給兒子討王
夫人房裡的彩霞，派人說媒卻碰了釘子，他當時這樣說：「連他家
還看不起我們，別人越發看不起我們了。好容易相看準一個媳婦，
我只說求爺奶奶的恩典，替作成了。奶奶又說她必肯的，我就煩了
人走過去試一試，誰知白討了沒趣。若論那孩子倒好，據我素日私

---

[7]　《輯校》，頁145。

[8]　《紅樓夢校注》一百六回，頁1617。

[9]　《輯校》，頁145。

意兒試他，他心裏沒有甚說的，只是他老子娘兩個老東西太心高了些」[10]旺兒家的雖以話語指向自己遭看不起，實際所指卻是外人看輕鳳姐，以及鳳姐說話不中用等事，是鳳姐失勢徵象。話中「我們」看似指的是來旺夫妻，其實不然，所指是主子鳳姐與僕婦一家子人。一語便戳動了好強的鳳姐，少不得為旺兒夫妻出頭。彩霞心裡與賈環有舊，又聞得「旺兒之子酗酒賭博，而且容顏醜陋，一技不知」，遂命妹子小霞找趙姨娘。誰知賈環「羞口難開」，又覺得彩霞不過是個丫頭，便丟開手了。[11]無奈彩霞對賈環一片真情，竟如此遭到丟開。其間也有林之孝向賈璉說道，旺兒小兒子不成人的事，賈璉雖有心不讓彩霞被糟蹋，卻只能依順鳳姐，就此擺開手。因此最終由鳳姐出面，親自與彩霞之母說媒，對方即使心不由意，也因體面而滿口應了。可憐清白女兒，親事這樣作成，可是終身為患。

　　心腹，是親信可靠的人。賈璉偷娶尤二姐，藏往外邊的屋子去，賈璉帶去的隆兒興兒，賈珍帶去的喜兒壽兒，各是二人的「心腹」小廝。「賈璉的心腹小童隆兒拴馬去，見已有了一匹馬，細瞧一瞧，知是賈珍的，心下會意」[12]，既是心腹小童，見馬廄裡已有了另一匹馬，不必言說，心下馬上會意。而鳳姐最可靠的心腹平兒，很快便有所警覺，手下又有王信來旺慶兒等心腹奴僕小廝，偷娶事跡很快便敗露了。各人有各人的心腹，卻如興兒所言「奶奶的心腹我們不敢惹，爺的心腹奶奶的就敢惹」，心腹所倚仗的是主子的權勢，因而心腹之間的欺人與被欺關係，所映帶的也就是主子奶

---

[10] 《紅樓夢校注》七十二回，頁 1127。

[11] 《紅樓夢校注》七十二回，頁 1131。

[12] 《紅樓夢校注》六十五回，頁 1025。

奶間的地位高低。由此鳳姐知曉偷娶尤二姐之事後，訊問賈璉心腹小廝興兒，奴憑主貴，反之主「賤」任欺，賈璉懼內人人盡知，因此興兒即使再不願意，面對鳳姐的訊問也只能娓娓道出。鳳姐很快便掌握控制權，將尤二姐逐步逼向死亡。而賈璉卻無力回擊，最終連後事也不能如意料理。

周瑞家的倚靠鳳姐發跡，過著如主子般的生活，雖如此也並不虧待劉姥姥，接待劉姥姥很是用心。來旺家夫婦，倚勢強娶彩霞。來旺夫婦之霸道與周瑞家的善待，二者皆可見著主子鳳姐的身影。鳳姐持家操管榮府上下家事，對待下人嚴厲，對待二姐更是極其狠辣，然對劉姥姥與板兒又見其慈。而林之孝、興兒等人之於賈璉，林之孝如同告密般，暗暗告訴賈璉來旺兒不成人，雖不知真假，但扯拉來旺兒不能成親的意圖或是有的，私下告訴賈璉的舉動，推敲其與來旺是有不睦，因而不能令人知曉。興兒在面對鳳姐訊問時，雖有不從，然終只能全盤托出。林之孝之告密與興兒遭訊問，與之呼應的是鳳姐強勢賈璉懼妻，夫婦二人地位之關係。下人之間的身分較勁，幾位奴僕之形影，皆可見主子鳳姐與賈璉之個性與其地位之延伸，作者由旁寫奴僕，呼應主子的性格，可作為描寫主子的補充，亦係不寫之寫之細筆。

二、亂分寸：欺心害主

奴僕為主子身邊久待，多半試準了主子性格，依循主子的行事風格，知所進退，方得以留下。有時主子一旦寬了，奴僕甚至得寸進尺。分寸輕些者，如興兒說寶玉那般：「……也沒剛柔，有時見了我們，喜歡時沒上沒下，大家亂頑一陣；不喜歡各自走了，他也不理人。我們坐著臥著，見了他也不理，他也不責備。因此沒人怕

他，只管隨便，都過得去」[13]寶玉性情體貼，一向作小服低，賠身下氣。這樣的脾性府裡下人皆知，賈政身邊幾個小廝，甚而在題對額以後盡情「討賞」，只見他們「上來攔腰抱住……『……該賞我們了。』寶玉笑道：『每人一吊錢。』眾人道：『誰沒見那一吊錢！把這荷包賞了罷。』說著，一個上來解荷包，那一個就解扇囊，不容分說，將寶玉所佩之物盡行解去……」[14]少時襲人發現身邊佩物一件無存，笑說「戴的東西又是那起沒臉的東西解了去了」可見小廝們早試準了寶玉的情性，拿準了機會便肆無忌憚地將寶玉身上佩物盡情解去。

　　而迎春個性懦弱，媳婦媽媽們也都試準了，明欺了素日好性兒，都不放在心上。迎春的乳母王奶媽好賭，是賈母查賭捉出的三個大頭家之一。過往在外頭賭輸了錢，典賣了迎春的「攢珠纍絲金鳳」，卻因迎春個性懦弱，王奶媽也都不放在心上，不急著將之贖回歸還。迎春的丫鬟繡桔看不慣，替小姐出氣，而王奶媽子媳王住兒媳婦，並不以為意，反說是繡桔生事，甚而要求迎春替王奶媽獲罪說情「姑娘，你別去生事。姑娘的金絲鳳，原是我們老奶奶老糊塗了，輸了幾個錢，沒得撈梢，所以暫借了去。原說一日半晌就贖的，因總未撈過本兒來，就遲住了。可巧今兒又不知是誰走了風聲，弄出事來。雖然這樣，到底主子的東西，我們不敢遲誤下，終究是要贖的。如今還要求姑娘看從小兒吃奶的常情，往老太太那邊去討個情面，救出她老人家來才好」[15]正如繡桔所言，贖金鳳是一件事，說情是一件事，王住兒媳婦見事情沒有轉圜，愈發誣賴迎春

13　《紅樓夢校注》六十六回，頁1035。

14　《紅樓夢校注》第十八回，頁265。

15　《紅樓夢校注》七十三回，頁1142。

使了下人的錢，踰了主僕規矩。最終是探春與平兒出面調停，但二
人反問迎春要如何為是時，卻沒個決斷，迎春又要八面周全，又要
不使太太們生氣，又言任憑處治，要緊的是「我總不知道」一句，
將責任卸得乾淨。惹得黛玉笑道：「『真是『虎狼屯於階陛尚談因
果』。若使二姐姐是個男人，這一家上下若許人，又如何裁治他
們。』迎春笑道：『正是。多少男人尚如此，何況我哉。』」黛玉
探春等人性情聰敏堅韌，各有機變，與迎春的軟弱怯懦，形成強烈
的對比。探春處處出頭，平兒正色調停，與最後黛玉「虎狼屯於階
陛尚談因果」一問，無疑是作者以〈懦小姐不問累金鳳〉中之閨閣
小姐無力裁治下人，進而對無能處理家務，乃至無可繼業的男人們
的一大叩問。

　　賈珍、賈政即不能裁治下人的男人，《紅樓夢》中便有二人調
停下人不當，或任由下人自作威福的描述，並遙遙埋下招盜劫搶的
禍根。八十八回，莊頭送時鮮果品夾帶菜蔬野味，周瑞與鮑二在奴
僕徇私肥己的意見上起了衝突。鮑二在此說不上話，求賈珍原舊放
他在外頭，賈珍追問，周瑞才言：「奴才在這裏經管地租莊子銀錢
出入，每年也有三五十萬來往，老爺太太奶奶們從沒有說過話的，
何況這些零星東西。若照鮑二說起來，爺們家裏的田地房產都被奴
才們弄完了」[16]，賈珍卻想「『必是鮑二在這裏拌嘴，不如叫他出
去。』因向鮑二說道：『快滾罷。』又告訴周瑞說：『你也不用說
了，你幹你的事罷。』」不由鮑二分說，直以為是鮑二的錯，對周
瑞徇私竟只認為「不過是幾個果子罷咧，有什麼要緊。我又沒有疑
你」回應，很是寵溺。後鮑二與周瑞的乾兒子何三打架，各遭打五
十鞭攆出，鮑二與何三由此埋恨。下人們背地生出賈珍護短或不會

---

[16] 《紅樓夢校注》八十八回，頁 1388-1389。

調停，及諸多醜事議論來。賈珍身為族長在下人間已失威信，較鳳姐協理寧國府，二者差距甚大，與迎春不問纍金鳳映之，亦顯賈珍裁治下人的無能。而鮑二何三打架受責，王希廉認為此是後來糾盜之根苗。[17]同回目，「却說賈政自從在工部掌印，家人中盡有發財的」，主子榮時僕人共榮，下人在主子底下牟利，賈政卻不自知。九十九回，且說賈政調江西糧道，一心只想做好官，饋送一概不收，從中撈不到本兒的門子長隨也便離開。賈政覺得樣樣不如意，此時一個管門李十兒給賈政獻計，賈政被說得心無主見，「李十兒自己做起威福，鉤連內外一氣的哄著賈政辦事」，串通書役詹會，收取餽贈，此詹會音諧沾賄，李十兒作威作福，所行皆是賈政嚴禁之弊端。賈政反覺得事事周到，件件隨心，全然不去理會幕友們的規諫，任由李十兒辦事。[18]李十兒等家人，招搖撞騙，欺凌屬員，最終東窗事發，賈政遭節度參了個失察屬員，重徵糧米，苛虐百姓的本子，險些革職，賈政自己對此事內情卻全然不知。後因賈政為人受人敬愛，僅降三級，仍以工部員外上任。[19]李十兒或遭羈押，或避走他鄉，結局則不了了之。由李十兒狐假虎威，與不聽幕友規勸等等情節，皆見賈政用人不當，不識人意之愚昧。

錦衣軍查抄賈府，事後親友進來看候，有人說：「……聽見說是府上的家人同幾個泥腿在外頭哄嚷出來的。御史恐參奏不實，所以誆了這裏的人去才說出來的。我想府上待下人最寬的，為什麼還有這事」[20]王希廉以為幾個泥腿，便是鮑二、倪二、李十兒等人。

---

17 《紅樓夢（三家評本）》，頁 1465 護花主人評曰：「鮑二、何三打架受責，是後來糾盜根苗」。

18 《紅樓夢校注》九十九回，頁 1530-1536。

19 《紅樓夢校注》一百二回，頁 1570。

20 《紅樓夢校注》一百六回，頁 1611。

[21]外人往賈府看，探不見實事，以為待下人最寬，然而待下人寬與下人從中肥己，以及主子無能裁治下人等等事件，皆係相互消長，促成賈府最後的衰敗。何三招夥盜便是賈珍不會調停的下場之一，然而何三實非絕對的惡僕，被賈珍攆在外頭，一心還是想領辦些事，探無消息亦僅是唉聲嘆氣，終受內中損友煽動而為之。而解救盜劫危機的，是遭到吆喝看園的忠僕包勇。當賈府遭到查抄以後，「府內家人幾個有錢的，怕賈璉纏擾，都裝窮躲事，甚至告假不來，各自另尋門路。獨有一個包勇，雖是新投到此，恰遇榮府壞事，他倒有些真心辦事，見那些人欺瞞主子，便時常不忿。奈他是個新來乍到的人，一句話也插不上，他便生氣，每天吃了就睡。眾人嫌他不肯隨和，便在賈政前說他終日貪杯生事，並不當差」[22]，後聽得家人回稟包勇喝酒鬧事，便將包勇派去看園，不許他在外行走，而「那包勇本是直爽的脾氣，投了主子，他便赤心護主，豈知賈政反倒責罵他」，是賈政不識人，錯信家僕而吆喝包勇看守園門，卻得以保全小姐清白，可說「因禍得福」。所反映的無非是賈府男人識人不清，對待下人之無能，以及放任家人中飽，食髓知味，進以欺心害主的結果。在小說藝術層面，包勇打下房上的何三，其之正派與何三招盜之惡行，亦形成一正一邪、一動一靜[23]的鮮明對比。

　　從小廝解寶玉佩物，奶娘竊典纍金鳳，到下人徇私作物肥己之日常，皆見各人主子的放任，久而養成了僕心不忠的下人。幾次為

---

21 《紅樓夢（三家評本）》，頁1745 護花主人評曰：「借親友們口中補寫家人泥腿噪鬧、門上要錢諸事，隱隱指鮑二、倪二、李十等人，卻說不出姓名，才是親朋口吻」。

22 《紅樓夢校注》一百七回，頁1627。

23 《紅樓夢（三家評本）》，頁1823 張新之：「以包勇接何三，是一非二，而用一動一靜寫之，便不止鋪敘英雄失志」。

求當頭利，而欺心害主的例子，幸得繡桔喝王住兒媳婦，鮑二揭周瑞徇私，包勇打下何三，試圖保全了主子，但這種保全只是一時的。所謂「源清則流清，源濁則流濁」，迎春之怯懦，賈珍之無能，賈政之無主見，已難為僕人所信服。與之顯出探春平兒等等女子，責罰有理，調停有方。該作主之人卻無作主之能，族長及家主對府裡上下奴僕管理之鬆懈無序，在賈府已失威信，奴僕盡忠之心已失，沒了分寸，挾害主之心，賈府終要衰頹。《紅樓夢》敘述賈府之衰敗，非一蹴而成，乃以諸多人物與事件堆砌。有惡僕惡行，便有良僕義行，其間皆有如繡桔、包勇及幕友等等挺身護主，或以言規諫者。而惡僕亦非絕對之惡徒，王住兒媳婦在平兒的調停下很快便贖回攢珠纍絲金鳳歸還，何三糾盜之前亦是遭到賈珍是非不問而仗打逐出。然而對於護主規諫或是種種不義之舉，主子往往視而不見，充耳不聞。這些企圖阻止惡僕的行動與言語的規諫，突顯了規諫者的光彩，亦補充了如迎春、賈珍、賈政等等的主要人物性格。賈府主子對忠言的拒絕，及對下人調停不力等等行舉，在整體結構上，同時影響了賈府的家勢走向，逐步朝向了抄檢的命運。

三、老臣心：賈府屈原

有欺心害主者，則必有忠心效主者。《紅樓夢》第七回，焦大登場便是一陣醉罵。先罵大總管賴二，再罵寧府嫡長孫賈蓉，愈發連賈府子弟都罵上「畜牲」。在嚴制的主奴階層中，焦大一罵驚天動地。焦大何以如此？係因軍功起家的賈府，太爺便是焦大從死人堆裡救出來的，自己是祖上恩人，也是賈府幾代的見證人，又有服侍過長輩的體面，在賈府奴僕中身分格外特殊。太愚說，焦大是一忠實的家僕，「這並非出於反抗的怒吼，而是痛惜主子沒落的悲

鳴」[24]，痛惜賈府沒落之餘，或亦說是焦大等年邁衰老的僕人，自身價值貶落的嘆息。

焦大一顆「老臣心」酒後吐真言，明言府裡「每日偷狗戲雞，爬灰的爬灰，養小叔子的養小叔子，我什麼不知道？咱們『胳膊折了往袖子裏藏』！」[25]，一語將眾小廝唬得魂飛魄散，便把他捆起來，用土和馬糞填了他一嘴。爬灰及養小叔子一語，是與《紅樓夢》曾經幾次增刪改寫情節與移易主題所留下的痕跡。經考證《紅樓夢》的版本，在初稿《風月寶鑑》時期黛玉十三歲入都，未完成的《石頭記》時期則是六歲入都。在《風月寶鑑》中，風月的成分較多，是描寫青年人世界的書。經過多次刪增減裁成的《石頭記》，重點則在寫少年時期成長中失樂園的悲劇。從寫風月到寫情，年齡的降低，方能使他們住進伊甸園。再隨年齡的增長，各走各的路，大觀園再而荒涼。[26]而主要人物的年齡愈改愈輕，牽動著全書題旨，從風月寶鑑漸漸傾向以情悟道之緬懷年稚純真，其間仍留下不少痕跡。目前所見《紅樓夢》版本，秦可卿係病死的，根據脂批可發現原應是可卿與賈珍間，有公公與媳婦的不倫關係，即焦大醉言之「爬灰」，後方引出「秦可卿淫喪天香樓」[27]一段，脂硯齋命曹雪芹刪去一段，但改寫的痕跡依稀可見，在十二金釵正冊中亦仍繪著美人自縊圖。由此便可解釋可卿死時，為何「彼時合家皆知，無不納罕，都有些疑心」，及賈珍何以哭的淚人一般，又為何盡其所能的料理可卿後事。[28]「爬灰」見證者，是可卿的丫鬟瑞珠

---

[24] 王昆侖（太愚、松青）：《紅樓夢人物論》，頁 145

[25] 《紅樓夢校注》，焦大醉罵見第七回頁 132-134。

[26] 賴芳伶：〈陳慶浩博士的紅學研究〉，頁 264。

[27] 《輯校》，頁 253。

[28] 《紅樓夢校注》十三回，頁 200-201。

與寶珠，瑞珠「見秦氏死了，他也觸柱而亡」[29]，這也是天香樓一段未刪的文字。[30]有學者認為，瑞珠是懼怕賈珍加害而觸柱身亡。另一婢寶珠亦撞見，然其不死，願為可卿義女，摔喪駕靈以取媚於賈珍，珍又懼其洩言，使人喚曰小姐。[31]後可卿停靈於寺，寶珠執意不肯回家，賈珍只得派婦女相伴，[32]此後未記。

　　焦大所言之「養小叔子的養小叔子」，可能暗指秦可卿與寶玉之間非比尋常的關係。第五回寶玉一時倦怠，想睡中覺，賈蓉之妻秦氏建議就睡他屋裡去吧，寶玉點頭微笑，此時有一個嬤嬤說道：「那裏有個叔叔往侄兒房裡睡覺的理？」[33]當時隨侍在側的還有寶玉的奶娘丫鬟，聽得可卿的建議，卻只一個嬤嬤說話，雖不知是誰發語，但可想該嬤嬤所言，無疑是寧府或該時對男女之間相處，該要拿捏分寸的警告。敢言的嬤嬤，亦如焦大般「建言」，但未有焦大那樣的堅決地痛罵，焦大的人物性格尤其彰顯，亦表其情節之獨特。焦大當時或許並不在場，卻能罵出「小叔子」一事，可想「養小叔子」在府內是眾所皆知。這同可卿淫喪天香樓一段，是《紅樓夢》版本改寫的痕跡。可卿的評價，作者借賈母心中定評，係重孫媳中第一個得意之人，極妥當安穩的人。[34]第五回寶玉遊太虛幻境，與兼美（可卿）雲雨，《紅樓夢》中的大夢，往往如楹聯所訴之真假難辨，虛實互滲。寶玉與兼美的夢中繾綣，映帶至現實，二

29　《紅樓夢校注》十三回，頁 202。

30　《輯校》，頁 248。

31　郭玉雯：《紅樓夢淵源論——從神話到明清思想》，頁 349 引俞平伯認為瑞珠懼怕賈珍加害而觸柱身亡，寶珠願為可卿義女以取媚賈珍，因而獎勵之，使人喚曰小姐。

32　《紅樓夢校注》十五回，頁 232。

33　《紅樓夢校注》第五回，頁 82。

34　《紅樓夢校注》第五回，頁 82。

人的關係非同尋常。當寶玉從夢中聞得可卿死訊，「只覺心中似戳了一刀的不忍，哇的一聲，直奔出一口血來」，又說「不用忙，不相干，這是急火攻心，血不歸經」[35]對於這份如刀戳的不忍，及直奔出口的嘔血，寶玉心知肚明，只能淡淡抹去。卻又從「急火攻心，血不歸經」一語洩漏了深受打擊及刺激的心事，稍加驗證了寶玉與可卿非比尋常的關係。而這份關係，是寶玉也早已看定可卿係可繼家務者，聞得死訊，大失所望，急火攻心，以致有此血。[36]可卿與寶玉的特殊關係，作者乃以曲筆描述，以夢境使寶玉和兼美雲雨，在情慾聲色中警其痴頑，欲令稟性乖張，聰明靈慧的寶玉，強其痴情天分，會悟意淫真諦，方能成閨閣良友。寶玉因而不陷於皮膚濫淫，賈母甚曾以為寶玉和丫頭們玩鬧，是知道了男女之事，所以才愛親近他們，但細查究竟不是為此，乃是寶玉以意淫真情，身為閨閣良友的緣故。作者用筆審慎，循跡可見寶玉與可卿的關係，實際上並不像身為公公的賈珍逼姦可卿。而焦大亦不免俗地落入了對寶玉百口嘲謗，萬目睚眦的世道眼光。除了爬灰，鳳姐與侄兒賈蓉的關係亦是曖昧，在劉姥姥一進榮國府時，作者直接以橫雲斷山法，令賈蓉來到鳳姐跟前要玻璃炕屏，這賈蓉又上炕沿又是嘻笑，離開時，鳳姐又讓人叫回，只見鳳姐慢慢吃茶，出了半日的神，欲言又止地打發走，[37]關係很是曖昧。鳳姐設局賈瑞時，亦對賈瑞言「果然你是個明白人，比賈蓉兩個強遠了……只當他們心裏明白，誰知竟是兩個糊塗蟲，一點不知人心」[38]，從賈瑞對鳳姐的意圖

---

35 《紅樓夢校注》十三回，頁201。

36 《輯校》，頁244。

37 《紅樓夢校注》第六回，頁117-118。

38 《紅樓夢校注》十二回，頁189。

中，可以清楚知道鳳姐所謂「明白」，「知人心」皆是指向風月情事。作者在賈珍與秦可卿，鳳姐與賈蓉或賈瑞等等，以顯筆的方式，直接寫下賈府家族成員的亂倫關係，且以不寫之寫筆法，以一代多牽引而出，可推測賈府或許尚有諸多亂倫關係隱而未寫。這些有亂綱常倫理的行為，是導致賈府衰敗不振，趨向敗落的主因之一。亦是焦大罵街所吐露的真相，欲求賈府重振再興的企盼。

　　從小廝們嚇得將焦大捆起的反應裡，可以曉得這些一代不如一代的賈府主子們所行的敗家事，不只焦大知道，除了不知爬灰為何的寶玉，府裏上下多少也都曉得。卻只焦大願意罵，且一罵再罵，無人不罵，罵得鳳姐恨不得將他打發到遠遠的莊子去。那年焦大為救太爺飲馬溺，而今酒後苦口卻被填得滿嘴馬糞，此以焦大為時代定點，將寧榮幾代上下對照，較之果如寧榮二公所言般「**運終數盡，不可挽回**」。焦大面對代代更迭的爺們，自己卻已是年邁無用的老人，當眾人沉醉在似錦繁華裡，焦大則藉由酒精，回顧並沉迷於往日風光，以「眾人皆醒獨我醉」的外在姿態，將賈府內在結構的衰敗，以醉語痛快地謾罵而出。同樣以醉語揭露真相，醉金剛倪二揭露賈家與焦大醉罵遙遙呼應。一百四回醉金剛倪二因讓雨村押到衙裡，倪二妻女求賈芸說情，賈芸滿口應承卻難有作為，還是倪二妻女另托人將倪二帶出，倪二懷恨，便將賈家倚勢欺人，盤剝小民，強娶有男婦女等事通通吵嚷出來。[39]焦大揭露的是賈府內部的糜爛，倪二所揭發的卻是賈府在外的罪行，一內一外的揭露，內外皆知的事實。賈府驕奢暴佚，恃強凌弱所犯之行止，促使「小鰍」能「生大浪」，推濤作浪掀起抄檢寧榮二府，一道足以衝垮賈府的巨浪。在《紅樓夢》中，焦大只出現兩次，一是醉罵，二是抄家時

---

[39] 《紅樓夢校注》一百四回，頁 1586-1588。

號天蹈地的哭。錦衣軍查抄寧國府，焦大哭逃到西府來，在賈政面前哭道「我天天勸，這些不長進的爺們，倒拿我當作冤家！……今朝弄到這個田地！珍大爺蓉哥兒都叫什麼王爺拿去了……那些不成材料的狗男女卻像豬狗似的攔起來了……」[40]焦大的罵與哭，全為這些「不長進的爺們」。查抄當下，回顧那年與太爺出生入死的輝煌，焦大只想撞頭隨太爺們去。太平閑人便評曰：「書起於焦大一罵，終於焦大一哭，一書直寫正寫，不作隱語者，焦大一人而已」[41]，正因賈府在繁華似錦烈火烹油的當下，只有焦大敢罵，也因此在寧府大廈傾頹的當下，賈府勢衰至谷底之時，由憂心疾首的焦大，再次為不長進的爺們籲求，最為順理成章。焦大「哭得慷慨淋漓，罵得直截痛快，東西兩府，合在一人」[42]，然而賈政聰明，心如刀絞，卻並不理會焦大。焦大的結局，也如同其他小人物，不了了之。

賈府裡，如焦大勇於建言者，還有清客程日興。第一百十四回，賈府已遭查抄，賈母壽終，鳳姐業已送殯，詹子亮，單聘仁，卜固修與胡斯來，這些以諧音為喻，專門沾光，騙人，不顧羞，胡來的清客相公，原就為陪老爺取笑陪伴的，及至抄家後漸都辭去，只有程日興還在，時常陪著賈政說話。那日賈政埋怨家計，可卻連莊子地畝的狀況亦一知半解。程日興便針對賈府利弊道：

> 我在這裏好些年，也知道府上的人那一個不是肥己的。
> 一年一年都往他家裏拿，那自然府上是一年不夠一年了。又

---

[40] 《紅樓夢校注》一百五回，頁1603。

[41] 《紅樓夢（三家評本）》，頁1729。

[42] 《紅樓夢（三家評本）》，頁1731。

添了大老爺珍大爺那邊兩處的費用，外頭又有些債務，前兒又破了好些財，要想衙門裏緝賊追贓是難事。老世翁若要安頓家事，除非傳那些管事的來，派一個心腹的人各處去清查清查，該去的去，該留的留，有了虧空著在經手的身上賠補，這就有了數兒了。那一座大的園子人家是不敢買的，這裏頭的出息也不少，又不派人管了。那年老世翁不在家，這些人就弄神弄鬼兒的，鬧的一個人不敢到園裏，這都是家人的弊。此時把下人查一查，好的使著，不好的便攆了，這才是道理。[43]

　　然而，程日興除弊興利之灼見，說在賈政這毫無主見之人身上是無用的。賈政以「在服中，不能照管這些」及「素來又不大理家」等理由搪塞。程日興刺刺不休，賈政終只在乎整飭家人是「在手裏行出主子樣兒來」恐為人笑話，顏面等等表面功夫。

　　賈政不是沒有機會接觸家務，九十三回賈政見兩個管屯裏地租子的家人走來請安磕頭，在旁邊站著，「賈政道：『你們是郝家莊的？』兩個答應了一聲。賈政也不往下問，竟與賈赦各自說了一回話兒散了。」[44]散了後，賈璉問兩人何事，方知是十月租子遭到京外衙役查掀，車子遭查扣，車夫被打傷，賈璉忙叫管事的家人，卻都叫空不見人影。莊租短少，府內倉廩便損，將影響日常用度。家人失職，則是人事不當，任一環節皆影響府內運作。賈政對其卻無所聞問，可見其之失能。程日興的建言好若焦大之罵，為賈府設想，賈政行止較之唏噓。讀者藉之見賈政明知家業凋殘，卻依然不

43　《紅樓夢校注》一百十四回，頁1713。

44　《紅樓夢校注》九十三回，頁1449。

能料理，毫無主見之模樣。而後，作者藉甄應嘉到府行了個「橫雲斷山法」，為賈政脫卸，因其非可繼家業者，再加建言也益處，此便足矣。甄應嘉到賈府，文中賈政僅提起包勇而不及說其得妥，然此為作者不寫之寫，甄應嘉預備長行，勉強分手徐行，寶玉賈璉送出時，[45]包勇亦應與其主子甄應嘉一同離府，留下的是只有守護賈府的赤心事蹟。

魯迅（1881-1936）在〈言論自由的界限〉（1933）中說道：「看《紅樓夢》，覺得賈府上是言論頗不自由的地方⋯⋯焦大的罵，並非要打倒賈府，倒是要賈府好⋯⋯得到的報酬是馬糞⋯⋯這焦大實在是賈府的屈原⋯⋯」[46]，在封建時代，書中除了個性隨和的寶玉外，主子與奴僕間的地位分明，在行止言論等方面，皆有著明確且不可逾越的界線。寧府老僕焦大，榮府清客程日興，以及前段言之繡桔、包勇，乃是經過漫漫年歲與諸多事件，層層粹選，淘洗而出的至忠者。然而主子爺們並不聽取勸告，未能在「有餘時縮手」，是賈府邁向敗落的原因之一，也是府內子弟無人可以繼業的告示。而焦大與程日興的遭遇不只屬於他個人，這也是歷史常見的現象，是具有概括性的，[47]戰國屈原有其類似的遭遇，《紅樓夢》作者有意以此呼籲賈府，或亦是為歷史上不能暢言者一嘆。[48]

---

[45] 《紅樓夢校注》一百十四回，頁1716。

[46] 魯迅：〈言論自由的界限〉寫於1933年4月17日，收入《偽自由書》（北京：魯迅全集出版社，1940年10月），頁125。文中以焦大醉罵喻三年前（1930）新月社對黨國微詞而招來了一嘴馬糞，後來吐出了馬糞換塞了些甜的。看似揶揄新月社文人學士的文藝優雅，膽識不比焦大，旨在抨擊黨國箝制言論自由。

[47] 杜正堂：〈略論《紅樓夢》次要人物描寫藝術〉，頁119。

[48] 然而這樣的經驗，乃至民初，魯迅見新月社言論遭黨國打壓云云，而寫下〈言論自由的界限〉等文。實際上，類似的事件，迄今亦反覆發生，未曾休止。

第二節　府外人士

　　《紅樓夢》其一主線是賈府興衰。書中涉及賈府外頭的人物眾多，有的以力行的社交形式走動賈府，有的由賈府成員主動接觸，或間接與府外人士有著利害關係。

一、俗僧道：六根不清

　　華漢民族的傳統文化骨幹為儒學，注重人倫道理。在明清時期，多有以儒釋道三教合流為教義的宗教盛行。然並非合一，而是以儒家為主幹，佛道為輔翼，共同維護封建宗法制度，三教共存、互相補充的格局。[49]《紅樓夢》由深遠流長的女媧補天神話開篇，旋即見一僧一道遠遠而來，以宗教人物為頑石入世的提領，有著佛道融合的暗示，[50]及宗教互補的時代反映。同時，《紅樓夢》基本上可謂是寶玉向道的進程，其間刻劃佛道教等，多位與宗教有所牽涉的人物，或有寄身於佛寺道觀的僧尼道士，往復於賈府等等貴冑豪門者，如淨虛、王道士等等佛道兩教的宗教人士。然並不止刻劃庸俗的宗教組織體系及其人物面孔，亦有如柳湘蓮和甄士隱等等，徘徊於紅塵，經道人點化而出世者。作者如何書寫這些宗教人物，而川流於《紅樓夢》中之意義又為何，以下就幾位具宗教關係的小人物觀之。

　　賈府在各廟中皆有月例銀子，水月庵便是其中之一，由姑子淨

49　车鍾鑒：《中國宗教與文化》（臺北：唐山出版社，1995 年 4 月），頁 17-18。

50　梅新林：〈《紅樓夢》宗教精神新探〉，《學術研究》1996 年第 1 期，頁 77。梅新林指出，「這一僧一道的組合，作為一種符號，暗示了佛道二教的融合。」

虛老尼負責收取例銀。既收取了豪門的例銀，在賈府裡走動便是常
見的了。淨虛兩個徒弟，智能與智善，其中智能兒亦時隨其到賈府
中，與惜春最是要好。[51]然而，周瑞家的遇智能卻未見淨虛，竟以
「禿歪剌」這譏罵女子不正當的說法稱呼淨虛老尼。尼姑何以遭喚
禿歪剌，此時作者有意透過周瑞家的口吻，透漏淨虛此人表裡不一
的訊息。而此伏線，到了十五回〈王鳳姐弄權鐵檻寺〉時，露出了
端倪。淨虛老尼，當年於長安縣內的善才庵出家，識得張姓大財
主，這張大財主有意改聘其女之婚約，然原聘守備家知曉後打官司
告狀，張家無計可施下找了淨虛幫忙。淨虛因此找上了鳳姐，求其
動用官府人脈疏通。[52]淨虛出家之善才庵音諧散財，事主張大
「財」主及其女「金」哥，俱在財字上發生。[53]而第七回淨虛之名
初露時，亦是到賈府找余信家的商討月銀之事。[54]淨虛兩次接近賈
府人，皆與財有所關聯，十七回甚而奉承鳳姐包攬詞訟，最終惹得
多情重義的青春男女自縊、投河，[55]人命關天之大事，皆因於口唸
「阿彌陀佛」的老尼之奉承與對財銀之追求。

　　智能與智善係淨虛徒弟，其中，智能兒自幼在榮府走動，如今
大了，漸知風月，模樣出息的智能與人物風流的秦鐘，情投意合。
還曾讓寶玉撞見秦鐘在四下無人時摟著智能兒，或趁黑無人就要雲
雨起來時又給寶玉抓個正著。[56]智能兒，原要靜心禁慾之佛門清淨
者，卻是知情妍媚之人。甚至私逃進城，看視生病的秦鐘，不意被

---

[51]　《紅樓夢校注》第七回，頁 126。亦伏筆惜春出家。

[52]　《紅樓夢校注》十五回，頁 230。金哥一案於下段文中詳述。

[53]　《輯校》，頁 230。

[54]　《紅樓夢校注》第七回，頁 126。

[55]　《紅樓夢校注》十六回，頁 237。

[56]　《紅樓夢校注》十五回，頁 229、231。

秦業知覺逐出，從此沒了下落。[57]離開世俗社會，進入屏棄情慾的宗教領域，對年輕的姑子而言是極其壓抑且孤獨的，且其師父淨虛流連於財慾迷惑之中，尚不能達到，何況這年輕的僧尼。小尼姑之所以未能潛心修行，與其師父息息有關。這些年輕的徒弟，在老尼手下，往往是遭差遣使喚的份，即便將來大了，所任的也是騙佈施、哄齋供諸惡。[58]七十七回芳官、蕊官、藕官三人欲斷紅塵，恰因八月十五各廟上供，各廟尼姑送供時，王夫人便留下了水月庵的智通與地藏庵的圓心住兩日，這水月庵的智通，想來係與智能智善同輩者，此時已替代淨虛走動榮府，亦見佛寺弟子世代之交替。二人當時未歸，聽得此信，竟「巴不得誘拐兩個女孩子去作活使喚」，因向王夫人道：「雖說佛門輕易難入，也要知道佛法平等。我佛立願，原是一切眾生無論雞犬皆要度他，無奈迷人不醒。若果有善根能醒悟，即可以超脫輪廻……如今這兩三個姑娘既然無父無母，家鄉又遠，他們既經了這富貴，又想從小兒命苦入了這風流行次，將來知道終身怎麼樣，所以苦海回頭，出家修修來世，也是他們的高意……」[59]王夫人留下的尼姑，想必年事較高，或頗有閱歷，深諳話術，方得王夫人之信任。二人心底話已由作者揭發，明係為誘拐女孩子回去作活使喚，卻又張口宣揚宗教，滿口勸善修福等話術，作者甚至以「誘拐」及「拐子」[60]等詞明言二人口說宣教渡人之語，行誘拐之實，同如淨虛表裡不一。最後芳官跟了水月庵

---

57 《紅樓夢校注》十六回，頁 238、248。

58 《輯校》，頁 166 第七回智能兒搖頭說不知道。脂評：「年輕的尼姑大多未任事，一應騙佈施、哄齋供諸惡，皆是老禿賊設局」。

59 《紅樓夢校注》七十七回，頁 1223-1224。

60 《紅樓夢校注》七十七回，頁 1224「王夫人原是個好善的……今聽兩個拐子的話大盡情理……」。

的智通，蕊官藕官二人跟了地藏庵的圓心，各自出家去了。拐子尼
姑非為渡人，乃為拐回使喚，既已是拐，年輕姑子在其中並非潛心
鑽研佛法，日子想必並不好受。誠如智能兒會說水月庵是座「牢
坑」，出了牢坑，離了那些人，方能展開新的生活。[61]

　　趙姨娘信道法，素與馬道婆有所來往。因嫉恨寶玉鳳姐，竟使
了白花花的銀兩與五百兩欠契，令馬道婆作法對姊弟倆施咒。在此
之前，馬道婆辭了賈母，便往各院各房內問安，走家串戶，實是要
對「信徒」趁虛而入，好進行施術勾當。馬道婆善於辭令，早看穿
了趙姨娘心思，便探其口氣，引趙姨娘散財施計。馬道婆同樣口唸
「阿彌陀佛」，「罪過罪過」，又是寶玉寄名乾媽，卻隨時從褲腰
裡便掏出十個紙鉸的青面白髮鬼併兩個紙人，[62]如此現成，更教人
可怕，可想馬道婆所害之人不只寶玉鳳姐二人。[63]八十一回，正有
個潘三保賣房給當鋪，勒詐不成，勾結馬道婆施法當鋪內眷，再假
能治療，藉機敲詐。意外掉落裝有施法作物的絹包，使馬道婆事跡
敗露。立時錦衣府拿住送入刑部監，問出許多官員家大戶太太、姑
娘們的隱情事來。[64]才見受害大家豪門者之多，訛詐對象多為王公
貴族。亦見信者愚信之餘，心裡竟是些暗裡算計的事，足見外在對
信仰的忠誠，內心卻是不軌，表裡不一的情況。

　　五月初一清虛觀打醮，賈母鳳姐等等，為祝禧福壽而去。然才
至山門以內，一個十二三歲的小道士，拿著剪筒就撞進鳳姐懷裡，

---

[61]　《紅樓夢校注》十五回，頁 231，智能對秦鐘的求愛，應道「你想怎樣？除非等我出了這牢坑，
離了這些人，才依你。」

[62]　《紅樓夢校注》二十五回，頁 393-395。

[63]　《輯校》，頁 486「如此現成，想賊婆所害之人豈止寶玉阿鳳二人哉，大家太君夫人誡之慎
之。」

[64]　《紅樓夢校注》八十一回，頁 1288-1289。

登時「鳳姐便一揚手，照臉一下，把那小孩子打了一個筋斗」，甚至罵了粗話。眾婆娘媳婦見其，也都喝聲叫拿叫打，此時賈母忙讓人將那小道士帶來，很是同情，還讓賈珍賞了些錢並別讓人難為。[65]此一照管剪各處蠟花的小道士，年齡與寶玉相仿，而除賈母外，並無人同情，且是又打又罵。小道士的亂撞，撞出鳳姐等人對宗教僅是形式上的迷信面目，鳳姐少了對榮華富貴的謹慎謙遜，在這其中，只有賈母由心而發的憐憫，賈母動念可憐這嚇得發抖的孩子，是其對「榮華富貴知福惜福，對卑微生命的驚慌恐懼有不忍」。[66]與宗教信仰連結，亦保全了信心，或賈母因而活得心安理得，保得長壽，亦未可知。曾當過榮國公替身的張道士，是先皇御口親呼大幻仙人，又掌「道祿司」印，王公藩鎮都稱他為神仙之道士，是個有職有權的官方道教上層代表人物。又常往寧榮二府走動，因此與夫人小姐都是見過的，是賈府世代的見證人。見了寶玉，直說形容身段，言談舉動，與當日榮國公一個稿子，再映證了寧榮二公對寶玉之期許。然此張道士，見了寶玉就是要給他說親，這說親一事觸了寶玉底線，因此寶玉心中不自在，很是生氣。[67]此處也見搶進賈府當寶二奶奶的大有人在，而說親一事亦見張道士非單純求仙修道，能言善道，慣於阿諛奉承，孝敬賈母，又保媒拉縴，[68]乃呼應其深受朝廷器重，與王公貴族互有往來，關係甚密，係走動於豪門富貴的俗世之人。

　　同樣是老道士，常走動於寧榮二府者，還有王道士。與張道士

65　《紅樓夢校注》二十九回，頁455。

66　蔣勳：《微塵眾：紅樓夢小人物III》，頁14。

67　《紅樓夢校注》二十九回，頁457-461。

68　牟鍾鑒：《中國宗教與文化》，頁387-388。

遙遙一對，並不犯著。[69]八十回，寶玉至天齊廟燒香還願，當家的
王道士，雖是個當家道士，卻「專意在江湖上賣藥，弄些海上方治
人射利，這廟外線掛著招牌，丸散高丹，色色具備」，且常在寧榮
二宅走動熟慣。因其膏藥靈驗，一貼百病除而稱作「王一貼」。當
寶玉試探王一貼是否凡病皆可貼的好時，眼明巧言的王一貼，竟因
寶玉與茗烟的互動，而「心有所動」，以為寶玉要的是滋助房事的
藥。[70]才說王一貼時走往榮寧二府，王一貼便有此言，或許榮寧府
裡的老爺少爺，耽溺於皮膚濫淫者，時向王一貼買此滋助的藥，也
未可知。然而當王一貼出此言，話猶未完，茗烟便先喝道，此時寶
玉猶未解。相較於王一貼和茗烟的解，寶玉的未解顯得天真實在，
亦是寶玉之情性良善所在，誠如脂評「若解，則不成文矣」[71]。而
正是寶玉之情性，王一貼意已不在財，索性暢所欲言，最後竟言
「實告你們說，連膏藥也是假的。我有真藥，我還吃了作神仙呢。
有真的，跑到這裡來混？」[72]，此一實告，寶玉早是知道的，王一
貼之實話，係有意藉此說給寧榮二宅裡，言他膏藥靈驗者，進一步
說，係說給天下迷信愚信者之實告。

　　賈家在多間寺廟皆有例銀，水仙庵亦是其中之一，寶玉為祭奠
投井的金釧兒，便向水仙庵借香爐及井臺使用。那老姑子也是常往
賈府裡去的，見寶玉來了「竟像天上掉下個活龍來的一般」，又獻
茶又備紙馬香，很是奉承。而寶玉素日最厭水月庵的，因「我素日
因恨俗人不知原故，混供神混蓋廟，這都是當日有錢的老公們和那

69　《輯校》，頁729。

70　《紅樓夢校注》八十回，頁1276-1277。

71　《輯校》，頁729。

72　《紅樓夢校注》八十回，頁1278。

些有錢的愚婦們聽見有個神，就蓋起廟來供著，也不知那神是何人，因聽些野史小說，便信真了。比如這水仙庵裏面因供的是洛神，故名水仙庵，殊不知古來並沒有個洛神，那原是曹子建的謊話，誰知這起愚人就塑了像供著。今兒卻合我的心事，故借他一用。」[73]金釧兒投井，猶如洛神落水，故寶玉以此借用，呼應心事。而一百二回，賈妃薨後，園中寂寞，只有幾家看園的人住著，尤氏走便道回寧府，染了病症，服藥無效。賈蓉請了毛半仙占卦，惹得大觀園鬧鬼消息盛傳，唬得看園的人再不敢行走，造言生事，風聲鶴唳，竟將園門封固。賈府少了園裡的出息，經濟上反更加拮据。[74]而此毛半仙，既以半仙稱之，終究非仙，惹得大觀園草木皆兵，致使大觀園封園關閉，大肆作法驅邪逐妖。

　　宗教實踐並不總是非要舉行儀式不可，也就是說它並不一定要貢獻祭物、背誦禱詞及採取其他外表形式。[75]因此，寶玉說的俗人、有錢的愚人，不知緣故，甚至不知其神為何人，混供神混蓋廟，實是「愚信」。而有些佛門廟宇便順其愚，謀其財，原來誠心敬意的宗教內涵，已荒腔走板。觀察淨虛、智通、圓心，馬道婆、張道士、老姑子、王一貼等等小人物，雖寄身在佛寺道觀，卻周旋於惡濁的豪門權貴，沒有真正的宗教信仰。[76]他們相較於《紅樓夢》開篇的一僧一道，有著顯著的差異。梅新林認為，從符號表層來看，一僧一道的宗教意義在小說中，超越了固有的宗教意義，[77]即一僧一道的行為方式與價值取向，劃開了佛道信徒的兩大類型，

---

[73]　《紅樓夢校注》四十三回，頁 668。

[74]　《紅樓夢校注》一百二回，頁 1564-1566。

[75]　〔英〕弗雷澤著：《金枝：巫術與宗教之研究》，頁 77-78。

[76]　梅新林：〈《紅樓夢》宗教精神新探〉，《學術研究》1996 年第 1 期，頁 77。

[77]　梅新林：《紅樓夢的哲學精神》（上海：華東師範大學出版社，2007 年 10 月），頁 39。

一是經過點化或間接點化的悟道出世者，如賈寶玉、柳湘蓮、惜
春、紫鵑等，一是居於或出自佛門道觀的世俗僧侶，如賈敬、張道
士、王道士、淨虛等。[78]作者經由寶玉之口，王道士的實告，與世
俗僧道的行止，以較於點化澈悟者短少的情節與篇幅，細緻刻劃淪
陷於俗世的尼姑道士，往復於豪門貴冑間，及對時人廣散家財，誦
經求安，「混供神混蓋廟」，盲信不能辨別的宗教行為，或是對當
時寺廟結構體系的質疑，以及迷信宗教的強烈批判，與尼姑道士以
宗教之名，行害人之實者的徹底否定。由此，更加顯了作者在《紅
樓夢》中，對經由點化或間接點化的悟道出世者，非關貢獻、背誦
禱詞等等的外在形式，乃悟道的宗教精髓及精神境界的肯定。《紅
樓夢》中的宗教人物，經過點化而澈悟的出世者，與居於世俗的偽
出世者，往復於賈府，川流於書中，形象性格，所蘊內涵，相互突
顯，彼此照映，足見作者之苦心。

二、強凌弱：貪慾弄權

　　《紅樓夢》中，如實呈現多起強凌弱的事件。如雨村曾為守護
仕途，放棄緝捕打死馮淵真兇真相，轉而沉溺利益瓜葛，臣服於金
陵四大家之權勢之下。如馮淵英蓮等等，強權財色慾望之下的犧牲
者，不在少數。以下細談幾位在強權下犧牲的人物，及其發生之事
件情節。

(一)金哥自縊

　　《紅樓夢》中，讀者首見鳳姐包攬訴訟之事，便是張金哥一

---

[78] 梅新林：〈《紅樓夢》宗教精神新探〉，頁77。

案。十五回寧府送殯，族中諸人皆在鐵檻寺下榻，獨鳳姐與寶玉等
往水月庵住去。水月庵淨虛老尼，於長安縣內的善才庵出家，識得
了張姓大財主，其女金哥已受原任長安守備公子的聘定，而長安府
太爺小舅子李衙內，在廟裡看上了金哥，一心要娶。守備家知曉了
此事，告起狀來。張姓財主無計可施，方進京尋門路。淨虛便求鳳
姐家與長安節度寫封書，完事了張家「傾家孝順」也都願意。[79]淨
虛那年出家的善才庵，音諧散財，事主為張大「財」主，及其女
「金」哥，俱在財字上發生，[80]而鳳姐願插手此事，亦為張大財主
那「傾家」之財。鳳姐忙命旺兒找了主文的相公，假托賈璉所囑，
修書長安節度使雲光。這雲光久見賈府之情，豈有不允之理，即刻
給了回書。[81]

　　衙內於廟中看上女子，逼迫嫁娶的情節，在《水滸傳》中亦
見。《水滸傳》裡，高衙內於岳廟調戲林沖之妻，林沖當下「**扳將
過來，見是本官高衙內，先自手軟了**」，只是「**一雙眼，睜著瞅那
高衙內**」，而那高衙內「**見林沖不動手**」，更愈發無所顧忌地吐出
些無禮之詞。即便林沖怒火再盛，眼見恃勢妄為的高衙內，亦只能
妥協認分，屈沉小人之下。後高衙內設計豹子頭誤入白虎堂，致林
沖流配滄洲。林沖當下立紙休書，令其妻改嫁，「**免得高衙內陷
害**」。[82]《紅樓夢》中的李衙內猶如高衙內，金哥則如林沖妻子，
且皆巧為張氏。然而面對李衙內的霸道無理，未嫁的金哥不如林沖
妻子有夫君襄助，只能任由父親張大財主發落。誰知那張家父母是

---

[79]　《紅樓夢校注》十五回，頁230。

[80]　《輯校》，頁230。

[81]　《紅樓夢校注》十五回，頁232。

[82]　〔明〕施耐庵・羅貫中，李泉・張永鑫校注：《水滸全傳校注》（臺北：里仁書局，1994 年 10
　　　月）第七、八回，頁132-149。

愛勢貪財的,透過鳳姐託人修書雲光,果退了守備的聘物。但知義多情的金哥的結局,卻同遭休的張氏,在孤獨無助中為情自縊,[83]而金哥原聘的守備之子,「也是個極多情的」,聞得金哥自縊,遂也投河而死,不負妻義。[84]《紅樓夢》中金哥遭改許予李衙內,及《水滸傳》中張氏遭威逼婚事,皆以自縊作結,兩則受衙內逼迫而自縊之情節,若出一轍,係作者精心援引,誠如張新之所言:「《紅樓夢》……攝神在《水滸傳》」[85],所言不錯。

　　財粗者如張大財主,有勢者如李衙內,企圖取得奪搶金哥兒婚事的主導權,衙內角色所象徵的便是古時社會中,高官貴族對百姓之巧取豪奪。[86]但最終主導金哥婚事權力的,卻是鳳姐。而金哥自己,選擇了結自己的生命,成為宰制自己命運的主人。金哥與守備之子情義深重,李衙內張財主及雲光鳳姐等人物,與其對比,明顯愛富無情。張父與衙內,都是知義多情的金哥的陪襯,情節整體,則是鳳姐全書包攬詞訟的開端,張家李家以及守備家,皆成了鳳姐手下玩物。因此,不同於《水滸》為逼林沖上梁山,金哥一段,文字相對精要,省去金哥李衙內等等人物的對話,旨在強調鳳姐欺上瞞下,從中作梗,恃勢妄為,坐享其成。若將此情節,與《紅樓夢》回目中對證,亦可見在第四回裡,馮淵對香菱一片痴心,卻因薛蟠與雨村而枉送性命。[87]這些人命關天的大事,對薛蟠和雨村而

---

[83] 〔明〕施耐庵・羅貫中:《水滸全傳校注》二十回,頁 335 林沖思念妻子,叫心腹小嘍囉下山尋訪,還寨時道:「尋到張教頭家,聞說娘子被高太尉逼親事,自縊身死,已故半載。」

[84] 《紅樓夢校注》十六回,頁 237。

[85] 一粟編:《紅樓夢卷》,頁 154。

[86] 許玫芳:〈《紅樓夢》中張金哥的「繩河之盟」與司棋的「同心如意」〉,《龍華科技大學學報》第 20 期,2005 年 12 月,頁 139。

[87] 《紅樓夢校注》見第四回〈葫蘆僧亂判葫蘆案〉。

言簡直小事一椿，對鳳姐同樣「事倒不大」，對雲光來說也是「這點小事」。鳳姐弄權鐵檻寺，最終坐享三千兩，張李兩家人財兩空，以此為始，「鳳姐膽識愈壯，以後有了這樣的事，便恣意的作為起來，也不消多記」[88]。以一事作引，隱往後相似事件，作者不多記，以少總多，係使避難法。一省篇幅，二鳳姐弄權之行舉，若全然記下，必是心驚膽顫，故記此起頭足矣。

(二)石呆子護扇

　　第四十八回，平兒突訪寶釵取上棒瘡的丸藥，將賈璉遭賈赦混打之事，娓娓道來。賈赦看上了石呆子珍藏的古董扇，命賈璉將其搜求，然這石呆子就是餓死凍死，一把千兩亦不肯賣扇，揚言「要扇子，先要我的命」。賈雨村聽得了此事，竟訛石呆子拖欠官銀，需變賣家產賠補，將扇子抄收送給了賈赦。這將扇子看得比性命還重的石呆子，「如今不知是死是活」[89]，賈璉因此說了「為這點小事，弄得人坑家敗業」等等心底話，此處亦見賈璉之良善。而賈赦卻因而大發雷霆，連同往日事件，將賈璉打了一頓。

　　從平兒的話裡，又可推知幾件事情。一係賈雨村繼葫蘆案放過殺害馮淵之兇手薛蟠以來，為迎合賈府，又訛騙了石呆子古董扇。其間，作者若非以避難法書之，可能亦見多起為討好權貴，欺壓良民，惹人坑家敗業的行徑。此案寫出，以一代百，亦為雨村將來落職引線。[90]二來，平兒說「這是第一件大的。這幾日還有幾件小的，我也記不清，所以都湊在一處，就打起來了」，其他幾件事情，其中一件便是賈赦討鴛鴦為妾未果之事，惹得賈母將賈赦罵了

---

[88] 《紅樓夢校注》十六回，頁 237。

[89] 《紅樓夢校注》四十八回，頁 735。

[90] 《紅樓夢（三家評本）》，頁 1760。

一遍，經邢夫人轉述，說的「賈赦無法，又含愧，自此便告病」不敢見賈母了，並另費八百兩銀買了個女孩子，收在屋內。[91]

迫逼丫鬟作妾，不成又以重金購得青春少女入屋。以及看上古董扇，砸重金收購，若以財不能得者，則另尋名目，訛詐獲得，亦不在乎。不擇手段，就為滿足私慾，種種有違榮府襲官者應有之德行，最終賈赦便因倚勢強索石呆子古扇一案定罪。而石呆子的結局，則因其「命根」遭抄去，以致瘋傻自盡。[92]幾次事件皆見賈赦恃財恃勢，看上的東西非到手不可的心態，是色慾，物慾等等慾望無度的展現，亦是賈府，乃至世間，恃強凌弱，巧取豪奪之縮影。

(三)強逼張華退親

六十四回，賈珍為使賈璉娶二姐，將其指腹為婚，曾為皇糧莊頭，後遭官司敗落，衣食不周的張家人換至，以退其婚約。張家懼怕賈珍等勢焰，不肯不依。尤老娘又與了二十兩銀子，寫得一張退婚文約，兩家退親。[93]賈璉便偷娶了二姐，藏在府後新買的屋子。而這未婚夫張華成日在外嫖賭，不理生業，家私花盡，被張父攆出家門，退親之事皆不知情。鳳姐知曉了此事，先將二姐接入大觀園，再調唆張華寫訴狀告賈璉，鳳姐再以告官為脅，大鬧寧府。[94]而都察院與賈王二處皆有瓜葛，都受了賄，並照著王信、慶兒等鳳姐心腹打點。鳳姐原來係要張華要回原妻，還給他銀子安家，張華可是人財兩進。賈蓉與賈珍又暗遣人給銀勸退張華，最終張家父子得賈王兩處財物，約共得了有百金，便起身回原籍了。此時鳳姐，

---

[91] 《紅樓夢校注》四十六回〈鴛鴦女誓絕鴛鴦偶〉及四十七回，頁713-722。

[92] 《紅樓夢校注》一百七回，頁1619。

[93] 《紅樓夢校注》六十四回，頁1016。

[94] 《紅樓夢校注》六十八回，頁1065-1066。

竟想滅張華口，便命旺兒剪草除根。旺兒知道人命關天，非同兒戲，將鳳姐哄去，保了張華一命。[95]

　　鳳姐知曉賈璉偷娶二姐，為報復寧國府，並除尤二姐，唆使張華告狀，買通都察院，不惜玩弄司法，最後還想殺人滅口。不過兩個回目間，作者便讓鳳姐之心計及狠辣盡現，將寧國府鬧得人仰馬翻。從皇家莊頭敗落的張家，面對赫赫寧府的勢焰，逼迫退婚，到張華即便深知告狀之利害，先不敢造次，後面對鳳姐心腹的調唆與財物的誘迫，亦是順從了事。皆見勢弱、家貧者，被迫伏倒於強權之下的貪婪與無奈。張華及張家，那指腹為婚，青春女子的婚姻大事，不過是鳳姐藉以復仇的棋子。從收丫鬟小紅為己用，可見鳳姐延攬人才之眼光，[96]當鳳姐一一盡知尤二姐之事原委時，便知張華可用，立派旺兒以二十兩銀將其勾來養活。而張華父子之所以能為鳳姐所利用，無非與其家世有關。張家從二代皇糧莊頭的家業中敗落，衣食不周，張華又不理生業，散盡家私，存身於賭場。這貪婪、追求利害之性格，正為鳳姐可利用。因此張華父子接受調唆，有銀子可安家過活，又有要回原妻的機會，有財私又有嬌妻，人財兩進，何樂不為。雖最終未帶回二姐，但父子通共已得近百金，便可回原籍安身了。

　　都察院與王子騰相好，其間都察院等朝廷公堂，私下早已收受賈王兩邊贓銀。因而按著鳳姐消息，僅是虛張聲勢地警唬著，堂堂司法與人命大事，皆操弄於鳳姐之手。這些強權者共成一氣之景象，在第四回雨村從門子之言亂判葫蘆案時，說得明白。為官者與有權有勢、極富極貴者的利益掛勾，是「一損皆損，一榮皆榮」，

95　《紅樓夢校注》六十九回，頁 1076-1077。

96　《紅樓夢校注》二十七回，頁 423-425。

[97]彼此扶持遮飾，官官相護，順應財富者心思，保全自身才是上
策。王子騰該時已高升九省檢點，都察院順著王家與賈家的情勢，
又收了賄賂，因而順利成了鳳姐耍弄心計，醋海翻天的報復利器。
而旺兒身為鳳姐心腹，替主子打理包攬詞訟、放貸等等非法事務，
但當鳳姐進一步欲殺張華父子滅口時，身分為僕的旺兒，知是人命
關天，非同兒戲，而將鳳姐唬過。反觀財富高貴的鳳姐，早將人命
視為兒戲，旺兒未殺張華，也替鳳姐省去了殺人滅口的口實。雖來
旺兒夫妻後倚勢強說親，然此處亦可見其之善意，而非絕對的惡
人。

　　從金哥一案，石呆子護扇及張家退婚幾個事件，皆見巧取豪
奪，利益強權等不公不義。而作者有意在《紅樓夢》中，透過位高
者欺凌弱者之情節，刻劃事件中薄情貪利或知義多情之人物，安排
富貴強勢者與財薄勢弱者的對視。又於看似對立的性格與立場中，
由局外人，即視公堂與人命為兒戲的鳳姐與雨村介入其中，翻攪案
情。在金哥與守備之子的情義，石呆子以死護扇之呆性，及賈璉挨
打等等性格的展現之下，雨村抄走古扇，鳳姐包攬詞訟等等手段，
顯之狠酷。與此同時，金哥、守備之子及石呆子的性格，更顯義重
情深，亦是書中少數描寫賈璉之善性。以上各情節的鋪排與人物情
性的刻劃，互有映帶，作者明言金哥守備之子之情義，及石呆子之
呆性，但未對雨村與鳳姐等主要人物的情性有一明確的評斷。因此
以上事件可說是對主要人物的性格旁補，讀者可由彼人物與事件，
更識雨村與鳳姐等等主要人物，此即作者以不寫之寫之筆書之。而
這些強權富貴所行的不義之舉，亦令賈府情勢走向了衰敗，最終坐
實案由，受到司法的制裁。

---

[97]　《紅樓夢校注》第四回，頁69。

第三節　歷幻完劫

　　《紅樓夢》可說是寶玉的向道歷程。其間所遇之小人物所鋪張之情節，與寶玉的個性，體現了寶玉的知己體貼的呆性，顯示了「情不情」的特質。過程中所體會的感悟，點滴匯聚，都將促成寶玉的最終的頓悟。

一、獃癡傻：情所不情

　　《紅樓夢》最終原有個「情榜」，是小說中的正文，內容關於人物某方面性格特點最簡括的結論。也正如同作者聲稱之大旨談情，情榜上的評語，也是從「情」字上著眼的。[98]在這情榜上，寶玉係「情不情」的評價。情所不情，指凡是世間無知無識，彼俱有一癡情去體貼。[99]寶玉的癡情，是其精神深處可貴的素質，不同於一般紈袴子弟的獨得稟賦。情不情，寶玉所觸情的對象，不止於熟識的女兒，而是對世間所有，就算是對無知無識的物件亦然，就是春日桃花，寶玉也相當憐惜。二十三回，飄滿一身的桃花，寶玉要抖將下來，又恐怕腳步踐踏，只得兜著抖到池水，飄飄蕩蕩地，流出沁芳閘了。[100]寶玉內在的體貼心性，外現的作小服低，[101]自謙卑微的心態，不問落花是否有意，凡物是否有情。若侍奉女兒，自

---

[98] 蔡義江：〈「警幻情榜」與「金陵十二釵」──《〈紅樓夢〉論佚》中的一章〉，收入《曹雪芹與紅樓夢》（臺北：里仁書局，1985 年 1 月），頁 251。

[99] 《輯校》，頁 199、367。

[100] 《紅樓夢校注》二十三回，頁 365-366。

[101] 陳萬益：〈說賈寶玉的「意淫」和「情不情」──脂評探微之一〉，頁 219。

然無關人物之出身等等世俗評價的外在形制，其情所包容的對象，
理所應當地包含了多位不被留心，敬重的女兒。

那日寶玉受邀到東府看戲，寶玉見繁華熱鬧到不堪的田地，便
在屋內走動。要往書房去時，聞得房內有呻吟之韻「乃乍著膽子，
舔破窗紙，向內一看⋯⋯卻是茗烟按著一個女孩子，也幹那警幻所
訓之事。寶玉禁不住大叫：「了不得！」一腳踹進門去，將那兩個
唬開了，抖衣而顫。茗烟見是寶玉，忙跪求不迭。寶玉道：『青天
白日，這是怎麼說。珍大爺知道，你是死是活？』」，寶玉一面
說，一面看那丫頭，透過寶玉的眼，讀者見著那女孩的模樣，「雖
不標致，倒還白淨，些微亦有動人處，羞得臉紅耳赤，低頭無
言」。此時「寶玉跺腳道：『還不快跑！』一語提醒了那丫頭，飛
也似去了。寶玉又趕出去，叫道：『你別怕，我是不告訴人的。』
急得茗烟在後叫：『祖宗，這是分明告訴人了！』」[102]。畫面由
那女孩的臉，轉為寶玉跺腳一呼，一靜一動，一段文字起伏生動。
「你別怕，我是不告訴人的」一語，也只有寶玉說得出口，若移之
他人之口便極不合適。對於這位女孩，寶玉是極有興趣的，然而不
是因為寶玉有何淫濫之心，乃係因其發自內心的關懷，問茗烟那女
孩的事情，「『那丫頭十幾歲了？』茗烟道：『大不過十六七歲
了。』寶玉道：『連她的歲屬也不問問，別的自然越發不知了。可
見她白認得你了。可憐，可憐！』」茗烟身為榮府二爺寶玉的貼身
小廝，隨侍寶玉左右，其之身分想必是賈府上下盡知。那小丫頭想
來也是認得，然而茗烟卻連小丫頭的歲屬都不清楚，因而寶玉只可
憐了丫頭白認了茗烟。「又問：『名字叫什麼？』茗烟大笑道：
『若說出名字來話長，真真新鮮奇文，竟是寫不出來的。據他說，

---

[102] 《紅樓夢校注》，十九回，頁298。

他母親養他的時節做了個夢，夢見得了一匹錦，上面是五色富貴不斷頭卍字的花樣，所以他的名字叫作卍兒。』寶玉聽了笑道：『真也新奇，想必她將來有些造化。』說著，沉思一會。」[103]連歲屬也不清楚，此言不知是千真萬確的新鮮奇文，還是茗烟知曉寶玉性情，為掩飾方才之過，故設此事以悅寶玉之心的謅語。[104]而寶玉也確實因卍兒的身世故實感到安慰，並深為卍兒的造化期許，此處非寶玉不能同理，唯有說在寶玉身上才能成文，茗烟一語也替自己結束了主子窮追不捨的詰問。更為可貴的是，寶玉抓到茗烟與卍兒雲雨之事，並無張揚的意圖。且見當時在水月庵，秦鐘與智能兒偷歡給寶玉逮著，[105]寶玉也無勒索等等不軌妄圖。對照鳳姐設毒局害賈瑞，串通賈蓉賈薔圍剿，逼其各寫下了五十兩銀的欠契，還在院外澆了賈瑞一身一頭的尿糞。[106]寶玉非但沒有如此，善解人意的他，甚而關懷起那小丫頭，甘心，自願為其保守秘密。連番追問茗烟，唯恐這小廝薄了人家，是寶玉體貼的個性，情不情的表現。

　　在十五回，寶玉遇見了位村莊丫頭，對其極是留戀。當時寧府送殯的隊伍正往鐵檻寺去，途經農莊休憩。寶玉對莊農動用之物很感興趣，小廝在旁一一告訴了名色及原委，寶玉聽了點頭嘆道「怪道古人詩上說，『誰知盤中飧，粒粒皆辛苦』正為此也」，寶玉因農具而感同農務辛勞，心有同情，觸類旁通，一點即悟。後見炕上有個紡車，「便上來撐轉作耍，自為有趣。只見一個約有十七八歲的村莊丫頭跑了來亂嚷：『別動壞了！』」作者特意言寶玉「自為

103　《紅樓夢校注》，十九回，頁298-299。

104　《輯校》，頁356「茗烟為掩飾方才之過，故設此以悅寶玉之心」。

105　《紅樓夢校注》，十五回〈秦鯨卿得趣饅頭庵〉，頁231-232。

106　《紅樓夢校注》，十二回〈王熙鳳毒設相思局〉，頁191-193。

有趣」，是與村莊丫頭「亂嚷別動壞了」互為對照。紡車對寶玉來說是新奇有趣之物，然對村莊丫頭而言，卻是養家活口的生財器具。比起對世族恭敬，保護賴以為生的器具方是要務。因而這村莊丫頭，不加思索地便阻止寶玉扯弄紡車。「眾小廝忙斷喝攔阻。寶玉忙丟開手，陪笑說道：『我因為沒見過這個，所以試他一試。』那丫頭道：『你們哪裏會弄這個，站開了，我紡與你瞧。』」小廝立時斷喝這村莊丫頭，但他們的主子寶玉，卻是丟開手陪笑，作小服低的姿態，向這女兒解釋。小廝的攔阻與寶玉的陪笑，對待二丫頭的態度形成明顯的對比，更顯寶玉之體貼。然而「秦鐘暗拉寶玉笑道：『此卿大有意趣。』寶玉一把推開，笑道：『該死的！再胡說，我就打了。』說著，只見那丫頭紡起線來。寶玉正要說話時，只聽那邊老婆子叫道：『二丫頭，快過來！』那丫頭聽見，丟下紡車，一逕去了。」當二丫頭一逕去了時，寶玉登時悵然無趣。而秦鐘輕浮一語，是為下文與智能兒的私會埋下伏筆。惹的寶玉喊打，係因寶玉並不以此輕薄的眼光看待二丫頭，寶玉生性，身分，本心便是如此。[107] 就連賈母都曾以為寶玉和丫頭們玩鬧，是因人大心大，知道了男女之事，所以才愛親近他們，但細細查試，究竟不是為此。[108] 寶玉對待二丫頭莊正尊重，其「情」明顯與秦鐘說「大有意趣」式的皮膚濫淫區別，是寶玉與秦鐘對待女性的差別評判。離去前「寶玉卻留心看時，內中並無二丫頭。一時上了車，出來走不多遠，只見迎頭二丫頭懷裏抱著她小兄弟，同著幾個小女孩子說笑而來。寶玉恨不得下車跟了他去，料是眾人不依的，少不得以目

---

[107] 《輯校》，頁 268。

[108] 《紅樓夢校注》，七十八回，頁 1230。

相送，爭奈車輕馬快，一時展眼無踪。」[109]送殯途中，偶遇的二丫頭，最後抱著小兄弟，同幾個女孩說笑。在二丫頭的世界裡，並不以寶玉為中心打轉，「各人幹個人的事去，誰還管誰？」[110]，人生各自情緣各有分定，即便寶玉再百般留戀不捨，也無奈車輕馬快，展眼無踪，如同紅玉所言，「千里搭長棚，沒有個不散的筵席」[111]，人生離聚未嘗不是如此。[112]二丫頭相較於寶玉，地位關係是極卑極疏的，但寶玉不論尊卑親疏，都以憐愛和體貼維繫，[113]因而二丫頭在寶玉心中留下無限悵然。天地無情，莫可奈何，寶玉此時別了二丫頭感到悵然無趣，未來將要面對司棋，迎春，晴雯等等姐妹丫鬟的硬生別離，種種相似的生命經驗一再重合，寶玉終將體驗自己的體貼和努力都將成空的現實。其間點滴匯聚的領悟，都將促成寶玉心境的突破，最終的懸崖撒手。

　　寶玉情之「不情」，包含了無知無識的物。一幅畫軸美人，一則信口開河的偷柴女孩的故事，都曾引起寶玉的關愛。十九回，寶玉撞見茗烟與卍兒之前，往小書房去，是為裡頭掛著的一軸畫的得神的美人，心想「今日這般熱鬧，想那裏自然無人，那美人也自然是寂寞的，須得我去望慰她一回」，聽見茗烟卍兒呻吟之韻，寶玉竟唬了以為「敢是美人活了不成？」[114]。當寧府與寶玉的小廝等等，或看戲或嫖或飲或賭，百般作樂之時，寶玉卻去與屋內的尤氏丫鬟姬妾等說笑一回，出了二門又只想著畫中美人，甚而想像畫裡

---

[109] 《紅樓夢校注》，十五回，頁227-228。

[110] 《紅樓夢校注》，二十六回，頁406。

[111] 《紅樓夢校注》，二十六回，頁406。

[112] 《輯校》，頁268。

[113] 陳萬益：〈說賈寶玉的「意淫」和「情不情」──脂評探微之一〉，頁236。

[114] 《紅樓夢校注》，十九回，頁298。

的美人活過來，看似極不尋常，作者讓書裡眾人謂之瘋傻，好似胡說的描寫裡，確切刻畫了寶玉這絕代情癡，天生的一段癡情，即所謂「情不情」。[115]劉姥姥二進榮國府時給眾人說的新聞故事中，說道一個三四尺雪深的夜裡，有人偷柴草的故事。偷柴草的人，是「一個十七八歲的極標緻的一個小姑娘，梳著溜油光的頭，穿著大紅襖兒，白綾裙子——」[116]但才說到這裏，忽聽外面人吵嚷起來，原來馬棚裡走了水，火光猶亮，賈母見說抽柴草便走水，忙斷了故事。作者行了個橫雲斷山法，在寶玉愛聽時截住，打斷了劉姥姥的故事節奏，回來卻說起另外一個故事。寶玉一心只掛記著那小姑娘為何在雪地裡抽柴草，是不凍出病來等等，吊足了寶玉和讀者的胃口。待一時散了寶玉拉了劉姥姥，細問那女孩子是誰，作者實說，是劉姥姥「編」了告訴他原故，「『這老爺沒有兒子，只有一位小姐，名叫茗玉。小姐知書識字，老爺太太愛如珍寶。可惜這茗玉小姐生到十七歲，一病死了。』寶玉聽了，跌足嘆惜」[117]，寶玉鍥而不捨，劉姥姥只得再胡謅該老爺給茗玉蓋了廟，在何莊地，來往遠近，坐落何方等內容。寶玉信以為真，翌日忙讓茗烟去找，說找著時寶玉「喜的眉開眼笑」，說是瘟神廟失望的啐了一口，情緒的落差亦見寶玉對該女兒的同情。茗烟道，「二爺又不知看了什麼書，或者聽了誰的混話，信真了……」[118]寶玉的貼身小廝茗烟可說是最懂主子情性，立時便猜著寶玉可能是因聽了誰的謅語而有此念頭，同時呼應了茗烟向寶玉說到卍兒身世，或許同劉姥姥編造的

---

[115] 《輯校》，頁 254。

[116] 《紅樓夢校注》，三十九回，頁 605。

[117] 《紅樓夢校注》，三十九回，頁 606-607。

[118] 《紅樓夢校注》，三十九回，頁 608。

茗玉故事，皆係混話，亦未可知。而故事中的茗玉，其身世與家庭經驗與黛玉之家世相似，夭亡之語，更猶如作者之讖語，暗暗預告了黛玉將來的命運。寶玉心念著茗玉，情「不情」之物，就算後來知道是受劉姥姥哄騙亦不惱怒計較，相當大度。傅家的兩個婆子曾聽說寶玉「時常沒人在跟前，就自哭自笑的；看見燕子，就和燕子說話；河裏看見了魚，就和魚說話；見了星星月亮，不是長吁短嘆，就是咕咕噥噥的」[119]寶玉對這些「不情」，無知無識之物，可以以情相通，解除物我的隔閡，認為「凡天下之物，皆是有情有理的，也和人一樣，得了知己，便極有靈驗的」[120]，這對物情的體貼，如同他對女子一樣，充滿著想像和同情。[121]知己體貼之呆性，深刻點染了寶玉之癡，是寶玉「情不情」的獨特表現，也是促成寶玉悟道的重要特質。

　　從對卍兒，二丫頭，一軸美人畫像及茗玉故事，皆見寶玉以體貼心性，作小服低的姿態，自謙卑微的心態，去體會女兒心地，進以用無私的同情，去感悟女兒命運的無可奈何。寶玉的「情不情」，在精神境界上泯除了物我的隔閡，在社會觀念上泯除了性別間的社會障蔽，才能在宗法社會裡，成為閨閣中的良友，為卑屈的女子增光。[122]《紅樓夢》「大旨談情」，創造了寶玉這「情種」的典型。賈寶玉是曹雪芹整個人世閱歷所投射的結晶，他的靈魂深處有著足以令作者為之悸動，而刻意要訴之於世人的特質。[123]然而，性別間仍是不可打破的藩籬，當人事漸知，即便寶玉無心無

---

[119] 《紅樓夢校注》，三十五回，頁540。

[120] 《紅樓夢校注》七十七回，頁1217。

[121] 陳萬益：〈說賈寶玉的「意淫」和「情不情」──脂評探微之一〉，頁235。

[122] 陳萬益：〈說賈寶玉的「意淫」和「情不情」──脂評探微之一〉，頁220。

[123] 陳萬益：〈說賈寶玉的「意淫」和「情不情」──脂評探微之一〉，頁208。

意，閨中良友的身分，將隨著伊甸園裡蛇的出現而破碎支離。

二、禍起於情，福善禍淫

　　《紅樓夢》開篇，以霍啟丟失英蓮為全書的「禍起」。在第二章曾對霍啟之表層意及禍隱喻稍有討論，此將對第一回之霍啟與全書整體結構扣合，加以論述禍起與寶玉之用情的深層關聯。甄士隱家僕霍啟因粗心，因社會危機而丟失英蓮，造成團圓佳節的失落，成為英蓮顛沛命運發端。[124]霍啟力有不逮，未能尋回英蓮，身分低卑也不能有所彌補。這是《紅樓夢》全書的起頭之禍。丟失英蓮便逃回家鄉的霍啟，未能補償自己的缺失，這樣的缺失，隨著小說文本的敘事時間推移，大致可觀察出此禍係嘗試藉寶玉愛護女兒的寬博心理與行為彌補。

　　因霍啟而受禍的香菱（英蓮），賈府內外皆知香菱的經歷，就是下人也為其感到可憐。[125]不只女婢之間常說香菱之事，賈府公子也是知道的。賈璉一次去見薛母時，見著香菱，回到榮府談天時向鳳姐笑道：「『方才我見姨媽去，不防和一個年輕的小媳婦子撞了個對面，生的好齊整模樣。我疑惑咱家並無此人，說話時因問姨媽，誰知就是上京來買的那小丫頭，名叫香菱的，竟與薛大傻子作了房裏人，開了臉，越發出挑的標緻了。那薛大傻子真玷辱了她。』」[126]賈璉雖有不同意父親為奪舊扇子卻弄得石呆子坑家敗

---

[124] 《紅樓夢校注》第一回，頁11。

[125] 《紅樓夢校注》第七回，頁125。

[126] 《紅樓夢校注》十六回，頁240。

業的善良，[127]亦有摟屍大哭的情深。[128]然而此處以為薛蟠玷汙了香菱，大抵是為了美人落入他人之手的可惜而發出的嘆息，而非如周瑞家的與金釧那般，同情香菱遭遇。回看《紅樓夢》開卷第一回，作者自云，因曾經歷一番夢幻之後，故將真事隱去，而借「通靈」之說，撰《石頭記》一書。書中所記何事何人？

> 乎念及當日所有之女子，一一細考較去，覺其行止見識，皆出於我之上。何我堂堂鬚眉，誠不若彼裙釵哉？實愧則有餘，毀又無益之大無可如何之日也！……然閨閣中本自歷歷有人，萬不可因我之不肖，自護己短，一併使其泯滅也。[129]

在石頭自序裡，石頭徹底地貶低自我價值，大大揚讚當日所見的所有女子。如同身在花柳繁華地，溫柔富貴鄉的寶玉，生得「神彩飄逸，秀色奪人」，一等一的模樣，卻視自己如糞泥濁物，尤其面對靈秀人物和清淨女兒的時候。第五回，寶玉在太虛幻境裡，荷袂蹁躚，羽衣飄舞，嬌若春花的仙子面前，自形汙穢不堪，[130]可見潛意識裡，他為自己不幸身為男子而有一種原罪感。係因男子須迎合世俗價值，必須社會化以符合世人期待，方可生存。寶玉對這種需要隱藏真我的虛假存在，有著極深的恐懼，深怕自己不能免俗地成長為濁物，不能保有清澈的真我。[131]同樣想著香菱的處境，

---

[127] 《紅樓夢校注》四十八回，頁 734-735。

[128] 《紅樓夢校注》六十九回，頁 1083-1085。

[129] 《紅樓夢校注》第一回，頁 1。

[130] 《紅樓夢校注》第五回，頁 89。

[131] 郭玉雯：《紅樓夢人物研究》，頁 27-29。

非為濁物，保有清澈自我的寶玉這樣想道：「可惜這麼一個人，沒
父母，連自己本姓都忘了，被人拐出來，偏又賣與了這個霸王。」
[132]考慮到香菱身世，可惜賣與呆霸王，好似前兒慰問一軸美人，
惜憐與茗烟行那事的玍兒，以及同情平兒為其理妝等等，[133]並非
帶著性的慾望與意圖，並不因為香菱裙子髒了而企圖佔她便宜，趕
緊向襲人要來一模一樣的裙子。[134]寶玉對待女兒的良善與可敬，
讓香菱不必在絳芸軒，不必在怡紅院，只在花草堆，一窪子汙水
旁，或如二丫頭在田莊，玍兒在小書房，偕鸞佩鳳打鞦韆等等皆
然，都能得到寶玉的無私寬待，得到同樣為人的關懷，尊重的喜
悅。香菱在大觀園中一同寫詩，遊戲，大觀園把女兒們與外面世界
隔絕，女兒們在裡面過著無憂無慮的逍遙日子，免於染上男子的齷
齪氣味，永保她們青春，可說是女兒們的堡壘。[135]這也是禍起之
後，香菱應得的補償，這件補償與彌補不能假借他人，只能倚靠本
書第一人賈寶玉的體貼之心，憐憫之意，寶玉的情不情才成。最
後，香菱總歸扶正，卻以產難完結，緣塵脫盡之時，歷經此生波
折，解下了此生罪債，由父親甄士隱度脫，送到太虛幻境，交給警
幻仙子對冊，[136]真正了結此生經禍而起的坎坷命運。

　　寶玉深知賈府宅院中男人們的所作所為，充滿了粗野的欲望，
情感汙濁，[137]寶玉對待「當日所有之女子」的心態，並無你我之
別，乃以無私對待，就是在寶玉這樣無邪無猜的作養下，女兒們得

---

[132] 《紅樓夢校注》六十二回，頁970。

[133] 《紅樓夢校注》四十四回，頁681。

[134] 《紅樓夢校注》六十二回〈呆香菱情解石榴裙〉。

[135] 宋淇：〈論大觀園〉，頁693-694。

[136] 《紅樓夢校注》一百二十回，頁1797。

[137] 〔美〕夏志清：《中國古典小說史論》，頁278。

到了為人關懷尊重的喜悅。即便仍然不能免於時代加諸在這些女子身上的命定悲劇，但寶玉不願女子受苦犧牲。全書的禍起，乃霍啟丟失英蓮開啟，以較為宏觀的眼光來看，霍啟等一干男子對英蓮犯下的禍錯，甚而說是世間男子對待女子的過失，凌辱，強暴，在《紅樓夢》中，藉由愛護女兒的寶玉安慰，彌補。如同耶穌為世人背負十字，以其宗教性的慈憫，渡化眾生。倘說《紅樓夢》是作者的懺情之作，筆下以大觀園阻隔了齷齪濁物，以寶玉代替了身為鬚眉濁物的罪惡背負，對待女兒溫柔體貼，甚且尊之貴之，實有為天下男性贖罪之意味。[138]透過寶玉，作者在《紅樓夢》中的回目及情節裡，加諸了作者對待天下萬物的等量同情，這樣的體貼，讓處於俗世紛亂中的清白女兒得到些許的喘息，得到真正為人的尊重。全書的懺悔意識，或是通過作者及小說主人翁賈寶玉來承擔，賈寶玉的形象就是作者的心理投射，[139]可謂為作者「念及當日所有之女子」，面對世情萬物的「意淫」與「情不情」昭彰。

霍啟，禍起，是全書禍頭，係一啟禍的具象人物。禍既啟，亦非完全回到原點即可遏止，任何一個過程都是全書結構的必須。寶玉體貼善待每一女子，然而「美中不足」，在專制的霸權底下，即便大觀園將女兒們與外面世界隔絕，在裡面過著無憂無慮的逍遙日子，隨著小說敘事時間的推演，魔鬼撒旦進入了樂園，伊甸園終究出現了蛇，[140]寶玉與愛護的女子之間清清白白，乾乾淨淨，卻也落得枉擔虛名，背負行無恥之事的虛罪，淪為時代的犧牲品。於是禍由首回起，如同火起般，接二連三，牽五掛四，環環相扣，錯節

---

[138] 郭玉雯：《紅樓夢人物研究》，頁29。

[139] 林素玟：〈《紅樓夢》的病／罪書寫與療癒〉，《華梵人文學報》第16期2011年7月，頁57。

[140] 〔美〕夏志清：《中國古典小說》，頁373。

盤根。寶玉這向道者,歷經一番夢幻以後,「因空見色,由色生情,傳情入色,自色悟空」,最終歷幻完劫。

　　《紅樓夢》以「情」為大主題,愛欲或是同情,或是揭演由「情」而生之種種,實際上都是情根意結,仍是《紅樓夢》禍難的始源。而寶玉的「情不情」到底還是情根意結。頑石墮入塵世受盡貪嗔愛癡,生老病死諸苦,終究要解罪償債,由石→玉→石或石→人→石的過程,就像蛇不斷重生與首尾銜接,是典型的神話循環生命觀,在這無限循環的圓上,任何一點既是開始,也是結束。[141] 是以最初由頑石墮入紅塵,受盡諸苦,寶玉眼見賈府「起高樓,宴賓客,樓塌了」等等歷程,水流花謝兩無情的人生演示。懸崖撒手,交割紅塵,遁入空門。全書終了「福善禍淫」[142] 與首回之「禍起」相應,接合。「善者修緣,惡者悔禍」,「蘭桂齊芳,家道復初」,互為補襯,[143] 自然形成一部巨大的迴圈,包容善惡福禍,完成《紅樓夢》「美中不足,好事多磨」的兼美旨趣。百二十回,全書「善者修緣,惡者悔禍」,寶玉的向道之路完成,卻仍是完而未完,[144] 放眼世間情根禍起的歷幻不能終結,永在不休,如同「地獄不空,誓不成佛」的無量悲願,終究難成美事實現。到頭一夢,萬境歸空,成就一場永恆的紅樓大夢。

---

[141] 郭玉雯:《紅樓夢淵源論——從神話到明清思想》頁 19。

[142] 《紅樓夢校注》一百十六,頁 1732,寶玉二游太虛幻境宮門上之字。

[143] 〔美〕浦安迪:《中國敘事學》頁 51。

[144] 郭玉雯:《紅樓夢淵源論——從神話到明清思想》,頁 19。

第六章　結論

　　《紅樓夢》全書共四百餘位人物，本文以不設人物社會階層之範限為基準，擷選《紅樓夢》中，三百餘位篇幅短小，但對書中事件之發生及情節的開展，有著關鍵影響的小人物。小人物，係對舉於主要人物而言的說法，非單獨存在的個體。全書以賈府為中心，人物與賈府之間，有所干係，互有干涉。小人物與賈府之間關聯，親疏遠近盡有，每一人物，隨著身分地位，社會職業等等不同，使其在特定的環境裡，展現了特定的性格。這些小人物情緒慾望的波動，面對事件的處變，牽一髮而動全身，如小鰍生大浪，行為所衍生的後續效應，絲毫動靜，皆深深牽動著情節的發展，影響著小說的整體結構。在《紅樓夢》作者有機的佈局下，這些匆匆一過的人物，川流於浩浩賈府，往復於碌碌紅塵，立於寶玉鳳姐賈母等等主要人物面前，如芥豆微小。與核心之間，看似細微末節，若即若離，實際是似斷實連，乃全書整體結構中不可缺少的要素。

　　本文首先以小人物，觀察作者運用之書寫手法。從開篇以僥倖禍起，人情風俗為啟。或是小人物之命名手法，如隨文而出，隨事命名，以職為名，事為命名等等。以及《紅樓夢》中慣用之不寫之寫筆法，或特定事件之樞紐角色，與潛意識原型人物等技法與原型的使用。皆可見作者透過諸位小人物，時以直筆，時以隱晦的手法，所相應開展的事件和情節，或直中核心，或遙遙影響，深深牽動著全書的整體運作。如以霍啟丟失英蓮開啟全書之禍，以隱香憐玉愛真名深表不願筆伐任一人物的大悲心，以宋媽張媽印證大觀園與外界間乃有罅隙而非封閉，以傻大姐拾得繡春囊引發抄檢大觀

園，以智慧老人或聖童原型導引悟道為寶玉心中埋下一記警惕與啟示。小人物，在形象上，摹一人，一人便活現紙上。在情節上，所引發之諸多大事件，和埋下的伏筆，對寶玉黛玉等主要人物所處的賈府息息相關，甚而直接或間接影響主要人物之命運。在寓意上，有著作者隱而未言的深意，同時也切合著全書核心旨意。在運用於小人物的書寫手法的基礎上，進一步從小人物間的細部互動，觀察文本情節所含之意蘊。

賈府歷百年，成員自寧榮二公起，有代字輩，文字旁，玉字輩，草頭輩者，約略一總，業已五代。相較於賈敬賈赦賈政，賈珍賈璉寶玉，及賈蓉賈薔等，書中篇幅短少的賈族成員不少。在除夕夜祭中，寧榮子孫眾人齊聚，肅穆莊肅敬拜，雖氣派體面，卻可能淪為一種表面的形式。在家宴上，人丁稀落，族中男女或老病貪懶不走動，妒富愧貧，憎畏賭氣等緣故，顯露家族內部向心不足，家庭結構漸趨鬆散，賈家將近瓦解之預告。寧榮二公所遺之子孫雖多，竟無可以繼業，惟寶玉是寧榮二公認同的略可望成者，家族裡的小人物於文本中的惡行惡狀，更加顯了寶玉扭轉賈家頹勢的關鍵作用。子嗣不振，是賈府趨向敗落的原因之一，尤其從賈敷與賈珠等嫡長子的夭亡，及賈府內如卜氏、周氏、婁氏等多位寡母寡子，依附於賈府中最具權威的寡母賈母身邊，企求提攜照料，改善生活，可發現賈府家族內部長期籠罩在絕後的危機中。同時，文本中營造的外部環境，自寧榮二公之後，由戴權透露出降等襲爵的蔭襲制度，及惡劣的自然環境，賈府成員任官的薪餉俸祿，與由烏進孝帶入京的租地田莊作物收入，已不比祖上，但府內卻仍照著祖上的舊例行事，加速催化了賈府生活困境。子孫不振，經濟衰微，《紅樓夢》亦反映了作者的家世，作者曹雪芹之家族從種種繁榮逐步走向衰敗，終到查抄封府的一日，親眼見證樓塌了的頃刻。《紅樓

夢》無疑是作者凝視彼時沉痛的呼籲。書中那些憶昔感今的嘆息，對照作者家世之浮沉，可說是作者對過往錦衣紈袴之時，飫甘饜肥之日的回顧與悔悟。

　　賈府奴僕眾多，身繫於主的奴僕，揣摩主子思想，摸準了主子心思，或有「有其主必有其僕」式的緊密聯繫。如在性格上，精明能幹的探春，丫鬟待書同樣果敢，喝退王善保家的。在生活上，周瑞家的則是奴憑主貴，過著有如副主子般的生活。然而，賈府子孫不振，多有不能彈壓下人的主子，多次不能妥適調停的結果，便使府內奴僕分寸大亂，行了欺心害主行徑。如王奶媽嗜賭，摸準了迎春軟弱，竊取纍金鳳典當，甚而如賈珍裁治下人無能，以致何三糾盜劫搶。其間亦多有如丫鬟繡桔仗義，老僕焦大罵街，清客程日興苦言勸諫，這些直言苦語中，切實地夾藏賈府腐敗之真相，但主子往往視而不見，埋下家族敗落的種子。而賈赦、鳳姐等人，貪欲弄權，使張金哥守備之子自戕，石呆子護扇而瘋癲自縊，並玩弄張華父子及都察院司法藉以大發醋勁等等，恃強凌弱的事件，也坐實了案由，引發後續的錦衣軍查抄。

　　府外常到賈府走動的宗教人士，如淨虛、馬道婆、張道士、王一貼等人物，泰半係六根不清靜的俗世僧道，相對於癩僧跛道等真正悟道的僧道，充分對照經點化而澈悟的出世者，與居於世俗的偽出世者的形象差異。或許也是作者對當時寺廟結構體系的質疑，及迷信宗教的強烈批判，對尼姑道士以宗教之名行害人之實者的徹底否定，更加顯了作者在《紅樓夢》中，對經由點化或間接點化的悟道出世者，非關貢獻、背誦禱詞等外在形式，乃澈悟宗教精髓及精神境界的肯定。《紅樓夢》透過寶玉對「情」者如二丫頭卍兒，或「不情」者一軸畫像美人及一虛構女兒茗玉，所表現之體貼與「情不情」，這份癡情，是其精神深處可貴的素質，也不同於一般紈袴

子弟的獨得稟賦，與其他俗世的宗教人士間，有著顯著的劃分。因
此作者開篇以霍啟丟失英蓮為全書禍起，其間寫出賈府男性種種鄙
劣情狀，所謂「刀斧之筆」，犀利精確。隨著回目中見寶玉不分彼
此貴賤的愛護，霍啟等一干男子對英蓮犯下的禍錯，甚而說是世間
男子對待女子的過失，凌辱，強暴，在《紅樓夢》中，藉由愛護女
兒的寶玉安慰，彌補。全書的向道者寶玉，便是逐步點悟，最終證
道的出世者。

　　本文雖以小人物為題，但在內容上，非全然排除主要人物而單
論小人物。自小人物的情節敘述，如霍啟丟失英蓮，嬌杏回看賈雨
村，馮淵遭薛蟠打死，嵇好古不為賈政撫琴，聾耳老姆姆阻寶玉求
救，丫頭謅晴雯當花神，傻大姐拾繡春囊，薛家小童導引柳湘蓮，
賈敷賈珠早夭，賈蘭攔賈菌砸硯磚，寶玉為偕鴛佩鳳送靰韉，婁氏
卜氏與賈母互動，鳳姐弄權鐵檻寺而致金哥自縊等等，小人物所對
應的事件，與《紅樓夢》中的主要人物有著直接或間接關係，故而
談霍啟必言英蓮，說馮淵則需言薛蟠，諸如此類。因而在小人物的
討論中，加入主要人物皆係論述上的必要。《紅樓夢》作者善用之
不寫之寫之法，有時以實筆書寫小人物，同時曲筆映帶主要人物。
如林如海評賈政，或祝媽與襲人一段，或幾個嬤嬤對寶玉的評價，
是為相對應之賈政、襲人和寶玉等主要人物的局部個性的延展與補
充，藉之旁補，進以充實主要人物的立體面，使其形象更加豐富多
面。小人物看似與主要人物關聯不大，但在《紅樓夢》的有機結構
中，難解難分，因此小人物與主要人物非絕然斷裂的。甚而言，小
人物是本文便宜，而暫以稱之的說法，意在一探主要人物以外之人
物，於《紅樓夢》中的深層意蘊與意義價值。

　　在《紅樓夢》中所擷取之三百餘位小人物。若以社會階層觀
察，中、上層社會者，如貴族王妃，世家夫人，與賈府家族內的寡

母們，或喜鸞四姐兒等家貧的小姐們，聚會之時，無非婚喪喜慶，如年節宴會，喪禮，或賈母生日宴客等等場合。通常於賈府中看戲，說笑，取樂，皆在府第之內。而未曾登場的傅秋芳，亦是由家裡的兩個婆子來到賈府，一探寶玉究竟。由小人物所發生之情節論述中，不難發現，女子多是身於府第之內，或閨閣之中。就算是下人如善姐小鵲等丫頭，除非如清虛觀打醮一回，由主子們帶出門去，一般而言，除非遭攆出去，否則出不了賈府。門禁森嚴，就是潘又安與司棋私會，亦是買通張媽，將潘又安放入大觀園，而非司棋走出園子，繡春囊方遺留於大觀園的山石中。由小人物可見男女各有各的活動空間，女性明顯囿限於特定範圍內，女子不可任意出門走動，遑論私相繾綣等事。寶玉撞見秦鐘與智能兒雲雨，茗烟與卍兒交歡，趕忙逃開的皆非寶玉好友，乃係那些女兒，寶玉保守秘密，係因消息若傳開，受到責難的必將係這些女兒，無辜投井的金釧兒便是活脫一例。若為下層社會，如在田莊裏的二丫頭，率性而為，自由自在，但亦有負責織作，農務，照顧幼弟等工作責任。農事職務較無男女之別，然若要出外，如從黑山村進京的是由莊頭烏進孝，或未來由其子承繼家業，往京裡走動，而非女性人物。

　　《紅樓夢》中也可見，不論是賈家嫡庶之男性，小廝管家或奴僕，王爺世家子弟，清客相公，農莊莊頭，皆係時常走動於外，或流連酒家，沉迷賭場，場域不一。這些性別現象，追根究柢，係宗法時代，父權至上，男尊女卑的性別觀念所致。性別之間藩籬嚴苛不可踰越，即便是社會階級較高的王妃到賈府參加賈母壽宴，亦是隨王爺而至。夫貴妻榮，妻隨夫行，未嫁的女兒則依於父親或兄長之下。兒時的界線模糊，寶玉黛玉湘雲等，自小耳鬢廝磨，打鬧嬉笑。但長大了，賈母亦曾告誡「如今你們大了，別提小名兒」，是年齡增進，男女徵別的提醒。或有情竇初開的男孩子，薛蟠秦鐘與

香憐玉愛等小學生，在青春懵懂的時期，以龍陽之興除破性別限制，但此仍非倫常正道，乃是私下行為。後來秦鐘乃與智能兒私相意愛，但遭秦業所阻。薛蟠亦娶正妻納妾。隨年齡增長，男女界限劃分明白，即便係徘徊於界限之間的模糊地帶者，亦不得不面對男婚女嫁的現實。《紅樓夢》中一再演示隨著人物年齡大了，男女有別的警告。而真正破除性別位階者，便是書中第一人賈寶玉。寶玉的「情不情」，在精神境界上泯除了物我的隔閡，在社會觀念上泯除了性別間的社會障蔽，方能於宗法社會裡，成為閨閣中的良友，為卑屈的女子增光。即作者「……念及當日所有之女子，一一細考較去，覺其行止見識，皆出於我之上。何我堂堂鬚眉誠不若彼裙釵……」之作意，以寶玉超越性的精神，情不情與體貼，善待天下女子，為世間鬚眉濁物的罪惡背負，為卑弱的女子發聲。然而這個世界，發現女人為人，卻遲至十九世紀才有萌芽。[1]

聖經有言，「一粒芥菜種……是百種裏最小的，等到長起來，卻比各樣的菜都大。且成了樹，天上的飛鳥宿在它的枝上」。芥豆之微，細小，不足為奇。當其成樹，就是天上飛鳥，也要在其蔭下。小人物如同芥菜種子，微小不受注目，然而其在文本中，所負之隱喻深遠，緊密牽動《紅樓夢》整體結構，乃獨一無二，不可或缺的安排。《紅樓夢》每一人物皆獨具形象，無一重複，充分表現作者超群的藝術筆法。同時，作者對任一人物，不以善惡好壞等二元觀察為評價判斷，乃以事件多面陳述，毫不偏頗，盡心刻畫，令讀者以多方角度觀察，體會人物所處當下之困境與意向。是作者大悲之心，以「情不情」之心意，對人物賦予等量的同情。夏志清認為，《紅樓夢》雖是一部言情小說，它的最終關懷，是憐憫與同情

---

[1] 周作人：〈人的文學〉，頁86。

遠勝於情欲，[2]想來應是不錯。作者以透澈眼光，苦心刻畫的人物，逼真靈動。曹雪芹「秉刀斧之筆，具菩薩之心」，以大悲之心營造的人物，不含有貶損的意味，沒有一個人物是作者非要筆伐不可的。以宏觀不偏頗的態度，「情不情」式的大悲精神書寫，不論是主要人物或是小人物，或是世俗所謂位高權重者，亦或鄙弱卑微者，皆是自我生命中的大人物，也是宇宙間的微塵式人物。誠如《紅樓夢》開篇所言，歷來野史皆蹈一轍，小人物不只是書中的人物，彰顯著社會眾生相，跨越時空，也是現實生活中的縮影，是人間各人的寫照，各自以各樣形式態貌進行，反映人生同時存在的生命經驗。發生於小人物身上的事件，非書中的單一個案，乃是複數的，是世間無數人物的凝縮。迄今仍活生生地發生在周遭，不曾休止。

2　〔美〕夏志清著，何欣譯：〈紅樓夢裏的愛與憐憫〉，收錄於《紅樓夢藝術論》（臺北：里仁書局，1984 年），頁 303。

參考文獻

主要參考

〔清〕曹雪芹、高鶚原著，馮其庸等校注：《紅樓夢校注》（臺北：里仁書局，2003 年 2 月初版七刷）。

〔清〕曹雪芹、高鶚著，護花主人、大某山民、太平閒人評：《紅樓夢（三家評本）》，（上海：上海古籍出版社，1988 年 2 月）。

陳慶浩：《新編石頭記脂硯齋評語輯校（增訂本）》（臺北：聯經文化事業出版有限公司，1976 年 10 月）。

古籍（按紀元排序）

〔漢〕司馬遷撰；〔劉宋〕裴駰集解；〔唐〕司馬貞索隱；〔唐〕張守節正義；〔日〕瀧川龜太郎：《史記會注考證》（臺北：萬卷樓圖書股份有限公司，2010 年 5 月）。

〔漢〕許慎撰，〔宋〕徐鉉校訂：《說文解字》（北京：中華書局，2004 年 11 月據陳昌治刻本為底本縮印）。

〔漢〕鄭玄注：《周禮鄭注》（臺北：臺灣中華書局，1966 年 3 月）

〔南朝宋〕劉義慶撰，〔梁〕劉孝標注，楊勇校箋：《世說新語校箋》（北京：中華書局，2006 年 6 月）。

〔唐〕沈泌：《枕中記》（板橋：藝文印書館，1966 年據清乾隆馬俊良輯刊影印）。

〔宋〕李昉編：《太平廣記》（北京：中華書局，1961 年 9 月）。

〔元〕陶宗儀：《南村輟耕錄》（北京：中華書局，1959 年 2月）。

〔明〕劉侗等撰：《帝京景物略》（臺北：廣文書局，1969 年 1月）。

〔明〕蘭陵笑笑生：《金瓶梅詞話》（臺北：里仁書局，1996 年 7月據聯經影傅斯年藏本景印）。

〔明〕蘭陵笑笑生，〔清〕張竹坡評點：《第一奇書——竹坡本金瓶梅》（臺北：里仁書局，1981 年，據康熙乙亥年 1695 張竹坡評在茲堂本《金瓶梅》印）。

〔清〕曹雪芹著，王伯沆批注《王伯沆先生圈點手批本紅樓夢》，（江蘇：廣陵書社，2003 年 8 月）。

〔清〕孫希旦：《禮記集解》（臺北：文史哲出版社，1990 年 8月）限公司，1976 年 10 月）。

〔清〕徐珂編纂：《清稗類鈔》（臺北：商務印書館，1928年）。

〔清〕郭慶藩編，王孝魚整理：《莊子集釋》（臺北：萬卷樓圖書，1993 年 3 月）。

〔清〕阮元審定，盧宣旬校：《重刊宋本十三經注疏附校勘記》（臺北：藝文印書館，1965 年據清嘉慶二十年（1815）南昌府學刊本）。

商務印書館四庫全書出版工作委員會：《文津閣四庫全書》（北京：商務印書館，2005 年）。

國史館校註：《清史稿校註》（臺北：臺灣商務印書館，1999 年 9月）。

近人專著（按姓氏筆畫排列）

一粟編：《紅樓夢卷》（臺北：新文豐出版，1989 年 10 月）。

方祖燊：《小說結構》（臺北：東大圖書，1995 年 10 月）。

王德威：《從劉鶚到王禎和：中國現代寫實小說散論》（臺北：時報出版，1986 年 6 月）。

王昆侖（太愚、松青）：《紅樓夢人物論》，（臺北：里仁書局，2008 年 10 月）。

古繼堂：《臺灣小說發展史》（臺北：文史哲出版社，1989 年 7 月）。

牟鍾鑒：《中國宗教與文化》（臺北：唐山出版社，1995 年 4 月）。

吳宏一：《文學常談》（臺北：聯經出版，1990 年 4 月）。

余英時：《紅樓夢的兩個世界》（臺北：聯經出版，1978 年 1 月）。

余佩芳：《新文類的誕生——《紅樓夢》的成長編述》（臺北：大安出版社，2013 年 6 月）。

李希凡：《沉沙集——李希凡論紅樓夢及中國古典小說》，（北京：文化藝術出版社，2005 年 3 月）。

金耀基：《從傳統到現代》（臺北：時報文化出版，1985 年 4 月）。

金健人：《小說結構美學》（臺北：木鐸出版社，1988 年 9 月）。

林保淳：《古典小說中的類型人物》（臺北：里仁書局，2003 年 10 月）。

周作人著，鍾叔河編訂：《周作人散文全集 2》（桂林：廣西師範大學出版社，2009 年 4 月）。

周錫山：《紅樓夢的奴婢世界》（太原：北岳文藝出版社，2006 年 1 月）。

胡　適：《紅樓夢考證》（臺北：遠東圖書，1960 年 3 月）。

胡文彬：《紅樓夢人物談——胡文彬論紅樓夢》（北京：文化藝術
　　　　出版社，2005 年 1 月）。

胡文彬：《紅樓夢人物談》，（北京：文化藝術出版社，2005 年 2
　　　　月）。

施寶義、劉蘭英：《紅樓夢人物辭典》（廣西：廣西人民出版社，
　　　　1989 年 5 月）。

高達觀：《中國家族社會之演變》（臺北：九思出版社，1978 年 3
　　　　月）。

康來新：《晚清小說理論研究》（臺北：大安出版社，1990 年 11
　　　　月）。

康來新：《紅樓長短夢》（臺北：駱駝出版社，1996 年 11 月）。

郭玉雯：《紅樓夢人物研究》（臺北：大安出版社，1994 年 3
　　　　月）。

郭玉雯：《紅樓夢學——從脂硯齋到張愛玲》（臺北：里仁書局，
　　　　2004 年 8 月）。

郭玉雯：《紅樓夢淵源論——從神話到明清思想》（臺北：臺大出
　　　　版中心，2006 年 10 月）。

梅新林：《紅樓夢的哲學精神》（上海：華東師範大學出版社，
　　　　2007 年 10 月）。

陳東原：《中國婦女生活史》（臺北：商務印書館，1994 年 12
　　　　月）。

陳維昭：《紅學與二十世紀學術思想》（北京：人民文學出版社，
　　　　2002 年 3 月）。

陳鼓應：《老子今註今譯及評介》，（臺北：臺灣商務印書館，
　　　　2013 年 6 月）。

張中載：《托馬斯哈代——思想和創作》（北京：外語教學與研究出版社，1987 年 2 月）。

張火慶：《古典小說的人物形象》（臺北：里仁書局，2006 年 9 月）。

張愛玲：《紅樓夢魘》（臺北：皇冠文化，2010 年 8 月）。

馮其庸，李希凡主編：《紅樓夢大辭典》（北京：文化藝術出版社，1990 年 1 月）。

黃一農：《二重奏：紅學與清史的對話》（新竹：清大出版社，2014 年 11 月）。馮爾康、閻愛民：《中國宗族社會》（杭州：浙江人民出版社，1994 年）。

葉嘉瑩：《唐宋名家詞賞析 1》（臺北：大安出版社，1988 年 12 月）。

葉至誠：《社會學概論》（臺北：揚智文化，2001 年 2 月）。

葉嘉瑩：《王國維及其文學批評》（廣東：廣東人民出版社，1982 年 9 月）。

趙鳳喈：《中國婦女在法律上的地位》（臺北：食貨出版社，1977 年 7 月）。

褚贛生：《奴婢史》（上海：上海文藝出版社，1995 年 7 月）。

翟勝健：《《紅樓夢》人物姓名之謎》（臺北：學海出版社，2003 年 3 月）。

賴芳伶：《中國古典小說四講》（臺北：五南文化，2014 年 10 月）。

魯　迅：《魯迅小說史論文集——中國小說史略及其他》（臺北：里仁書局，2006 年 9 月）。

魯　迅：《魯迅全集》（北京：人民文學出版社，2005 年 11 月）。

劉大杰：《紅樓夢的思想與人物》（上海：古典文學出版社，1956

年 11 月）。

劉燕萍：《愛情與夢幻——唐朝傳奇中的悲劇意識》（臺北：商務
　　印書館，1996 年 12 月）。

劉再復：《共鑒「五四」——與李澤厚、李歐梵等共論「五四」》
　　（香港：三聯書店，2009 年 6 月）。

劉再復：《紅樓夢悟（增訂本）》（北京：生活・讀書・新知三聯
　　書店，2009 年 1 月）。

歐麗娟：《紅樓夢人物立體論》（臺北：里仁書局，2006 年 3
　　月）。

蔣　勳：《微塵眾：紅樓夢小人物 I 》（臺北：遠流出版，2014
　　年 1 月）。

蔣　勳：《微塵眾：紅樓夢小人物 II 》（臺北：遠流出版，2014
　　年 6 月）。

蔣　勳：《微塵眾：紅樓夢小人物 III 》（臺北：遠流出版，2014
　　年 9 月）。

蔣　勳：《微塵眾：紅樓夢小人物 IV 》（臺北：遠流出版，2015
　　年 4 月）。

蔣　勳：《微塵眾：紅樓夢小人物 V 》（臺北：遠流出版，2015
　　年 11 月）。

鄧雲鄉：《紅樓風俗譚》（石家莊：河北教育出版社，2004 年 1
　　月）。

錢　穆：《從中國歷史來看中國民族性及中國文化》（臺北：聯經
　　出版，2004 年 3 月）。

龔鵬程：《中國小說史論》（臺北：臺灣學生書局，2003 年 8
　　月）。

〔日〕加藤繁著，杜正勝、蕭正誼譯：《中國經濟史概說》（臺

北：華世出版社，1978 年 9 月）。

〔英〕湯瑪士・哈代（Thomas Hardy），梁實秋、李盈註編：《哈代選集》（臺北：遠東圖書公司，1967 年）。

〔英〕弗雷澤（J. G. Frazer）著；汪培基譯：《金枝：巫術與宗教之研究》（臺北：桂冠圖書，1991 年 2 月）。

〔英〕泰瑞・伊果頓（Terry Eangleton），吳新發中譯：《文學理論導讀》（臺北：書林，1994 年 3 月）。

〔英〕羅莎琳・邁爾斯（Rosalind Miles）著，刁筱華譯：《女人的世界史》（臺北：麥田出版，1998 年 12 月）。

〔英〕威廉・莎士比亞（William Shakespeare）原著，楊牧編譯：《暴風雨》（臺北：洪範書店，1999 年 9 月）。

〔英〕愛德華・摩根・佛斯特（E. M. Forster）著，蘇希亞譯：《小說面面觀》，（臺北：商周出版，2014 年 5 月）。

〔美〕浦安迪（Andrew H. Plaks）：《中國敘事學》，（北京：北京大學，1996 年 3 月）。

〔美〕羅伯特・霍普克（Robert H. Hopcke）著，蔣韜譯：《導讀榮格》（臺北：立緒文化，1997 年 1 月）。

〔美〕馬克夢（Keith McMahon）著，王維東、楊彩霞譯：《吝嗇鬼、潑婦、一夫多妻者—十八世紀中國小說中的性與男女關係》（北京：人民文學出版社，2001 年 10 月）。

〔美〕曼素恩（Susan Mann）著，楊雅婷譯：《蘭閨寶祿：晚明至盛清時的中國婦女》（臺北：左岸文化，2005 年 1 月）。

〔美〕史景遷（Jonathan D・Spence）著，陳引馳、郭茜、趙穎之、丁旻等譯：《曹寅與康熙》（上海：上海遠東出版社，2005 年 5 月）。

〔美〕夏志清著（C.T. Hsia），何欣、莊信正、林耀福譯：《中國

古典小說》（臺北：聯合文學，2016 年 10 月）。

〔美〕夏志清著（C.T. Hsia），胡益民譯：《中國古典小說史論》
（南昌：江西人民出版社，2001 年 9 月）。

〔瑞士〕榮格（Carl G. Jung），龔卓軍譯：《人及其象徵：榮格
思想精華的總結》（臺北：立緒文化，2001 年 10 月）。

期刊論文（按姓氏筆畫排列）

王紹良：〈略論《紅樓夢》人物姓名之間的關連關係——兼評脂批
有關人名批語的不足〉，《中州學刊》1989 年第 1 期，頁
87-90。

朱淡文：〈楔子‧序曲‧引線‧總綱——《紅樓夢》第一回析論〉
收入《紅樓夢學刊》1984 年 02 期，頁 137-156。

杜正堂：〈略論《紅樓夢》次要人物描寫藝術〉《紅樓夢學刊》
2000 年第 2 輯，頁 118-132。

宋浩慶：〈長篇結構中的小人物——漫談《紅樓夢》的藝術技巧〉
《紅樓夢學刊》1980 年第 4 輯，頁 111-119。

阮　沅：〈紅樓小人物 1 襲人的心計、晴雯之死〉《中華文化復興
月刊》1978 年第 11 卷第 3 期，頁 83-89。

——〈紅樓小人物 2 風趣人物劉老老、冷子興和賈府〉《中華文化
復興月刊》1978 年第 11 卷第 4 期，頁 91-95

——〈紅樓小人物 3 平兒的穩重和忠誠、小紅的歸宿〉《中華文化
復興月刊》1978 年第 11 卷第 5 期，頁 89-95。

——〈紅樓小人物 4 王善保家的失態〉《中華文化復興月刊》1978
年第 11 卷第 6 期，頁 104-107。

——〈紅樓小人物 5 奇女尤三姐、白金釧含冤莫白〉《中華文化復
興月刊》1978 年第 11 卷第 6 期，頁 80-86。

──〈紅樓小人物 6 趙姨娘母子〉《中華文化復興月刊》1978 年第 11 卷第 8 期，頁 84-87。

──〈紅樓小人物 7 烈女鴛鴦、柳家母女〉《中華文化復興月刊》1978 年第 11 卷第 9 期，頁 74-79。

──〈紅樓小人物 8 狐狸成性賈雨村〉《中華文化復興月刊》1978 年第 11 卷第 10 期，頁 83-85。

──〈紅樓小人物 9 赤誠為主的紫鵑〉《中華文化復興月刊》1978 年第 11 卷第 11 期，頁 78-81。

──〈紅樓小人物 10 英年早逝秦可卿〉《中華文化復興月刊》1978 年第 11 卷第 12 期，頁 80-83。

──〈紅樓小人物 11 赤膽忠心老焦大〉《中華文化復興月刊》1979 年第 12 卷第 1 期，頁 97-99。

──〈紅樓小人物 12 揮金如土的薛家〉《中華文化復興月刊》1979 年第 12 卷第 2 期，頁 77-83。

──〈紅樓小人物 13 身世飄零的香菱〉《中華文化復興月刊》1979 年第 12 卷第 3 期，頁 77-81。。

──〈紅樓小人物 14 來旺夫妻檔〉《中華文化復興月刊》1979 年第 12 卷第 4 期，頁 84-86。。

──〈紅樓小人物 15 從二三事看鳳姐〉《中華文化復興月刊》1979 年第 12 卷第 5 期，頁 76-81。

──〈紅樓小人物 16 見義勇為真包勇〉《中華文化復興月刊》1979 年第 12 卷第 6 期，頁 82-85。

──〈紅樓小人物 17 悍僕潑婦的下場〉《中華文化復興月刊》1979 年第 12 卷第 7 期，頁 87-91。

──〈紅樓小人物 18 司棋為情碰壁〉《中華文化復興月刊》1979 年第 12 卷第 8 期，頁 75-79。

——〈紅樓小人物 19 荒唐行徑的賈珍〉《中華文化復興月刊》
　　　1979 年第 12 卷第 9 期，頁 81-83。

——〈紅樓小人物 20 視色如命饞賈璉〉《中華文化復興月刊》
　　　1979 年第 12 卷第 10 期，頁 75-79。

——〈紅樓小人物 21 滿身市儈相的賈芸〉《中華文化復興月刊》
　　　1979 年第 12 卷第 11 期，頁 78-81。

——〈紅樓小人物 22 六根未淨悲妙玉〉《中華文化復興月刊》
　　　1979 年第 12 卷第 12 期，頁 80-83。

——〈紅樓小人物 23 色迷心竅狂賈瑞〉《中華文化復興月刊》
　　　1980 年第 13 卷第 1 期，頁 76-79。

——〈紅樓小人物24「西貝草斤」枉少年〉《中華文化復興月刊》
　　　1980 年第 13 卷第 2 期，頁 77-80。

——〈紅樓小人物 25 年高望重老賈母〉《中華文化復興月刊》
　　　1980 年第 13 卷第 3 期，頁 76-80。

——〈紅樓小人物 26 性情豪邁史湘雲〉《中華文化復興月刊》
　　　1980 年第 13 卷第 4 期，頁 76-80。

——〈紅樓小人物 27 奴才青天賴尚榮〉《中華文化復興月刊》
　　　1980 年第 13 卷第 5 期，頁 77-80。

林素玟〈不寫之寫——《紅樓夢》「春秋筆法」的書寫策略〉《文
　　　學新鑰》第 15 期 2012 年 6 月，頁 35-70。

林素玟：〈《紅樓夢》的病／罪書寫與療癒〉，《華梵人文學報》
　　　第 16 期 2011 年 7 月，頁 31-77。

徐恭時：〈《紅樓夢》究竟寫了多少人物？〉，《上海師範大學學
　　　報》1982 年 02 期，頁 25-28。

胡文彬：〈《紅樓夢》與中國姓名文化〉收入《紅樓夢學刊》1993
　　　年第 3 輯，頁 74-93。

唐富齡：〈芥豆之微見匠心——漫談《紅樓夢》中幾個下層小人物
　　　形象的塑造〉《紅樓夢學刊》1981 年第 1 輯，頁 159-175。

許玫芳：〈《紅樓夢》中張金哥的「繩河之盟」與司棋的「同心如
　　　意」〉，《龍華科技大學學報》第 20 期 2005 年 12 月，頁
　　　135-158。

郭　瑩：〈中國歷史上的「拐子」〉，《歷史月刊》1999 年 2 月
　　　號，頁 79-85。

康韻梅：〈唐人小說中「智慧老人」之探析〉《中外文學》第 23
　　　卷第 4 期 1994 年，頁 136-171。

張漢良：〈「楊林」故事系列的原型結構〉《中外文學》第 3 卷第
　　　11 期 1975 年，頁 166-179。

梅新林：〈《紅樓夢》宗教精神新探〉《學術研究》1996 年第 1
　　　期，頁 77-79。

葉國良〈中晚唐古文家對「小人物」的表彰及其影響〉《長庚人文
　　　社會學報》第 3 卷第 1 期 2010 年，頁 1-18。

廖咸浩：〈警幻與覺迷——《紅樓夢》與遺民情懷〉收於《漢學研
　　　究》第 34 卷第 2 期 2016 年 6 月，頁 175-206。

蔡煌源：〈小人物的面具——試論黃春明小說中的表意衝突〉收於
　　　《中華文化復興月刊》1977 年第 10 卷第 9 期，頁 34-42。

蔡芷瑜：〈《紅樓夢》中「嬤嬤」一詞探析〉《東華中國文學研
　　　究》第 11 期 2012 年，頁 143-161。

劉　潔：〈小人物中的「大」人物——淺論《紅樓夢》中劉姥姥形
　　　象〉《語文學刊》2009 年 9B 期，頁 76-78。

劉漢初：〈秋千與屏風：唐宋詩歌意象探論〉《國立臺北教育大學
　　　語文集刊》第 22 期 2012 年 7 月，頁 91-117。

賴芳伶：〈陳慶浩博士的紅學研究〉《東華漢學》第 8 期 2008 年

12 月，頁 255-277。

賴芳伶：〈《紅樓夢》「大觀園」的隱喻與實現〉收入《東華漢
學》第 19 期 2014 年 6 月，頁 243-280。

專書論文（按姓氏筆畫排列）

王國維：〈紅樓夢評論〉收於《紅樓夢藝術論甲編三種》（臺北：
里仁書局，1984 年 1 月）。

宋　淇：〈論大觀園〉收入《曹雪芹與紅樓夢》（臺北：里仁書
局，1985 年 1 月）。

李辰冬：〈紅樓夢研究‧紅樓夢重要人物分析〉收於《紅樓夢研究
兩種》（北京：知識產權出版社，2010 年 7 月）。

李豐楙：〈六朝道教洞天說與遊歷仙境小說〉收於《誤入與謫降：
六朝隋唐道教文學論集》（臺北：臺灣學生書局，1996 年 5
月）。

柯慶明：〈論紅樓夢的喜劇意識〉，收於《紅樓夢研究集》，（臺
北：幼獅月刊，1976 年 4 月）。

陳萬益：〈說賈寶玉的「意淫」和「情不情」——脂評探微之
一〉，收入《曹雪芹與紅樓夢》（臺北：里仁書局，1985
年 1 月）。

康來新：〈一部「人物畫廊」作品的再評價——訪王文興教授談紅
樓夢〉初載幼獅月刊 1971 年 9 月號，後錄於氏著《石頭渡
海——紅樓夢散論》（臺北：漢光文化事業公司，1985 年 2
月）。

蔡義江：〈「警幻情榜」與「金陵十二釵」——《〈紅樓夢〉論
佚》中的一章〉收入《曹雪芹與紅樓夢》（臺北：里仁書

局，1985 年 1 月）。

〔日〕金文京：〈香菱考——試論《紅樓夢》的另一層深層結構〉
　　　收於《東方學會創立五十周年紀念東方學論集》（東京：財
　　　團法人東方學會出版，1997 年 5 月）。

〔美〕夏志清著，何欣譯：〈紅樓夢裏的愛與憐憫〉《紅樓夢藝術
　　　論甲編三種》（臺北：里仁書局，1984 年 1 月）。

學位論文（按姓氏筆畫排列）

李光步：《紅樓夢所反映的清代社會與家族》，國立政治大學中國
　　　文學研究所碩士論文，1982 年。

李昭瑢：《邊緣與中心：紅樓夢人物互動考察》，輔仁大學中國文
　　　學研究所碩士論文，1994 年。

吳蔚君：《《紅樓夢》人物命名研究》，國立臺灣師範大學國文學
　　　系在職進修碩士論文，2011 年。

林素梅：《紅樓夢宗教人物之研究》，輔仁大學宗教學系碩士論
　　　文，2005 年。

陳蓉萱：《《紅樓夢》丫鬟析論——以重點人物為主》，國立臺灣
　　　師範大學國文學系在職進修碩士班碩士論文，2008 年。

蔡宜靜：《唐人小說中色彩運用研究》國立東華大學中國語文學系
　　　碩士論文，2013 年。

網路資料

　　　國家教育研究院：《教育部重編國語辭典修訂本》，檢索日
期：2017 年 4 月 7 日 22：27 http://dict.revised.moe.edu.tw/cbdic/
index.html

　　　聯合報副刊電子報，檢索日期：2017 年 4 月 7 日 22：29
http://paper.udn.com/papers.php?pname=PIC0004

附　表

《紅樓夢》小人物表[1]

名稱	身分或事件	回目，頁碼
封氏	士隱嫡妻，英蓮母。	一 5、11、14/二 26。
奶母	英蓮奶母。	一 7。
嚴老爺	打斷士隱與雨村談話。音諧炎，預告甄家失火。	一 8、9。
嬌杏	甄士隱家婢女，雨村正室。音諧僥倖。	一 9/二 26/九十二 1442/一百四 1588-1589。
霍啟	甄士隱家家人，丟失英蓮。音諧禍起。	一 11。
封肅	甄士隱岳丈，本貫大如州人士。音諧風俗。	一 12/二 25。
林如海	黛玉之父，第十四回過世。	二 27/三 44、52/十二 195/十四 216 過世/十六 239。
賈敏	黛玉之母，如海嫡妻，賈母之女，寶玉姑母。黛玉承母，舉止言談不俗，體怯多	二 27、33/三 44、46/七十四 1155。

---

[1]　人物排序，按首次出現回目先後排列。

名稱	身分或事件	回目，頁碼
	病。	
龍鍾老僧	智通寺老僧。智慧老人原型人物。	二 28。
冷子興	雨村友，周瑞女婿。骨董行貿易商。演說榮國府，為全書引繩。	二 28-34/三 43/七 128。
賈復	賈家祖先。	二 29。
寧國公	賈演。	二 29/五 89。
榮國公	賈源。	二 29/五 89。
賈代化	寧國公之子。	二 29。
賈敷	寧府代化長子，賈敬之兄。嫡子早夭，預告賈府子孫不振。	二 29。
賈代善	榮國公之子。	二 30。
賈珠	賈政長子，寶玉兄，李紈夫賈蘭父。嫡子早夭，預告賈府子孫不振。	二 30/二十三 362/三十三 512、513/三十九 600/八十八 1387。
張如圭	雨村同僚。	三 43。
穆蒔	東安郡王。	三 49。
李嬤嬤	寶玉乳母，李貴母。已告老解事出去，時往寶玉處走	三 55/八 145-146、148/十九 301-302/二十 315/五十

名稱	身分或事件	回目，頁碼
	動，管教寶玉和丫頭。因代母身分，也是寶玉叛逆期情緒疏泄的對象。	六 886-887。
李守中	李紈父，曾為國子監祭酒。	四 65。
原告	馮淵僕人，為死去的主人提告。	四 65、66。
拐子	拐賣英蓮者。又將英蓮二賣，以致馮淵、薛蟠爭女。	四 65、68。
門子	葫蘆廟小沙彌。引護官符，世態人情由他參透，後遭雨村充發。	四 66-71。
馮淵	鄉紳之子，音諧逢冤。與英蓮冤孽相逢，遭薛蟠打死。	四 68。
薛蟠父親	薛王氏夫，寶玉姨父。掛皇商虛名，薛蟠幼時即喪。	四 71。
寧府嬤嬤	指出叔叔睡侄兒房裡不妥當，為時人看待寶玉與可卿關係的縮影。	五 82。
王成	祖上與王家認做侄兒。	六 110。
王狗兒	王成兒子，劉姥姥女婿。	六 110/一百十三 1700-1701 一百十九 1776。
劉氏	狗兒嫡妻，劉姥姥女兒。	六 110/一百十三 1701。

名稱	身分或事件	回目，頁碼
王板兒	王狗兒兒子，劉姥姥孫子。隨劉姥姥同遊大觀園。巧姐入鄉村時，板兒進城，探得賈璉回府消息。	六 110-112、117/三十九 601、603-604/四十 611、618、619、635/四十二 645/一百十九 1783。
王青兒	王狗兒女兒，劉氏女兒，劉姥姥孫女。巧姐躲入鄉村時，成為好友。	六 110/一百十三 1699-1703/一百十九 1782-1783。
門前豪奴	榮府把門人。耍弄劉姥姥。	六 112。
門前老僕	榮府把門人。為人忠厚，不誤劉姥姥。	六 112。
帶門的小孩	為劉姥姥引路找周大娘，顯出門前豪奴之惡性。	六 112。
周瑞家小丫頭	周瑞家雇的小丫頭，是奴才底下還有奴才之例。	六 113、114。
智能兒	水月庵小姑子。與秦鐘相好。	七 126/十五，229、231、232/十六，238。
淨虛老尼	水月庵尼姑，智能兒師傅。帶張家消息，使鳳姐弄權鐵檻寺。	七 126/十五，228-231。
于老爺	淨虛走動對象。	七 126。
余信	賈家派管各廟月例的。音諧愚信，是對世俗宗教的批	七 126。

名稱	身分或事件	回目，頁碼
	判。	
余信家的	余信妻。	七 126。
周瑞女兒/周氏	周瑞女兒，冷子興妻。為冷子興分爭求情。	七 127。
茜雪	寶玉丫鬟。因楓露茶事件遭撞。	七 128/八，148/十九 302。
臨安伯老太太	鳳姐為其備禮，賈府交際日常，鳳姐掌管榮府一應事情的表示。	七 129。
焦大	寧府老僕。寧國公時期留下的老僕，為賈族不振而醉罵與嚎哭。	七 132-133/一百五 1603。
詹光/詹子亮	賈政清客。音諧沾光，是清客沾主子光彩之意。	八 139/十六 246/二十六 413/四十二 654/八十四 1334-1335/九十二 1439。
單聘仁	賈政清客。音諧善騙人。	八 139/十六，245/二十六 413。
吳新登	賈府銀庫房總領。音諧無星戥。	八 140/十六 246/五十四 849。
戴良	倉上頭目。音諧大量。	八 140。
錢華	買辦。音諧錢花。	八 140。

名稱	身分或事件	回目，頁碼
秦業	營繕郎。可卿、秦鐘父親。音諧情孽。	八 150/十五，229。
賈代儒	賈家塾司塾。賈瑞祖父。	八，150/十二，190/十三 201/八十一 1291-1293/八十四 1330-1331。
香憐	寶玉學堂同學。作者取號隱真名，是大悲心。	九 156。
玉愛	寶玉學堂同學。作者取號隱真名，是大悲心。	九 156。
金榮	胡氏子，賈璜外甥。寶玉學堂同窗。鬧學堂事件因其起。	九 157-161/十，165/八十一 1293。
賈菌	榮國府近派重孫，其母婁氏亦少寡。與賈蘭為友。	九 159、十三 201、五十三 831、五十四 844。
璜大奶奶（金氏）	賈璜妻，金榮姑媽。原想為侄子出氣，卻不得不為勢利伏首。	九 161/十 165-168。
胡氏	金榮母親，璜大奶奶兄嫂。寡母迫於現實，不能為子「爭閒氣」。	十 165。
賈璜	賈家玉字輩嫡派。金榮姑丈。	十 165/二十九 456/五十四 844。

名稱	身分或事件	回目，頁碼
張友士	馮紫英從學的先生，為可卿看病。音諧將有事，預告可卿病情。	十 169-172。/五十一 795/五十二 805。
尤氏母親/尤老安人	尤氏繼母，賈珍親家，賈蓉外祖母。	十一 177/十四 219。六十三 992、993-994/六十四 1009、1013-1015/六十五 1023/六十六 1041。
南安郡王	參加賈敬壽宴。	十一 177/十四，219/七十一 1104。
東平郡王	參加賈敬壽宴。	十一 177/十四，219。
西寧郡王	參加賈敬壽宴。	十一 177/十四，219。
代儒妻	賈代儒妻，賈瑞祖母。	十二 194。
賈代修	賈代儒同輩	十三 201。
賈敕	參加可卿喪禮。	十三 201。
賈效	參加可卿喪禮。	十三 201。
賈敦	參加可卿喪禮。	十三 201。
賈瑞（王扁）	賈族玉字輩。	十三 201/二十九 456/六十三 992。
賈珩	賈族玉字輩。	十三 201/六十三 992。
賈琄	賈族玉字輩。	十三 201/六十三 992。
賈琛	賈族玉字輩。	十三 201。
賈瓊	賈族玉字輩。	十三 201/二十九 456。

名稱	身分或事件	回目，頁碼
賈璘	賈族玉字輩。	十三 201。
賈菖	賈族草頭輩。	十三 201/二十三 359/五十三 826、830、31/六十三 992。
賈菱	賈族草頭輩。	十三 201/二十三 359/五十三 826、830、831/六十三 992。
賈芹	賈族草頭輩。	十三 201。
賈蓁	賈族草頭輩。	十三 201。
賈萍	賈族草頭輩。	十三 201/二十三 359/二十五 397/二十九 456。
賈藻	賈族草頭輩。	十三 201。
賈蘅	賈族草頭輩。	十三 201。
賈芬	賈族草頭輩。	十三 201。
賈芳	賈族草頭輩。	十三 201。
賈芝	賈族草頭輩。	十三 201/一百五 1598。
義忠親王老千歲	為用之棺木為可卿使用。	十三 202。
瑞珠	可卿丫鬟，觸柱自盡。可能為可卿賈珍不倫關係的見證人。	十三 202。
寶珠	可卿丫鬟，為可卿義女擇	十三 202/十四 218/十五

名稱	身分或事件	回目，頁碼
	喪。可能為可卿賈珍不倫關係的見證人。	228、232。
戴權	大明宮掌宮內相。音諧大權、帶權，諸多世族向其捐官。	十三 203
襄陽侯兄弟老三	找戴權捐官。	十三 203。
永興節度使馮胖子	找戴權捐官。	十三 203。
史鼎的夫人	參加可卿喪禮。	十三 204。
錦鄉侯	參加可卿喪禮。	十三 204/五十五 855。
川寧侯	參加可卿喪禮。	十三 204。
壽山伯	參加可卿喪禮。	十三 204。
來旺媳婦	鳳姐陪房，來旺妻。	十四 211、213、214。
來升媳婦	來升妻，寧府管家婆。	十四 211。
挨打受愧之人	寧府下人。鳳姐協理寧國府時，睡過頭遭懲處，顯示鳳姐教訓下人之狠辣。	十四，214-215。
王興媳婦	榮府女僕。	十四 214。
張材家的	榮府女僕。	十四 214-215/二十七 423/四十五 691。

名稱	身分或事件	回目，頁碼
昭兒	賈璉小廝。賈璉同黛玉為如海送靈蘇州，為鳳姐報信。	十四 216-217。
繕國公	參加可卿喪禮。	十四 217。
西安郡王妃	參加可卿喪禮。	十四 217。
鎮國公牛清	參加可卿喪禮。	十四 217。
牛繼宗	鎮國公牛清之孫。	十四 218。
柳芳	李國公柳彪之孫。	十四 218。
陳瑞文	齊國公陳翼之孫。	十四 218。
馬尚	治國公馬魁之孫。	十四 218。
侯孝康	修國公侯曉明之孫。	十四 218。
石光珠	繕國公之孫。	十四 218。
史鼎	忠靖侯，湘雲三叔。	十四 218。
蔣子寧	平原侯之孫。	十四 218。
謝鯨	定城侯之孫。	十四 218。
戚建輝	襄陽侯之孫。	十四 218。
司棐良	景田侯之孫。	十四 218。
韓奇	錦鄉伯公子。	十四 218。
陳也俊	王孫公子。	十四 218。
衛若蘭	王孫公子。	十四 218。

名稱	身分或事件	回目，頁碼
二丫頭	村莊丫頭。	十五 227-228。
旺兒	榮府僕人。	十五 228、232/二十七 423/三十九 603。
智善	水月庵小姑子。	十五 229。
胡老爺	淨虛去其府誦經。胡有胡塗意。	十五 229。
張大財主	張金哥父親。	十五 230。
張金哥	張財主女兒。	十五 230/十六，237。
李衙內	長安府府太爺小舅子。	十五 230。
守備公子	長安守備之子，金哥聘定。	十五 230/十六，237。
雲光	長安節度使。	十五 230、232。
夏守忠	六宮都太監，向賈璉夫婦索討財物。	十六 237/二十三 361/七十二 1128。
趙嬤嬤	賈璉乳母/奶娘奶媽。	十六 241-245，六十二 955。
周貴人	與元春省親同時，可見元春封妃，雞犬升天非單一案例。	十六 243。
吳貴妃	與元春省親同時，可見元春封妃，雞犬升天非單一案例。	十六 243。
吳天祐	吳貴妃父親。	十六 243。

名稱	身分或事件	回目,頁碼
卜固修	清客相公。音諧不顧羞。	十六 245。
趙天樑	趙嬤嬤兒子,璉鳳奶哥哥。由其母,向賈璉夫婦謀事。	十六 246。
趙天棟	趙嬤嬤兒子,璉鳳奶哥哥。由其母,向賈璉夫婦謀事。	十六 246。
山子野	老明公。大觀園籌畫起造者。	十六 246。
程日興	古董行,清客相公。賈府拜落後,仍陪在賈政左右,並予以建言。	十六 246/二十六 412/四十二 654/一百十四 1713-1714。
兩個遠房嬸母並幾個兄弟	秦鐘親戚。秦鐘死後,秦業留下的三四千兩銀等家私,可能被他們瓜分。同卜世仁例。	十六 247。
卍兒	寧府丫頭。與茗烟在房裡做那事,被寶玉撞見。	十九 298-299。
花自芳	襲人之兄。	十九 299-301、303/五十一 787。
花母	襲人母親。	十九 300、303/五十一 787、790/五十四 838-839。
襲人姨妹子	襲人姨表妹。	十九 299-301、303。

名稱	身分或事件	回目，頁碼
多官/吳貴/多渾蟲	榮國府廚子，晴雯舅哥哥。	二十一 331/七十七 1216、1218-1219、一百二 1569。
多姑娘兒/燈姑娘兒	多官媳婦。	二十一 331-332/七十七 1218-1221/一百二 1567。
周氏	賈芹之母，三房。	二十三 359。
卜世仁	香料舖老闆。賈芸舅舅。音諧不是人，賈芸父親死後家產遭其侵占。	二十四 376。
卜世仁娘子	卜世仁娘子。	二十四 376。
銀姐	卜世仁女兒。	二十四 377。
倪二/醉金剛	潑皮，高利貸。賈芸鄰居。賈芸遭親舅數落後，尤其展現倪二扶弱仗義之氣度。	二十四 377-379、383/一百四 1586-1588。
倪二妻子		二十四 383/一百四 1586-1588。
倪二女兒		二十四 383/一百四 1586-1588。
王短腿	馬販子。倪二友。	二十四 379。
賈芸母	西廊下五嫂子，賈芸母親。	二十四 379、383。
引泉	寶玉小廝，看不起賈芸。	二十四 381。

名稱	身分或事件	回目，頁碼
掃花	寶玉小廝，看不起賈芸。	二十四 381。
挑雲	寶玉小廝，看不起賈芸。	二十四 381。
伴鶴	寶玉小廝，看不起賈芸。	二十四 381。
方椿	花兒匠。賈芸找他買樹，是作者使閃躲避難法。	二十四 383。
王子騰夫人	王子騰妻，寶玉舅母	二十五 390/二十五 397、398/三十九 599/七十 1093。
錦田侯	向馬道婆廟裡點燈。	二十五 393。
馬道婆	道姑。寶玉寄名乾媽。	二十五 392-395/八十一 1289
周姨娘	賈政妾。	二十五 397/三十四 522/三十五 531、536/三十六 547/三十七 565/三十八 581／六十 932/一百十二 1694/一百十三 1697。
胡斯來	清客相公。音諧胡廝來。	二十六 413。
仇都尉的兒子	馮紫英遭將仇都尉的兒子打傷。	二十六 414。
沈世兄	寶玉朋友。	二十六 414。
鮑太醫	黛玉原吃其開的藥，後吃王太醫的藥。由王夫人詢問黛	二十八 435。

名稱	身分或事件	回目，頁碼
	玉吃藥情況，一見王夫人語氣不同以往，二見黛玉體怯不見改善。	
王大夫/王濟仁/王太醫	榮國府內主治大夫。	二十八 435/三十一 483/三十二 499、500-501/四十二 684/五十一 795/五十七 889/六十九 1081/八十三 1314-1315。
雙瑞	寶玉小廝。寶玉赴宴帶去的小廝，僅此回目見。	二十八 440。
雙壽	寶玉小廝。寶玉赴宴帶去的小廝，僅此回目見。	二十八 440。
雲兒	錦香院妓女。馮紫英設宴之座上賓。	二十八 440。
春纖	林黛玉丫鬟，晴雯送帕時，春纖正在瀟湘館曬帕。	二十九 454。
張道士/張法官	清虛觀道士，昔日榮國公替身，先皇親呼大幻仙人，掌大錄司印，是世俗宗教人士握有大權，逐名追利者。又為寶玉說親。	二十九 455，六十二 954。
小道士	淨虛觀小道士，遭鳳姐摑掌。	二十九 455-456。

名稱	身分或事件	回目，頁碼
賈珍小廝	聽賈珍命令，喝斥賈蓉。奴憑主貴之例。	二十九 456
賈蓉妻子/賈蓉之妻	賈蓉妻子(續絃)，前京畿道胡老爺的女兒。在書中沒有對白。	二十九 461/五十三 820、826-827/五十四 841、844/七十五 1176、1180/九十二 1442。
趙侍郎	賈府世交。	二十九 461。
靛兒	榮府丫鬟，找扇子冒犯寶釵。寶釵藉此敲雙玉。	三十 474。
白老媳婦	金釧、玉釧之母。	三十 476/三十二 505/三十三 507。
寶官	小生，榮府梨香院優伶十二官之一。在怡紅院中玩耍，與玉官合為寶玉之名。	三十 478-479/三十六 552。
玉官	正旦，榮府梨香院優伶十二官之一。在怡紅院中玩耍，與玉官合為寶玉之名。	三十 478-479/三十六 552。
二嬸嬸/嬸娘	湘雲二嬸，史鼐妻，保齡侯夫人。	三十一 489/三十二 503/三十六 550、555/三十七 569。
周奶媽	湘雲奶娘。	三十一 489。
忠順府長	奉忠順府王爺命來找琪官，	三十三 508-509。

名稱	身分或事件	回目，頁碼
史官	致寶玉挨打之因。	
聾耳老姆姆	榮府僕婦。耳朵不靈活，聽不清寶玉向賈母的求救，使寶玉挨打。	三十三 510。
吳新登媳婦	總領媳婦，吳新登妻子。	三十四 520、五十五 585。
鄭好時媳婦	寶玉挨打後請安關心。	三十四 520。
傅試	通判。原賈政門生。音諧附勢。	三十五 539。
傅秋芳	傅試妹妹，寶玉對其誠敬。	三十五 539、九十四回。
傅家兩個婆子	傅試家婆子。以外人眼光看待寶玉情不情。	三十五 540/九十四 1463
宋嬤嬤/老宋媽媽	怡紅院的媽媽。宋有送意。怡紅院主要由他遞送物品，突顯女兒不出大觀園，而大觀園非絕然封閉的空間。	三十七 567／五十二 804、812-813/七十七 1218。
請假的小廝	賈璉小廝。稱平兒姑娘，並只敢向平兒請假，可見平兒在下人心中人望。	三十九 603。
茗玉	劉姥姥胡謅故事的人物。	三十九 605-607。
王君效	王濟仁叔祖父。	四十二 648。

名稱	身分或事件	回目，頁碼
賴大母親/賴嬤嬤	賴大母親，體面的下人。	四十三 662、663/四十四 676/四十五 690-693/七十七 1218。
水仙庵老姑子	水仙庵的老道姑。	四十三 668-670。
穿廊把風小丫頭	鳳姐院裡丫頭。鳳姐生日宴上，替賈璉偷情把風。	四十四 676-677。
院門把風小丫頭	鳳姐院裡丫頭。鳳姐生日宴上，替賈璉偷情把風。	四十四 677-678。
鮑二家的	鮑二妻子，賈璉情婦。後自殺。	四十四 677-678、684。
鮑二	寧府下人。	四十四 685、六十四 1015、六十五 1024/八十八 1388-1389/一百十二 1695
周瑞兒子	周瑞家的兒子。酒後鬧事，賴嬤嬤求情，原攛改打四十棍完事。	四十五 692-693
蘅蕪苑婆子	替寶釵送燕窩，及潔粉梅片雪花洋糖給黛玉。	四十五 698-699。
可人		四十六 707。
金彩	鴛鴦父親。替賈家在南京看房子。照顧、管理房子。	四十六 709、711、712。

名稱	身分或事件	回目，頁碼
金老婆子	鴛鴦母親，聾人。與金彩在南京。	四十六　711、712/五十四838。
金文翔	老太太那邊的買辦。鴛鴦兄長，家生子。	四十六　711-713。
金文翔媳婦/金家媳婦	老太太那兒漿洗的頭兒。鴛鴦的嫂嫂。	四十六　709、711/一百十一 1677。
嫣紅	賈赦妾。	四十七　721-722/七十四1155。
賴尚榮	州縣官。賴大子，賴嬤嬤孫。榮府家生子。	四十七　722、724/一百十七 1753 一百十八 1760。
杏奴	柳湘蓮小廝。	四十七　725。
張德輝	薛家當舖總攬。帶薛蟠出外置辦，寶釵出閣，亦請其照料場面，可見薛家之信任。	四十八　731-732/六十七1046/九十七 1503。
乳父老蒼頭	薛蟠乳父。	四十八　733。
石呆子	持有二十把骨董扇，後遭按下拖欠官銀罪名，扇被抄收，送到賈赦手上。致瘋傻自盡。	四十八　735/一百七1619。
梅翰林之子	薛寶琴未婚夫。	四十九　746、773-774/一百十八 1762。

名稱	身分或事件	回目，頁碼
史鼎	保齡侯。湘雲二叔，史太君內姪。	四十九 748。
胡庸醫/胡君榮	晴雯傷寒，寶玉託人請來的大夫。也是給尤二姐打胎之醫師。	五十一 793/六十九 1081-1082。
良兒	寶玉丫頭，過去偷玉遭攆。	五十二 804。
小螺	寶琴的小丫鬟。	五十二 806、808，六十二 955。
王榮	寶玉男僕。	五十二 811。
張若錦	寶玉男僕。	五十二 811。
趙亦華	寶玉男僕。	五十二 811。
錢啓	寶玉男僕。	五十二 811。
領掃地的小廝	一個領著二三十個拿掃帚簸箕的小廝。	五十二 811。
篆兒	寶玉小丫頭，後給了邢岫烟。	五十二 812，六十二 955。
墜兒母	墜兒母親。	五十二 812-814。
烏進孝/烏莊頭	黑山村莊頭。賈府農莊租地管理者。帶出賈府經濟衰頹的訊息。	五十三 822-824。
烏進孝兒子	烏進孝的兒子。	五十三 822。

名稱	身分或事件	回目，頁碼
賈荇	賈族草頭輩者。	五十三 826。
賈芷	賈族草頭輩者。	五十三 826。
兩三個老妯娌	賈母一輩的妯娌。	五十三 827。
婁氏	賈菌之母，少寡。榮府近派親戚。	五十三 831、五十四。
兩個女先兒/女先生/女先生兒/李先兒	榮府元宵夜所請說書人。	五十四 841-843、846-847/一百一 1559-1560。
單大良	榮府管家。	五十四 849。
趙國基	趙姨娘的兄弟，賈環探春舅舅。	五十五 855、五十七 884。
賴大女兒	賴大的女兒。	五十六 868。
老祝媽	榮府媽媽，與丈夫兒子代代管打掃竹子。	五十六 871、五十七 884、六十七 1053。
老田媽	榮府媽媽，原種莊稼。	五十六 871。
鶯兒他媽	鶯兒母親，茗烟乾娘。	五十六 872。
老葉媽	怡紅院媽媽，茗烟母親。	五十六 872。
甄家四個女人	江南甄府家的四個管家媽媽，帶來甄寶玉消息。	五十六 875-877。
甄夫人	甄寶玉母親。	五十七 883。

名稱	身分或事件	回目，頁碼
甄家女兒	甄寶玉姊妹。	五十七 883。
小吉祥兒	趙姨娘的小丫頭。	五十七 884。
單大良家的	單大良妻子，探望寶玉。	五十七 888。
邢忠/邢忠夫婦	邢岫烟父親，邢夫人兄弟。	五十七 893、894。
邢忠妻	邢岫烟母親。	五十七 893、894。
老太妃	皇宮太妃薨逝，有爵之家一年內不得筵宴音樂，庶民皆三月不得婚嫁。梨香院因而解散。	五十五 853/五十八 903、905。
芳官乾娘/何婆	芳官乾娘，春燕母親。榮府三等人物，做過漿洗，後與其妹派至梨香院照顧十二官。	五十八 909-912、五十九 922-924、六十 927-928、六十二 967。
翡翠	賈母丫頭。	五十九 917。
玻璃	賈母丫頭。	五十九 917。
春燕	怡紅院二等丫頭。轉述寶玉「女兒寶珠三階段」之說。	五十九 919-924。
夏婆子	何婆的姊姊，春燕的姨媽，藕官乾娘。抓藕官燒紙，又吞其財銀。	五十八 907-908、五十九 919-920、六十 930。

名稱	身分或事件	回目，頁碼
小鳩兒	春燕妹，何婆女兒。何婆先讓女兒洗頭，讓芳官洗剩水。	五十九 920。
春燕姑媽	春燕姑媽，管柳葉渚。愚頑之輩，兼之年近昏眊，惟利是命，以老賣老。與欺凌十二官的乾娘們，沆瀣一氣。呼應寶玉對女人的觀察。	五十九 921-922。
蟬姐兒/蟬兒/小蟬	夏婆子外孫女兒，探春處當役。通知夏婆艾官告狀之事。	六十　933-934、六十一 945。
柳家媳婦/柳家的	柳五兒母親，大觀園廚役。	六十　934-937/六十一 942。
五兒舅舅	五兒舅舅，柳家媳婦兄長。榮府門子。得茯苓霜給五兒。	六十 937。
五兒舅母	五兒舅母，柳家媳婦兄嫂。	六十 937-938。
五兒表兄	五兒表兄，柳家媳婦侄子。體弱，分得玫瑰露。	六十 937。
錢槐	趙姨娘內侄，父母在庫上管賬。素喜五兒。	六十 937。
蓮花兒	探春房裡小丫頭。告密玫瑰露藏廚房。	六十一 942-946。

名稱	身分或事件	回目，頁碼
秦顯家的	司棋的嬸娘，榮府婆子，大觀園南角門上夜。趁五兒與柳家遭陷偷竊之際，收買林之孝家的補上廚役。	六十一 949、六十二 953。
佩鳳	賈珍妾，尤氏侍妾。寶玉想為其送鞦韆。	六十三 990-991/七十一 1104/七十五 1179-1180/一百六 1613。
偕鴛	賈珍妾。寶玉想為其送鞦韆。	六十三 990-991/一百六 1613
賈瓔	賈族玉字輩。	六十三 992。
俞祿	寧府小管家。音諧餘祿。	六十四 1009-1010、1014。
張華	皇糧莊頭張家，尤二姐原指腹為婚對象。	六十四 1011、1015/六十八 1065-1066、1070/六十九 1076-1077。
張華父親	張華父親。	六十四 1015-1016、六十五 1065。
鮑二女人	鮑二新妻子，與鮑二一同服侍尤二姐	六十四 1015、六十五 1023、1025。
隆兒	賈璉心腹小童，負責拉馬。	六十五 1025、1030。
喜兒	賈珍心腹小童。	六十五 1024、1025-1026。

名稱	身分或事件	回目，頁碼
壽兒	賈珍心腹小童。	六 十 五 1024 、 1025-1026。
興兒	賈璉心腹小廝，遭鳳姐訊問。	六十五 1030-1033/六十六 10351036/六 十 七 1055-1058。
薛 家小童	柳湘蓮恍惚出神時所見引路者。	六十六 1042。
善姐	鳳姐派與尤二姐的丫頭。	六十八 1064-1065。
王信	可能係王熙鳳家家奴。	六 十 八 1066 、 六 十 九 1089。
慶兒	鳳姐小廝。	六 十 八 1066 、 六 十 九 1076。
王子騰之女	王子騰之女，寶玉舅表姊妹。	七十 1093。
保寧侯之子	參加賈母壽宴。	七十 1093。
永昌駙馬	參加賈母壽宴。	七十一 1104。
樂善郡王	參加賈母壽宴。	七十一 1104。
南安王太妃	參加賈母壽宴。	七 十 一 1104-115 、 七 十二 1125。
北靜王妃	參加賈母壽宴。	七十一 1104-115。
兩個婆子	大觀園裡分菜果，不理會尤	七十一 1106-1112。

名稱	身分或事件	回目，頁碼
	氏，引發嫌隙人有心生嫌隙。	
地藏庵姑子/兩個姑子	賈母生日請來地藏庵的兩個姑子。	七十一 1107、1111/一百十五 1719-1721。
兩個婆子的女兒	七十一回分果菜兩個婆子的女兒，才七八歲。	七十一 1109-1110。
費大娘	兩個婆子之一的親家，邢夫人的陪房。	七十一 1110-1111。
賈扁(玉扁)之母	賈扁(玉扁)之母，參加賈母壽宴。	七十一 1111。
喜鸞	賈扁(玉扁)姐妹，參加賈母壽宴，得賈母疼愛。	七十一 1111、1113-1114、1115/一百十 1669/一百十七 1749。
賈瓊之母	賈瓊之母，參加賈母壽宴。	七十一 1111。
四姐兒	賈瓊姐妹，參加賈母壽宴，得賈母疼愛。	七十一 1111、1113-1114/一百十 1669/一百十七 1749。
潘又安/司棋表弟	司棋姑表兄弟。與司棋私會，遺落繡春囊。	七十一 1116、七十二 1121-1122、七十四 1163-1164/九十二 1438。
朱大娘	官媒婆。為孫紹祖求親。	七十二 1123、1130。

名稱	身分或事件	回目，頁碼
旺兒兒子	鳳姐陪房旺兒的兒子。	七 十 二 1127 、 1130-1131。
小內監	夏守忠的小內監，向賈璉夫婦索討財物。	七十二 1128-1129。
周太監	向賈璉夫婦索討財物。	七十二 1129。
彩霞之母	彩霞之母。	七十二 1131。
小鵲	趙姨娘房內丫鬟，為寶玉報信。	七十三 1135。
林之孝的兩姨親家	林之孝的兩姨親家。賈母查賭三大家之一。	七十三 1138。
柳家媳婦之妹	柳家媳婦之妹。賈母查賭三大家之一。	七 十 三 1138/ 七 十 四 1151、1152。
迎春乳母（王奶媽）	迎春乳母，好賭，偷迎春飾物典賣。賈母查賭三大家之一。	七十三 1138。
傻大姐/呆大姐/痴丫頭	賈母房內丫頭，專作提水桶掃院子粗活。發現繡春囊，並洩漏寶玉婚事。	七 十 三 1139/ 九 十 六 1494-1495。
繡桔	迎春丫頭，與王住兒媳婦對質纍金鳳。	七十三 1141-1145。
王住兒媳婦	迎春乳母子媳，迎春的奶嫂。	七十三 1142-1146、七十四 1151。

名稱	身分或事件	回目，頁碼
傻大姐的娘/呆大姊的娘	傻大姐的母親，老太太那兒負責將洗衣服。	七十四 1152。
翠雲	賈赦侍妾。	七十四 1155。
吳興家的	鳳姐陪房。	七十四 1156。
鄭華家的	鳳姐陪房。	七十四 1156。
來喜家的	鳳姐陪房。	七十四 1156。
張媽	管後門的。為園裡丫頭們遞送物品，收受消息。	七十一 1116、七十二 1121-1122、七十四 1163、1164。
銀蝶	尤氏丫鬟。	七十五 1172、1175-1176。
兩個孌童	賈珍假設習射，真是鬥雞走狗，裏間賭場供人狹玩的男妓。	七十五 1177-1178。
邢德全/邢傻舅	邢夫人胞弟。	七十五 1177-1179/一百十七 1749。
文花	賈珍侍妾。	七十五 1180。
智通	水月庵尼姑，拐芳官回水月庵。	七十七 1223-1224。
圓心	地藏庵尼姑，拐蕊官、藕官回地藏庵。	七十七 1223-1224。

名稱	身分或事件	回目，頁碼
梅翰林	寶琴公公。賈政帶寶玉等人賞花作詩，贈物寶玉賈環賈蘭各一份。	七十七 1222、七十八 1232/一百八 1632。
楊侍郎	賈政帶寶玉等人賞花作詩，贈物寶玉賈環賈蘭各一份。	七十七 1222、七十八 1232。
李員外	賈政帶寶玉等人賞花作詩，贈物寶玉賈環賈蘭各一份。	七十七 1222、七十八。1232。
慶國公	獨贈旃檀香小護身佛給寶玉。顯示寶玉較得疼愛。	七十七 1222、七十八 1232。
兩個小丫頭	怡紅院小丫頭。其中一個最伶俐，胡謅晴雯當芙蓉神，方有芙蓉誄祭文。	七十八 1233-1235、1243-1147。
孫紹祖	迎春丈夫，襲祖上指揮之職。	七十二 1123/七十九 1260-1261/八十 1278/一百六 1611/一百八 1634/一百九 1657。
小捨兒	夏金桂丫頭。	八十 1271。
王道士/王一貼	天齊廟當家老道士，專在江湖上賣藥，與寧榮二宅走動熟慣。	八十 1276-1278。
潘三保	勾結馬道婆施法，而使馬道婆事跡敗露。	八十一 1289。

名稱	身分或事件	回目，頁碼
送荔枝的婆子	寶釵打發來給黛玉送蜜餞荔枝。	八十二 1302-1303。
老婆子	打罵孫女毛丫頭，暗示黛玉與賈母關係。	八十三 1311-1312。
毛丫頭	遭祖母打罵，暗示黛玉與賈母關係。	八十三 1311-1312。
王爾調/王作梅	賈政新進門客，善大棋。音諧作媒。	八十四 1334。
張大老爺	王作梅給寶玉作媒的對象家。	八十四 1334-1335。
一位小姐	張大老爺女兒，給寶玉作親對象。	八十四 1334-1335。
吳巡撫/吳大人	保舉賈政者。	八十五 1342-1343。
張三	死者。張大張王氏三子，張二之侄，李家店地當槽兒。薛蟠打死之人。	八十六 1355-1358。
李祥	薛家僕人，協助處理薛蟠殺人案。	八十六 1356。
吳良	薛蟠友，原約其一同至南邊置貨。	八十六 1355-1358/九十九 1535。
太平縣知	城南太平縣知縣，審理薛蟠	八十六 1355-1359/九十九

名稱	身分或事件	回目，頁碼
縣	殺人案，受賄翻案。	1534-1536/一百 1539。
張王氏	屍親。寡婦，張大妻，張三之母，張二兄嫂。	八十六 1357-1359。
張二	屍叔。張三叔父。	八十六 1357-1359。
張大	張三父親，張王氏先夫。	八十六 1357。
李二	李家店掌櫃。	八十六 1157-1158。
周貴妃	薨逝貴妃，預告元妃薨逝。	八十六 1359。
嵇好古	賈政前年請的清客先生，善撫古琴。	八十六 1362-1363。
何三	周瑞乾兒子，與鮑二打架。未來糾盜劫榮府。	八十八 1389、一百一十一 1678-1679。
夏三	夏金桂過繼兄弟。	九十一 1424-1425、一百三 1576-1578。
臨安伯	寶玉到府看戲，見蔣玉菡成戲班掌班。	九十三 1450-1451。
郝家莊兩個家人	郝家莊管屯裏地租子的家人。	九十三 1449。
沁香	水月庵小沙彌，受賈芹勾搭。	九十三 1455。
鶴仙	水月庵女道士，受賈芹勾搭。	九十三 1455、1463。
劉鐵嘴	寶玉失玉，下人測字。	九十四 1473。

名稱	身分或事件	回目，頁碼
畢知庵	住城外破寺中的窮醫，姓畢，別號知庵。為寶玉看診。	九十八 1517。
李十兒	賈政外任江西糧道時的管門，狐假虎威。	九十九 1530-1536/一百二 1570。
詹會	糧房書辦，賄賂十兒。	九十九 1531。
周瓊	鎮守海門等處鎮海總制，賈政同鄉、探春公公	九十九 1534。
裘世安	總理內庭都檢點太監。求事安，賈璉有事相求。	一百一 1550、1554。
王忠	雲南節度使。賈璉讀抄報所見。	一百一 1551。
鮑音	人犯。音諧報應。賈璉讀抄報所見。	一百一 1551。
賈化	鎮國公，太師，雲南人賈璉讀抄報所見。	一百一 1551。
李孝	蘇州刺史。賈璉讀抄報所見。	一百一 1551。
時福	賈璉讀抄報所見。	一百一 1551。
賈範	賈府遠族。賈璉讀抄報所見。	一百一 1551。
大了	散花寺姑子，帶王熙鳳求	一百一 1558-1560。

名稱	身分或事件	回目，頁碼
	籤。	
毛半仙	賈蓉請來為尤氏病症占卦。	一百二 1564-1566。
拴兒	賈赦小廝，在大觀園受驚，引發驅妖儀式。	一百二 1568-1569。
趙全/趙堂官	錦衣府官員，查抄寧國府。	一百五 1597。
西平郡王/西平王/西平王爺	賈府舊交，奉旨查抄賈宅。	一百五 1597。
史侯家的兩個女人	湘雲叔叔家的婆子，到湘雲出閣前派至榮府關心。	一百六 1615。
姑爺	湘雲夫。	一百六　1615/一百九 1657/一百十八 1762。
甄應嘉	江南甄家老爺，甄家查抄後起復，回籍前拜訪賈政，並帶回包勇。	一百十四 1714-1716。
那兩個陪酒的	賈薔賈芸開吃喝聚賭，邢大舅王仁叫來陪酒。帶出藩王買妾消息。	一百十七 1752。
賴尚榮弟	賴尚榮弟，帶出賴尚榮亦非正直縣官。	一百十七回 1752-1754。
三姑爺	海疆統制少君，周瓊之子，	一百十九 1780、1782。

名稱	身分或事件	回目，頁碼
	探春夫。	
周媽媽	劉姥姥所住莊上一個極富的人家。巧姐許嫁他家。	一百十九 1783。
花自芳的女人	花自芳的女人，襲人嫂子。	一百二十 1794-1795。

國家圖書館出版品預行編目(CIP) 資料

紅樓夢小人物探微/郭惠珍著. -- 初版. -- 臺北市：元
華文創股份有限公司, 2022.07
　　面； 　公分

　　ISBN 978-957-711-266-8 (平裝)

　　1.CST: 紅學　2.CST: 研究考訂

857.49　　　　　　　　　　　　　　　　111009336

紅樓夢小人物探微

郭惠珍　著

發 行 人：賴洋助
出 版 者：元華文創股份有限公司
聯絡地址：100 臺北市中正區重慶南路二段 51 號 5 樓
公司地址：新竹縣竹北市台元一街 8 號 5 樓之 7
電　　話：(02) 2351-1607　　傳　　真：(02) 2351-1549
網　　址：www.eculture.com.tw
E - m a i l：service@eculture.com.tw
主　　編：李欣芳
責任編輯：立欣
行銷業務：林宜葶
出版年月：2022 年 07 月　初版
定　　價：新臺幣 380 元

ISBN：978-957-711-266-8 (平裝)

總經銷：聯合發行股份有限公司
地　址：231 新北市新店區寶橋路 235 巷 6 弄 6 號 4F
電　話：(02)2917-8022　　　　傳　真：(02)2915-6275